UNE ENFANCE BRETONNE

Né en 1926 à Plescop, dans le Morbihan, Charles Le Quintrec a longtemps été le critique littéraire du journal *Ouest-France*. Il est l'un des rares poètes français à s'être vu décerner le Prix Max-Jacob (1958), le Grand Prix International de Poésie (1970), le Prix Apollinaire (1975), le Grand Prix de Poésie de l'Académie française (1978) et la Bourse Goncourt de la poésie (1990). Il a également écrit de nombreux romans, dont *Les Nuits du Parc-Lann* (1990), *La Querelle de Dieu* (1992), *La Traversée du lac* (1995) et *L'Empire des fougères* (1999).
L'ensemble de son œuvre a été couronné par le Grand Prix de la Société des Gens de lettres.

Paru dans Le Livre de Poche :

L'EMPIRE DES FOUGÈRES

LA TRAVERSÉE DU LAC

CHARLES LE QUINTREC

Une enfance bretonne

ALBIN MICHEL

Prologue

Je n'ai rien vaillant, je dois beaucoup,
je donne le reste aux pauvres.

RABELAIS.

[illegible] de la tête et [illegible] est [illegible] [illegible] [illegible] de [illegible] [illegible] [illegible]

[illegible] de [illegible] semble [illegible] venue du fond des âges. C'est là-bas que les palmiers sont bleus, que les oiseaux [illegible] que les [illegible] sont [illegible]. [illegible] des [illegible] [illegible] se [illegible] quand les [illegible] se [illegible] [illegible]

[illegible]

1

Enfant de l'Armor et de l'Argoat — de la mer et du bois — et de tout ce qui reste de l'espace maritime qui vit les Vénètes affronter les légions de César et de tout ce qui subsiste du légendaire de la forêt de Brocéliande qui, jadis, recouvrait la totalité de la péninsule armoricaine, je reviens à mon pays avec le double désir de le reconnaître et d'en être compris.

Ici, toujours les hommes ont regardé vers le large. De tout temps, ils ont fait des rêves de partances et de navigations fabuleuses. *Fuir, là-bas, fuir...* Il semble que la hantise mallarméenne provienne du fond des âges. C'est là-bas que les palmiers sont bleus, que les oiseaux sont ivres, que les femmes sont sœurs. Là-bas, l'or des Eldorados ruisselle sempiternellement quand les chants se mélancolisent et que, d'elle-même, la mort renonce à la plupart de ses mauvais coups.

Ici, ceux qui n'ont pu partir se sont accrochés aux racines de la sylve avec des bonheurs contradictoires. Il a fallu se défier de la nuit, du vent, du ciel, du tonnerre, des esprits dévoyés, des fées féroces, des dieux de malencontre. Pour y arriver, on a traversé la rivière ; on a calmé le fleuve ; on a brûlé des herbes dans des cassolettes de terre cuite ; on a composé et recomposé le feu purificateur et surtout, on s'est mis à vouloir déraciner les arbres. Ils étaient partout comme l'ennemi privilégié encore que certains d'entre eux, porteurs de gui, passaient pour être protecteurs.

Depuis les commencements, le bois — que Valéry veut amical — nous blesse. Par lui, la nuit est plus profonde et la Ténèbre plus répandue.

Théocrite et Virgile y découvrent des divinités bienveillantes, mais pour l'heure, il s'agit d'arracher, d'essarter et de semer de l'orge et du blé noir.

Je me souviens — c'était bien avant l'ère de la tronçonneuse — de la joie virile qu'éprouvaient de jeunes garçons à se mesurer avec le chêne centenaire. Il fallait abattre ce géant, agrandir le champ clos et le pré carré afin de gagner quelques acres pour le rêve plus encore que pour les ensemencements.

Ce pays vers la mer — ce pays dans la mer — est sorti de ses arbres comme il arrive qu'on soit né du feu. Au cœur des premières clairières, ont surgi des hameaux, des villages, des bourgades que les vacanciers ne voient jamais, les touristes pas davantage, pressés qu'ils sont d'atteindre la grande Bleue que d'aucun prennent pour la grande Verte.

Il est vrai que l'Armor — le royaume de Morgane — est à la mode et plaît infiniment. On n'a plus peur de lui. On régate le long de ses grèves et de ses plages. On va jusqu'à le traverser en solitaire.

Au contraire, celui de Viviane, générateur d'une sylve profuse, ne laisse pas de beaucoup impressionner les citadins que nous sommes devenus. C'est qu'il a gardé presque tout son mystère, même si les tracteurs ont remplacé les chevaux qui maintenant bruffent à l'ombre d'une grange ou sous les derniers pommiers d'une prairie livrée, dès le crépuscule, à toutes les aventures de l'imaginaire.

On dirait cependant que la vie des jours, comme vont les jours, est à peu près semblable à celle qu'autrefois j'ai connue de Plescop au Moustoir-des-Fleurs en passant par le Parc-Lann et Chanticoq. En y regardant de plus près, je me rends compte que sous ce qui demeure, sous ce qui semble immuable, on décèle, on devine des mutations profondes, des mœurs altérées, des évolutions tapageuses.

D'un côté les routes de la mer, celles du Viking et du Malouin plus que celles d'Ulysse et de Jason ; de l'autre, des chemins creux qui vont de travers au lieu d'aller droit. Chemins de fantaisie et de rêverie pour des promeneurs et des randonneurs promis à leur propre plaisir.

Je parlerai de l'Armor, de ses drames, de la fascination qu'il exerçait sur nos jeunes esprits, mais l'Argoat qui a toutes mes prédilections, est si riche de contrastes et si pénétrant, que j'en porte toutes les figures au secret de mon sang. C'est une femme sans âge qui ramasse du bois mort pour faire cuire sa bouillie ; un laboureur qui retourne sa charrue et prend le temps de se rouler une cigarette ; c'est l'angélus du matin et du soir qui nidifie dans les arbres et permet à l'oisellerie ses oraisons chantantes ; c'est le vent, plus vif dans les fougères que dans les ronces, qui vous herse une parcelle pour y semer du chiendent ; ce sont les demoiselles Quémeneur qui, selon Max Jacob, ont une bonne qui ne sait ni laver le linge ni filer la quenouille, mais faire le bûcheron et réparer le toit d'ardoise mieux que personne. Un brave honnête homme arrête le soleil devant sa maison et s'en fait un chapeau pour aller chercher ses vaches. Des jouvencelles, parées comme des stars, jouent les amazones sur des motos pétaradantes devant des garçons du même âge, mais plus agressivement motorisés, qui font vingt fois le tour du monument aux morts où sont inscrits les noms de leur parentèle jamais revenue de guerre. Car on y est allé et pas qu'un peu, au casse-pipe ! On a tout laissé aux femmes dans un temps de grande presse pour courir faire le mort aux quatre cents diables : à Beaugency, à Rocroy, à Malplaquet, à Wagram, au Tonkin, à Madagascar, à Verdun, à Diên Biên Phu et à Dachau.

Laissons les morts enterrer les morts. L'Evangile nous y invite qui a fortement imprégné cette terre, favorisant la mise en place d'abbayes, d'enclos paroissiaux ; jetant aux carrefours forestiers les bras déchirés, déchirants, des calvaires ; levant derrière chaque bossellement de colline une chapelle couleur de lichen et de mousse où sainte Anne, tout uniment, coiffe Marie, sa fille adorée, de la mandorle.

C'est dans ce pays qui paraît demeurer tel qu'en lui-même pour l'essentiel et qui change à vue d'œil, que je suis né d'un père maçon et d'une mère paysanne. J'ai grandi au milieu d'un peuple qui allait son train de pauvreté sans trop se poser de questions sur la richesse des autres. « Peuple que le bonheur rend triste », écrivait Charles Le Goffic à la fin du dernier siècle, ce qui ne laisse pas d'être encore vrai.

C'est sur cette lande qui fait corps avec l'océan, sur ce plateau pierreux, prétendument inhospitalier, que j'ai bu le lait de l'amour et de la liberté.

L'amour, je le surprenais dans les yeux de notre mère qui n'avait pas même le temps de nous bercer tant elle devait s'occuper de mille choses comme de donner à manger aux bêtes ; de battre à la rivière un linge rebelle ; de faire la soupe ; de courir aux champs qui ont toujours besoin des bras d'une femme pour ne pas laisser germer le grain avec l'ivraie.

La liberté était mon luxe. Sur la lande, elle était mienne, totalement. Je chantais *Sous les ponts de Paris* et les cantiques de toujours ; je criais des choses véhémentes à la pluie ; j'apaisais les tempêtes en écartant les bras et en regardant le ciel et j'apostrophais l'hiver qui me tuait mes oiseaux.

Je me souviens : je dansais, je chantais, j'inventais des jeux barbares et je fringuais jusqu'au fond des grands bois, pour reprendre un mot de Chateaubriand, prince de Combourg.

Chez nous, on faisait un festin avec trois pommes de terre, des châtaignes et des noix. Le paysage entrait en ligne de compte et nous rassurait. Nous étions heureux dans le dénuement du campagnol et du mulot. Nous étions comme ces gens d'Afrique et d'Asie que l'on voit à la télévision et qui se vivent d'espérance. Par privilège et par intuition, notre père prétendait que nous aurions un printemps précoce, un été abondant, un automne avec des odeurs de sauvagine et un hiver en capuchon de Noël.

Le bonheur, nous l'allions chercher dans l'absence de tout confort et dans les chemins crottés qui déplaisaient si fort à la marquise de Sévigné quand, se rendant aux Rochers, son carrosse s'embourbait et que ses gens la devaient porter jusqu'aux graviers de son château.

Nous portions de gueules, quand nos quartiers étaient d'authentique roture. Parfois, nous allions en Beauce faire la moisson des autres ; parfois, c'était en Brie que nous nous rendions pour la saison sucrière ; il arrivait que nous fussions à Paris par le chemin de fer et dans le métro que le père Bienvenüe — un des nôtres ! — avait fait construire pour la gloire de la capitale. Mais quelle que fût notre partance, nous avions les yeux fixés sur le pennti[1] du bord de la route car, sans l'avoir jamais su, nous avions fait du *Naître, vivre et mourir dans la même maison,* de l'oncle Beuve, comme une devise.

C'est dans cette maison du bourg de Plescop que je suis venu au monde. Elle était petite, basse, de terre battue. On y rangeait cependant une table, une armoire, un buffet, un vaisselier, un lit clos, un lit de coin et mon berceau. Dans les jours de pluie et de grande humidité, l'eau suintait des murailles et les sabotées des uns et des autres formaient une boue qu'on essayait de durcir en y répandant les cendres de l'âtre.

Aux murs un crucifix — un de ces Christ espagnols qui ont toujours l'air de vous accuser de les faire souffrir — ; une Sainte Famille dans la manière de Raphaël, plus encore de Mignard ; un Sacré-Cœur, imaginé par le Poverello, mais réalisé par Saint-Sulpice. J'ajoute les roses au sourire de sainte Thérèse de Lisieux, et les yeux profonds de Bernadette de Lourdes, que notre mère avait en vénération.

J'avais à peine cinq mois, lorsque nous quittâmes Plescop pour la chaumière du Parc-Lann toute de guingois entre la route de Tréhuinec et la vallée de la Marle, rivière prudente entre des saules et des peupliers avec des débordements de bon aloi. Les jours de gros orages, notre père y pêchait à la vermée des truites et plus encore des anguilles qui serpentaient dans les herbes comme la rivière elle-même.

1. Petite maison, à pignon pointu.

Le soir, rentrant de son travail, notre Jean-Marie se faisait annoncer par une lanterne vénitienne battant le garde-boue avant de sa bicyclette et par le timbre de celle-ci. Impossible de le confondre avec le bonhomme Eugène qui vivotait près de sa Mathurine dans une chaumière de derrière chez nous, encore plus petite que la nôtre. Petites maisons pour petites gens... Même le bigule de Guhur comprenait la chose et s'en moquait sur les hauts de Bernard.

On disait de notre père qu'il était buveur et coléreux. C'était alors le mal du pays que la boisson. Tout gosse, à peine sevré du lait de ma mère, j'ai vu « partir » des hommes et plus encore des femmes qui, à trente ans, avaient renoncé à toute ambition, à tout travail régulier et négligeaient leurs enfants pour courir à la noce.

Ces gens-là traversaient la période euphorique des cafés. Un baptême, une fête, un mariage, un enterrement, ils étaient là. Ils se faufilaient au milieu des familles, se réclamaient de lointains cousinages, rendaient quelques services, juste assez pour se mettre à table et vider les bouteilles.

Cette période d'incubation pouvait durer deux ou trois années. Alors survenait le besoin : la soif inextinguible. Il leur fallait le cidre le plus dur, le vin rouge — gwin ru — de la plus basse provenance et la bonne lambig[1] sans parler de la mère de vinaigre.

Du matin au soir et encore la nuit, ils buvaient à leurs amis, à leurs ennemis, aux âmes du purgatoire, à Dieu en trois personnes. La déchéance venait vite : l'enflure du ventre, le jaune et le rouge des yeux me renseignaient, tout jeune que je fusse, sur l'échéance. Elle intervenait comme une

1. Eau-de-vie.

sombre miséricorde et notre mère disait en joignant les mains ou en se frappant la poitrine : « C'est une délivrance, mon enfant. »

Le joyeux buveur de Frans Hals, tel qu'on le peut voir au Rijksmuseum d'Amsterdam paraît confiant, presque coquin. Chez nous, la boisson était toujours un drame qui faisait dire à notre mère que le plus grand malheur que pût connaître une fille en âge de se marier, c'était d'épouser un ivrogne.

Nous vivions ainsi dans la précarité et dans l'éternité des jours, au cœur de cette Bretagne de 1930 qui ne savait pas que les camelots du roi prétendaient parler en maîtres à Paris. En face d'eux, toute la géographie politique dont nous ignorions les sigles, les mots d'ordre, les clivages et les règlements de comptes.

Notre père radicalisait de son mieux sans trop savoir ce qu'il faisait. Et puis la capitale avec ses fêtes, ses célébrations, ses défilés, ses victoires en chantant, ses femmes coiffées à la garçonne, ses comiques troupiers, ses revues légères, ses courses de chevaux, ses jeux de hasard et son insolence proverbiale, n'avait pas bonne réputation. On la comparait à Babylone dont le recteur disait que ç'avait été une ville maudite comme Sodome et Gomorrhe.

Parfois, les noms d'Edouard Herriot, de Raymond Poincaré, d'Aristide Briand parvenaient à nos oreilles, mais nous ignorions ce que ces gens-là pouvaient vouloir faire de notre bonne volonté et de notre ignorance.

Les préférences de notre père allaient à un rouge — enfin presque ! — qui permettrait à la loi Loucheur de descendre jusqu'à nous afin que nous pussions bâtir une vraie maison dans un vrai jardin. Un rêve qui, je le dis trop tôt, ne se réalisera pas.

J'avais bien cinq ans, lorsque je me rendis pour la première fois à Sainte-Anne-d'Auray. On y célébra une messe suivie d'un *Te deum*. On y était arrivés par cars et en chars à bancs. Notre mère avait mis ses grands habits : coiffe de reine, robe de velours, tablier brodé et souliers vernis. Les hommes arboraient des chapeaux à guides, des vestes de velours et le petit gilet.

Le temps pour les hommes d'uriner le long des murs, dans les touffes d'orties, et pour les femmes de se retirer dans les incommodités des débits de la place, et tout ce monde-là se précipitait à la basilique. Encore fallait-il, avant que d'y pénétrer, acheter ses cierges à des bondieuses trônant au milieu de boutiques vertes, riches de crucifix, de vierges, de saints sous globe, comme prisonniers des scintillements de leur gloire. On y trouvait aussi des trompettes, des harmonicas, des cartes, des montres à deux sous, des couteaux et des serpentins.

Il y avait un vrai recueillement. Rien de commun avec ce qu'on voit aujourd'hui quand les tourisiens et les vacanciers se bousculent pour prendre des photos. On ne se promenait pas alors dans la Maison-Dieu comme dans la caverne de Barrabas. On avait le respect du lieu ; le respect de l'Autre, que les juifs de l'Ancien Testament ont appelé le Jaloux et le Très-Haut. On n'était pas là pour demander à sa femme de relever son châle et de dépingler sa collerette, mais pour prier, pour pleurer, pour implorer la miséricorde divine.

Il fallait penser à ce père, à ce frère, à cet oncle, à ce cousin, à ce voisin, à ce fiancé qui étaient restés là-haut, une plaie rouge au côté droit. Sans le savoir, on était dans l'évangile de la Passion et dans un poème d'Arthur Rimbaud que je ne connaissais pas encore.

On était dignes, droits, un peu raides dans ses fringues de cérémonie. Un prêtre prenait l'assistance tout entière entre ses deux bras tendus et soulevait d'un même cœur les puissants et les misérables. Même les grabataires, les gueules cassées, les aveugles, les culs-de-jatte faisaient un effort pour se tenir debout sur leurs béquilles ou leurs chevalets par esprit d'élévation.

On chantait : *Intron santez Anna*[1]. L'on déchantait de même, car chanter et déchanter chez nous, cela marche ensemble. Il n'y a pas un temps pour être dans la note et un temps pour la perdre à l'oreille. C'est le même temps qui vous pousse à vous humilier et à vous souvenir. Et c'était merveille de voir ce peuple acclamer Dieu par le fabuleux truchement de femmes pareilles à celles qu'on pouvait rencontrer ici et là, et qui passaient pour des saintes. On se payait alors le luxe d'avoir des saintes presque à domicile. Elles vivaient de rien, communiaient sans cesse, priaient sans désemparer pour les âmes du purgatoire et les conducteurs aveugles — mauvais bergers — qui, selon l'Ecclésiaste, vous entraînent, aveugles que vous êtes aussi, vers la fosse où vous tomberez les uns sur les autres pour ne vous relever jamais.

Je garde un souvenir ébloui de mes premiers pèlerinages à Sainte-Anne-d'Auray dans la compagnie de maman. On chantait, on priait, on s'acheminait en file indienne vers les reliques qu'on embrassait. On avait une pensée d'amitié pour le bon Nicolazic qui, dans le printemps de 1625, avait arraché à la terre de son champ du Bocenno, une statue vieille de plus de mille ans. Elle passa

1. Madame sainte Anne.

d'emblée pour être celle de la mère de Marie, et miraculeuse. La fontaine fit également montre de très grandes vertus. On s'y lavait le visage et les yeux et l'on buvait au gobelet d'étain accroché par une chaînette métallique à la pierre priante. On buvait derrière le scrofuleux ou la femme affligée d'une perte de sang sans s'émouvoir outre mesure.

... Et les fidèles en chemise,
— Sainte Anne, ayez pitié de nous ! —
Font trois fois le tour de l'église
En se traînant sur leurs genoux ;

Et boivent l'eau miraculeuse
Où les jobs teigneux ont lavé
Leur nudité contagieuse...
— Allez : la Foi vous a sauvé[1] !...

Ah, cette grande pitié d'amour ! Ils étaient encore tous là, les bancroches, les mal-partis, les mal-partout, les borgnes et les borgnesses, les aveugles et les sourds, ceux qui tendent la main pour vous attraper une puce et ceux qui vous font royalement l'hommage de leurs poux.

Ils étaient les dignes descendants des mendiants de métier, des gueux et des rapineurs des temps jadis qui avaient élu un roi dans ce périmètre de la charité comme l'avaient fait avant eux, en un siècle plus gothique, les avortons et les malembouches de la cour des Miracles.

« Pour l'amour de Jésus ! »

« Pour l'amour de Marie ! »

La charité ! La charité ! Petit homme, accorde-nous le sou percé qui nous permettra de crucifier le Fils et de prier sa Mère afin qu'ils aient pitié de

1. Tristan Corbière, *Les Amours jaunes*.

nos dévergondages, fornications, infidélités et mensonges.

Et l'on donnait la pleine mesure de son bon cœur. La charité n'était pas encore un mot suspect même dans un discours ecclésiastique. L'Eglise n'avait pas encore découvert les masses, la lutte des classes et la lutte finale. Elle se trouvait encore bien de ses pauvres. Elle les aimait. Elle les abritait et faisait en sorte qu'ils pussent manger une soupe par jour et qu'au bureau de Bienfaisance, on leur servît une boule de pain par semaine.

Elle allait prêchant qu'ils étaient à l'image du Seigneur, ses préférés en quelque sorte et moi, vieux jeu, je n'ai pas appris à varier à ce sujet. Le pauvre c'est mon frère et, quelque part, c'est aussi mon sauveur.

2

Dans nos campagnes, il y avait deux écoles : l'école de Dieu, tout entière dans la main des frères ; l'école du diable, dans celle des instituteurs. La première était fréquentée par les fils de paysans moins pauvres qui, au milieu de nous, se prenaient pour des riches. Leurs filles allaient au pensionnat, dirigé par des religieuses, apprendre à chanter les saints cantiques au son de l'harmonium que Mlle Jacob tenait avec une rare distinction.

On leur jouait chaque jour un peu de musique, juste assez pour leur détacher la tête des travaux grossiers et leur faire entrevoir la vie de roman rose qui serait la leur si elles laissaient travailler au fond d'elles-mêmes les étoiles d'une vocation qui les conduirait chez les ursulines, les sœurs de la Sagesse, les bénédictines, voire chez les carmélites et autres recluses prétendument mortes au monde. Elles apprenaient à mourir au monde en sautant à la corde sous les tilleuls de la cour de récréation. On leur enseignait aussi des rudiments de cuisine, de couture et d'histoire sainte, la seule que je ne susse que très imparfaitement et qui me scandalisait dans les parties que j'en connaissais.

Qu'Abraham eût porté le couteau sacrificiel sur

la gorge d'Isaac, son fils bien-aimé, m'apparaissait du dernier sauvage. Que Moïse, retour du Sinaï plein encore de la Face cachée de son Dieu, surprît les siens dans l'adoration de l'enfant de la Vache, me semblait le comble de la bêtise et de la duplicité.

A l'école du diable, mise en place par Jules Ferry, il n'y avait que René Delannée, trois ou quatre enfants de l'Assistance comme lui, moi, mon frère René, nos cousins Louis et Joseph, les fils Loussouarn dont le père était cantonnier, les fils Jahier, les frères Le Studer, les frères Lepaul, les frères Mostade, fils de l'institutrice qui, pour sa part, avait nos sœurs et les filles des esprits libertaires et des communistes, pour peu qu'il s'en trouvât dans notre commune.

Tout de suite — je le dis avec la modestie de la mouche — je fus premier en histoire. Nos ancêtres les Gaulois, Clovis embrassant le culte de Clotilde, Charlemagne qui vous départage les bons et les mauvais élèves rien qu'en les regardant au fond des yeux comme fera le Seigneur au Dernier Jugement, tout cela je le savais décrire en vérité sans omettre une moustache, une rondache, une soutache, un pavois. Le vase de Soissons, moi, je l'eusse brisé par colère plus que par cupidité. Sainte Geneviève m'apparaissait en mantelet de loutre, gardant « Paris et tout son alentour » et Jeanne — la Pucelle ! — m'était sœur — et de la blancheur d'un lys ! —, jusque sous la tente du dévoyé La Hire et du futur Barbe-Bleue.

Le roi Arthur, Lancelot du Lac, Perceval le Gallois, Guenièvre la prude, quand bien même rouée, Roland, Gauvain, Noménoé — ohé ! — je les mélangeais ce qu'il faut, et tant pis, si d'Excalibur et de Durandal, je ne mettais pas toujours la bonne épée dans la bonne main. J'en avais repentir et

Mme Blèvenec, chez qui j'étais alors, disait à son mari, chez qui je serais bientôt, que j'avais reçu quelque chose de notre patrimoine en partage.

Sorti de l'école où j'éprouvais d'étranges sensations de bonheur, je réintégrais le clan sans rien perdre de mes enthousiasmes. Cela plaisait à notre Jean-Marie de père, que j'admirais pour sa pugnacité, son courage à toute épreuve et la robuste vérité de ses bras. Une large ceinture de flanelle rouge autour du ventre paraissait publier des opinions qu'il cachait, au contraire, même à ses intimes.

Notre mère, Marie, n'était que douceur. Rien ne se pouvait décider, rien ne se faisait sans elle qui semblait n'avoir le temps de rien faire tant elle était sollicitée. Petite, de noir vêtue, les cheveux relevés et torsadés en chignon, elle faisait avancer tout son ouvrage avec de la lumière dans les yeux. Les épreuves de sa jeunesse l'avaient durcie, mais pour nous, ses enfants, elle déployait encore des trésors de patience et de tendresse.

Avec notre père et notre mère, il y avait Marie-Jo, notre sœur aînée, qui remplaçait maman quand elle venait à s'absenter ; René Delannée, dit : René de l'Assistance, notre pépile[1], comme disait le bonhomme Eugène, virtuose du coup fourré, joyeux drille et tête de mule qui m'adorait. Vinrent ensuite Geneviève qui fera aussi dans l'audace ; René qui se cachait à son ombre ; Christine et Georgette, les petites. Toute une tribu comme on le peut voir.

Les beaux jours revenus, avec René de l'Assistance, je partais aux aurores vers Beaucoire et les chemins de Laroiseau. Pendant que nos vaches paissaient paisiblement, nous regardions le train

1. Pupille de l'Assistance publique.

de Paris passer au-dessus du pont. Là, porté par mes premières lectures, je jurai de le prendre un jour.

Quand maman disait : « Demain nous aurons du soleil et, si vous le voulez bien, nous irons à Bernard... », une joie sans partage nous empêchait de dormir. Nos rêves se révélaient moins forts que notre veille.

Bernard !... Pour s'y rendre, il suffisait de traverser la rivière sur un arbre couché, de gravir la colline d'ajoncs et de frapper à la porte d'un village cousu de lumière où les abeilles avaient du temps de reste. Le bonheur se lisait ici à livre ouvert. Les pommes et les poires en espalier pendaient, nombreuses, le long des murets. Les châtaigniers étaient pleins, les noyers plus encore. On voyait des selles et des harnais à l'entrée d'une grange, des tapis séchant sur une barrière. Des chats filoutaient au milieu des ronciers. Une jeune fille, du puits profond, remontait un seau plein de ciel. La paix des pressoirs rougeoyait dans des caves entrouvertes. Le cidre aussi serait excellent. Après des mois de futaille, on le mettrait en bouteilles et, pour mon anniversaire, il mousserait comme du champagne.

Quelle Bretagne pour quels Bretons ?... Telle était la double question qui avait été posée par Bernard Pivot aux six premiers écrivains d'Armor qui eurent jamais à débattre de leur pays à la télévision.

Pour la première fois — privilège que n'avaient obtenu et pour cause ! — ni Chateaubriand, ni Lamennais, ni Renan, ni Tristan Corbière, nous avions la possibilité de célébrer notre patrie devant des millions d'hommes.

Au lieu de nous entendre pour une exaltation de notre Breizh, nous en vînmes à des querelles de personnes et rien de ce qui devait être dit ne le fut.

Quelle Bretagne ? Mais imaginée, mais imaginaire, voyons ! Elle est de terre et d'eau, mais c'est dans le ciel qu'elle se dessine !

Quelle Bretagne ? Mais celle que nous avons mise au monde, nous, ses enfants, qui l'avons aimée comme une aïeule dans nos jeunes années, et qui la regardons, maintenant que l'âge est là, comme une fiancée.

Elle n'est pas autre chose qu'une terre qui tient de son âme dans sa bouche. Non pas une terre unique au monde, puisqu'elle est universelle, c'est-à-dire exemplaire, mais une terre qui, comme toutes les autres, aura été élevée et rabaissée au cours des siècles. Une terre jetée dans la démesure de nos rêves. Une terre qui a plus de racines que d'espérances et plus de ferveur que de choix.

Partout des pierres pour la délimiter quand ses limites ne sont pas de ce monde. Des pierres qui ont été semées, qui ont été plantées par des hommes qui n'ont pas laissé de noms, mais leurs traces, on les touche encore. Ces menhirs, ces dolmens, ces tumulus, ces allées couvertes, nombreuses entre Plescop et Carnac et de Carnac jusqu'au milieu de la mer, vibrent toujours d'extase initiatique. Des hommes dont on ne sait rien, ont semé des granits sur nos landes et cette semence était bonne. Si cette configuration d'un Livre granitique fut parvenue jusqu'à nous, nous aurions surpris le secret des Atlantes. Mais qu'aller chercher dans un livre dont les lettres-menhirs d'une écriture fabuleuse ont été partout détruites ? Quand le Celte est venu, il s'est fait prédateur. Plus tard, le Romain réaliste s'est emparé lui aussi de ces champs de pulvens[1] pour bâtir ses voies et ses villas. Le chrétien n'a pas été moins iconoclaste. Quand il n'a pu jeter la pierre vive dans la chapelle ou l'abbaye, il l'a sommée d'une croix.

Ne me demandez pas de quelle Bretagne je souffre. Ne me demandez plus de quelle Bretagne je sors ! Mais de celle-là qui sera piétinée, pillée par les seigneurs de la guerre qu'elle sortira de ses entrailles, car en vérité, elle suscitera assez de puissants pour l'affaiblir et la condamner au sommeil séculaire.

Terre brisée comme une motte ; terre falsifiée par les démons de la division ; terre défigurée par la haine et la jalousie. Terre démantelée, défaite, promise à la démence par le silence des mouettes et les hurleries des loups. Terre livrée aux brigands et aux gueux de par le bon plaisir des Rieux, des Laval, des Montfort qui, jouant d'alliances contre nature, changeant de chevaux et de partenaires au milieu du gué, laissaient derrière eux des hommes exsangues et des femmes forcées.

Il aura fallu attendre mille ans pour voir la poussière des fausses raisons et des promesses iniques tomber au fond des obituaires. Mille ans de bouillie, de basse bredaille, de ligues, de piques, de faux, de fourches, de gourdins, de guenilles, de félonie, de traîtres, de trahisons ; la maison divisée contre elle-même, esclave de ses mauvais enfants.

Et pourtant le Breton est courageux. Il est droit. Il est dur à la tâche. Têtu, il l'est, mais uniquement dans la direction qu'il s'est assignée. Il a du cœur, quelquefois de l'esprit, de la religion tout à fait

1. Menhirs.

(même quand il fait semblant d'avoir rompu avec ce qu'il appelle : la superstition).

Renan dit de lui qu'il a le sens de l'honneur. Il aime à être au centre de l'intérêt général et que les puissants de ce monde aient les yeux sur lui. Il adore qu'on lui flatte l'encolure. Quand on lui rapportait que : « le Roi faisait grand cas de ses Bretons », il se serait fait zigouiller pour le monarque, sa veuve, ses favorites et ses catins.

A l'école de la République notre instituteur nous avait répété que nous étions les plus beaux, les plus braves, les plus forts, les plus justes, les plus généreux avec notre Bayard, notre Jeanne d'Arc, notre petit Bara, nos dernières cartouches, Camerone et nos quatre sergents de La Rochelle.

L'imagerie d'Epinal avait ébloui notre cœur d'enfant. Nos marins étaient les meilleurs ; nos fusiliers marins — on l'avait vu à Dixmude —, s'étaient couverts de gloire et de poussière ce qui est bien la même chose. Nos fantassins étaient également très appréciés, qu'on les laissât crever de scorbut et de dysenterie au camp de Conlie ou qu'on les convoyât dans des wagons à bestiaux jusque sur les hauts de Meuse. Dormir là-haut, dans une vigne ou un champ de betteraves, ne leur faisait pas peur. Tant pis si c'était pour l'éternité.

Nous étions de petites gens dans un petit monde apparemment à l'abri de tout. Il y avait trois voitures : deux Peugeot et une Citroën dans notre commune. On menait encore nos vaches paître le long des routes nationales, pas entièrement goudronnées.

Il arrivait que des Parisiennes de passage nous demandent de poser près de nos bêtes tant nos guenilles leur paraissaient pittoresques. Il est vrai que nos poches étaient défoncées par nos palets et nos billes.

« Maman, il y a des dames de Paris qui nous ont donné quarante sous pour nous photographier.

— Alors, vous serez beaux ! Donnez-moi cet argent que je vous achète de quoi aller à l'école. Dieu, que les temps sont durs pour les pauvres ! Votre père qui a fait toute la guerre et qui a été blessé trois fois, ne s'est pas enrichi là-haut et ce n'est pas avec sa pension que vous serez mis comme des princes. Ces gens de Paris vont dire que mes enfants vont comme des sauvages et que je suis une mère indigne de les laisser aller pareils à des mendiants. »

Elle pleurait et nous l'entourions et nous lui disions, le cœur débordant à crever : « Ça ne fait rien, maman, ça ne fait rien ce que diront ces gens-là... On est heureux avec toi, maman ! Heureux dans le marais, le long de la rivière, sur la lande. Le recteur nous a parlé de notre meilleure part, eh bien, maman, notre meilleure part, c'est toi !

— Allez, disait-elle, allez me chercher du bois que je fasse une bonne soupe pour votre père qui va rentrer avec toute cette fatigue... »

L'insolite faisait partie de notre vie la plus quotidienne. Comme au Parc-Lann, maman entendait courir à nuit noire, autour du moulin du Guern. Au bourg de Plescop aussi, ces Tristans avaient tourné autour de notre chaumière et mis le feu à la ferme le jour du mariage de Marie-Jo.

La mère de maman — notre grand-mère — était tellement dévote, qu'elle en tomba malade. Chaque matin, avant de partir pour son travail, elle conduisait sa fille à l'orphelinat et prenait le temps de se recueillir dans la chapelle attenante.

Le dimanche, qui était son seul jour de repos,

elle courait à l'église de Grand-Champ avec sa petite. Elles assistaient aux deux messes et, souvent, communiaient deux fois. Ce que disait le prêtre du haut de la chaire ou du plus haut degré de l'autel, serait entendu et compris. Prière et pénitence. Prière, pour sauver les pécheurs malgré eux ; pénitence pour redonner de l'âme à notre malheureux pays. Qu'un missionnaire, retour de quelque lointaine contrée, laissât parler sa barbe avec plus ou moins de véhémence et la brave femme se retrouvait — chez elle et dans son travail — comme mobilisée.

La messe dite, elle réchauffait une soupe pour elle-même et son enfant, mais avant que d'y goûter, il fallait invoquer le Seigneur et mettre Sa chaise au haut bout de la table pour le cas où Il viendrait à demander qu'on voulût bien lui faire l'aumône d'un peu de nourriture.

La soupe absorbée, on courait derechef au sanctuaire pour les vêpres. Après les vêpres, on restait à son banc à rabâcher encore. Le rosaire, si doux au cœur de Notre-Dame de Lourdes, exigeait une discipline de tous les instants. Au bout de chaque dizaine de chapelet, il y avait une invocation toute particulière qui, par le truchement de Bernadette Soubirous, faisait fleurir le rocher de Massabielle et mettait de la lumière dans les grottes les plus imprévues : celles des âmes plus encore.

Après le salut, notre grand-mère aidait la chaisière à ranger autour du chœur et puis, après une dernière génuflexion, elle rentrait chez elle avec sa petite orpheline et se mettait au lit en priant pour les péris en mer (qui n'auront pas sépulture chrétienne) ; pour les marins jamais revenus des tempêtes de Satann gozh[1] ; pour les soldats disparus

1. Le vieux Satan.

dans les Tonkins où rien que l'image de la Croix donne des convulsions aux fourmis.

J'ai parlé des mendiants nombreux encore les jours de pardon autour des sanctuaires. Les chiffonniers étaient d'autre sorte. Ils visitaient les villages en quête de « pillots », de peaux de lapin et de ferraille. Ils voyageaient sans argent et payaient leur brocante de mouchoirs et de pacotille. Quand un de ces lascars revenait trois fois en une semaine rôder dans la même agglomération, c'est qu'il s'y trouvait une brave personne assez courageuse pour lui tremper son café.

Notre mère disait qu'on se servait des mendiants et des chiffonniers pour assouplir les chemises de chanvre et de lin. Quand ils avaient beaucoup traîné avec la chemise crasseuse sur la peau — les poux étant généralement de tous les voyages —, on leur offrait un morceau de lard, une miche de pain et une bouteille de bonne lambig et l'on se dépêchait d'ébouillanter ces tissus-là pour les assouplir encore.

Les chiffonniers ne tendaient pas la main. Leur petit commerce pouvait être florissant. Ils étaient les gazettes villageoises. Ils répandaient les nouvelles en les grossissant à mesure. Avec les chiffons qu'ils collectaient, on faisait du papier pour les livres rares et les vies de saints.

Dans le Vannetais, les gens s'en défiaient plus que des mendiants soit qu'ils eussent la boisson mauvaise, soit qu'ils pénétrassent dans les sanctuaires les plus secrets.

Le bas folklore du brocanteur, du chiffonnier et du crocheteur est de toutes les époques et de partout. On le trouve dans les romans de Balzac et d'Eugène Sue, dans les ballades allemandes, dans l'œuvre de Dickens et de Dostoïevski, dans le mélodrame italianisant comme dans le drame romantique. Aujourd'hui encore, il fait florès dans ce théâtre désincarné et larvaire, avec ses déchets d'hommes et ses objets de rebut en provenance du misérabilisme bourgeois. Car il faut être un nanti de mauvaise conscience pour attendre interminablement avec Godot et le coup de pied en vache et la corde pour se pendre.

Notre mère racontait qu'au pays de Grand-Champ, dans les semaines de Noël, des bandes de musiciens et de chanteurs parcouraient la campagne. Ils s'arrêtaient devant chaque porte et demandaient à ceux et celles qui étaient à l'abri de leur crèche, la permission de chanter. Permission accordée ou refusée, c'était selon. Dès qu'acceptée, un violoneux préludait par trois coups d'archet et les gorges lançaient aux étoiles, avec des improvisations et des variantes, des cantiques merveilleusement accordés à la mangeoire de l'Enfant Sauveur. Vite ! Une main de femme ou de jeune fille entrouvrait la porte et lançait à ces inconnus des sous percés et des patates cuites que les cochons n'auraient pas. Les sous étaient percés par la charité que l'on se doit les uns aux autres. Plejadur ! Kenavo[1] ! Et ils repartaient vers Loperhet ou vers Baud chanter la bonne nouvelle de Jésus emmailloté d'amour, comme dans un tableau de Van Eyck.

« Qu'on aimait à les attendre et à les entendre ! disait notre mère. Ces chants se renouvelaient presque chaque nuit pendant toute la période de l'Avent jusqu'à l'Epiphanie. Mais, quand ils étaient entendus dans la nuit de Noël, c'était signe de grâce, et là, le maître de maison allait d'une grosse pièce d'argent. Il se faisait aussi de la place autour de la table pour accueillir chantres et ménétriers

1. Au plaisir ! Au revoir !

qu'on régalait d'un rôt de porc ou d'une fraise de veau... »

Si j'étais cinéaste, je ferais un film avec l'une de ces bandes — garçons et filles — princesses, duègnes et chevaliers de la nuit. Ce serait plus dans la manière d'Ingmar Bergman que dans celle de Fellini. Question de latitude sans doute.

La caméra surprendrait le jeune corbeau en train de se grimer au haut d'un chêne et la hulotte ferait de la coquetterie avec un barbichet. Et puis — d'où Bergman — ce serait le départ dans la neige avec des lampes et des falots. Les chemins seraient peu sûrs, les bois complices des loups. La lune tournerait de mèche avec les puissances de la nuit. On ferait du feu sur lequel on jetterait quelques saucisses et du café dans une bouilloire. La lune se couvrirait de nuages pour accompagner pareille expédition. On ne pourrait répondre de sa bienveillance. Il y aurait des garous sous les futaies ; des bêtes feraient irruption d'au-delà des légendes tout encapuchonnées de neige. Les chants répondraient des ris, des jeux, des poursuites, et là-bas, au fond des bois, du cri de la pucelle à qui l'on arrache comme une verrue.

Terrible et merveilleux Noël des pauvres qui n'ont que le plaisir de se faire du mal pour goûter au plaisir et qui doivent passer par-dessus leurs passions pour dénouer de leurs épaules l'agnelet tremblant et triste qui lui aussi vient de naître et le présenter à l'Enfant Roi couché sur le sein de sa mère, tel que nous avons appris à le voir dans les Nativités des Flandres et les bougies de Georges de La Tour.

Je n'ai jamais entendu les chanteurs de Noël. Le vent de la lande les avait dispersés dans la région des nuages. En revanche, je me suis mêlé aux enfants de Plescop pour souhaiter la bonne année à tous ceux qui nous voulaient bien recevoir. Je faisais équipe avec René de l'Assistance qui connaissait les bonnes âmes et les bonnes adresses.

S'agissant d'arriver les premiers, on partait à nuit noire après un semblant d'ablutions et sans prendre le temps de tremper nos lèvres dans un bol de chocolat. A Tréhuinec, on était encore à traire, que nous nous pointions au milieu de l'étable et lancions d'une voix éclatante :

« Bonne année !
Bonne santé !
Le paradis
A la fin de votre vie !

« Déjà debout ! disait l'homme. Et censément, c'est par nous que vous commencez ! Alors, comme ça, c'est la bonne année ? Qu'est-ce qu'on a eu comme bonne année depuis que nous sommes sur la terre ! Au front aussi, chaque nouvel an, c'était la bonne année ! Dommage que la patronne ne soit pas encore rentrée du bourg avec ses sous. Bah, les sous ça va et ça vient et pas souvent dans le bon sens. Tenez, là, sur le buffet, prenez de ces pommes que j'ai cueillies pour vous et puis, regardez-moi ça !... »

C'était un petit chiot du nom de Chicorée que René mit à l'abri de sa cape et nous reprîmes nos galopades.

M. Blèvenec, l'instituteur, nous donnait des chocolats et des caramels. Chez le recteur Thébaut, nous avions des nèfles qui jutaient et s'écrasaient dans nos poches. François Cario, mon parrain, cherchait dans son porte-monnaie une pièce de quarante sous qui ne s'y trouvait plus ; Anna Chevalier, toujours grande dame, m'embrassait, m'arrangeait les cheveux et me remettait une pièce de cinq francs. J'avais la marraine la moins regardante du pays.

Quand on avait été partout, on s'asseyait sur les marches du cimetière et l'on faisait un premier bilan de sa fortune. Des fruits, des sifflets, de l'argent et la queue battante de notre Chicorée qui prétendait obtenir autant de gâteaux que de caresses.

René promettait de donner sa glane à notre mère. Moi, je rêvais d'une montre. Mieux encore : d'une bicyclette de course avec dérailleur.

Passait une jeune fille qui nous regardait comme de petits mendiants. Elle, elle n'avait pas fait le tour du bourg. Pour rien au monde elle n'aurait tendu la main. Nous n'avions pas de ces scrupules et Chicorée, le chien danseur, nous payait au centuple de toute la joie abandonnée le long des chemins.

La ferveur retombée, nous rentrions au Parc-Lann, notre enthousiasme en miettes. Ces grands rendez-vous-là, si impatiemment attendus, vous laissent toujours après coup, un goût de cendre froide dans la bouche.

Le monde a failli être magique. Jusqu'au fond de notre rivière, nous avons été sur le point de repêcher l'anneau du roi de Thulé et puis les choses se sont mises à se dégrader.

Nous avons retrouvé la rude familiarité de la vie. Tant espéré, le bout de l'an ne tenait pas ses promesses. « Bonne année à vous, ma tante ! » disait maman à la vieille personne de notre cheminée qui, du bout de la canne, paraissait vouloir repousser dans les enfonçures de l'enfer les guerres, les épidémies, les chagrins, les famines, les misères les mieux partagées et l'amour dont on ne savait pas même le nom.

I

1

Mon premier vrai chagrin d'enfant m'a été causé par le départ de notre vieille tante pour l'hospice.

Elle était arrivée chez nous dans le temps de Noël. Nous la reçûmes avec les grands froids, comme une fête, comme une fée. Je la revois, petite bonne femme à capot noir, « veuve » sans doute de quelque fiancé mort à la guerre ou de quelque saisonnier jamais revenu de Beauce. Dans son bagage, il y avait un drap qui contenait des centaines, voire des milliers de pièces de monnaie. Des pièces de quarante sous, de vingt sous et de dix centimes. C'étaient là les économies d'une couturière à qui sa pratique offre la table et le lit clos car elle gagnait son pain en cousant, ravaudant et repassant chez les uns et les autres. Elle était très recherchée pour le sérieux de son travail dans les environs de Loperhet. Elle avait une aiguillée qui la distinguait sur le plan de la concurrence. Elle n'en tirait aucun orgueil car elle savait l'orgueil néfaste à la lumière de l'âme. Et son âme primait en elle au point qu'elle la voulait réchauffer, laver, parfumer par la prière. Elle priait en rapetassant. Son âme qu'elle touchait du doigt, lui importait plus que son corps qu'elle ne voyait pas, qu'elle ne voyait plus, qu'elle ne voulait pas voir. Elle était très regardante pour l'eau de sa soupe et de ses ablutions. Il est vrai qu'il fallait l'aller chercher à la fontaine dont les abords étaient fangeux dès qu'il avait plu.

La tête menue sous le capot de velours, la robe de velours lourde et raide, les pieds en bas de laine dans des socques cirés à miroir, je la revois dans le feu de notre cheminée, disposant les bûches avec des pincettes ou lisant, à besicles ressuyées, *La Vie des saints de Bretagne.*

J'ai dix ans et je crois bien que je la scandalise. Elle dit à notre mère qu'il y a en moi de la graine de bandit. Il est vrai que je ne me signe jamais en passant à table ; que je ne sais pas le breton ; que je ne connais rien de la vie fabuleuse et toujours crucifiante de nos justes ; rien de Tugdual, d'Herbot, de Colomban, de Cornély. En revanche, elle m'entend parler de Mirabeau avec enthousiasme et porter aux nues un Joffre, un Foch, un Clemenceau qui ont fait tuer tant et tant de pauvres soldats qu'elle n'arrive plus à les rassembler tous dans son cœur, entre deux génuflexions.

Elle dit aussi qu'elle m'a entendu blasphémer et que je me complais dans la compagnie des garnements. Le signe est sur moi, comme il était sur Caïn, les frères de Joseph et les fils de Melchisédech.

Notre mère l'interrompait en disant : « A la bonne heure, ma tante ! Vous avez raison de vous bien chauffer car il pleut et le vent est froid. Nous allons avoir de la neige. Oui, les enfants ne sont pas raisonnables ! Ils inventent toujours quelque chose pour se disputer. Ne pleurez pas, ma tante, notre Jean-Marie reviendra à la religion ! »

Elle n'avait à sa disposition que quelques mots de français dont elle ne se servait qu'avec répugnance. Avec nos parents, elle s'exprimait dans la langue des bardes qu'elle lisait dans des ouvrages qui parlaient de la Passion de Notre-Seigneur, de l'amour virginal de Marie et de sainte Anne, pour laquelle elle nourrissait une dilection particulière. Elle s'émerveillait de la découverte de la statue miraculeuse par le bon Nicolazic. Que pareille aventure pût arriver au pays d'Auray à un laboureur pas plus malin que ses semblables, mais versé dans la foi comme on peut l'être sous la meule, l'agenouillait en larmes.

Elle disait du vent qu'il était noir et qu'à se frotter aux ajoncs de la lande il prenait les pauvres en grippe et qu'il fallait des invocations et des privations pour échapper à sa haine.

Elle prenait peu de place dans notre cheminée, mais son ombre de suie avançait une sorte de menace. Et si demain elle tombait malade ? Avec quel argent (le drap des pièces de monnaie ayant été lavé et mis à sécher sur un étendoir), ferait-on venir le médecin ? Comment irait-on vers celui-ci qui n'accepte pas de pousser sa voiture rutilante jusqu'à notre moulin ? Quand nous avons besoin de le voir, douleurs, fièvre, vertiges, il nous faut aller à la ville à pied, en autocar ou dans la charrette d'un voisin compatissant. Ces messieurs de la Faculté ne se mettront jamais en peine pour des ploucs perdus de pauvreté, d'ignorance et de boisson. En cas d'urgence, comment emmènerait-on la tante à Vannes ? Et si elle venait à se paralyser, comment la soignerait-on ? A ne plus pouvoir écosser son chapelet de petits pois, nous aurions comme une morte sur les bras. Elle en convient en se signant et toujours, toujours, elle reprend notre mère sur notre éducation.

Que je fusse premier au catéchisme, ne changeait rien à l'affaire. J'avais reçu une bonne mémoire. Sera-ce suffisant pour devenir un bon domestique ? Elle reprochait à nos parents — jamais devant notre père — de nous avoir confiés à l'école publique alors que frères et religieuses dispensaient dans toute la région un enseignement approuvé par les plus hautes instances du clergé. Notre mère pleurait d'être reprise sur ses enfants par une personne qui n'en avait pas eu. Elle le faisait en cachette, comme une coupable, mais ces larmes-là, je savais les voir.

Le peu de place que la vieille demoiselle prenait à notre foyer, nous arrêtait dans nos jeux. On n'osait pas turbuler, on se chamaillait avec moins de véhémence. Il nous arrivait de décamper pour aller nous battre dehors, fût-ce sous la pluie.

A table, sur le pot, sur la pierre de l'âtre, partout où elle se confondait avec le triste des murs et le sombre des meubles, elle paraissait nous juger. Non qu'elle n'eût des moments d'affection, des élans vers mon frère René ou ma sœur Geneviève, mais elle supportait mal, très mal ce que maman lui rapportait de mes dispositions à apprendre. A ses yeux, j'en savais déjà trop. Pour elle, pas de question : sitôt ma première communion, il me fallait être gagé. J'avais besoin de gagner un peu d'argent et d'être repris en main. Une grande sévérité me ferait le plus grand bien et m'enlèverait cet air de tout savoir et d'insolence que, de sa vie, elle n'avait vu chez personne. Je ne ressemblais ni à mon frère ni à mes sœurs qui, eux, ressemblaient à tous les enfants du monde. Je me voulais différent, du moins le prétendait-elle et, sans relâche, elle dénonçait mes mauvais penchants à notre mère et lui mettait, par avance sur les bras, les écarts de conduite et les indignités qui seraient mon lot dès que je serais assez grand pour jouer à l'homme.

Afin d'échapper à son punissoir, je montais dans

un arbre du marais et je prenais par les routes du rêve. Ordinairement, les gens que je rencontrais sur ces routes-là me déconseillaient d'aller plus avant. « On ne marche plus, mon garçon, lançait l'homme, ce qui fait que maintenant on arrive cent fois plus vite ! »

Il riait comme on se moque d'un fol qui n'est pas dangereux. Sa fille qui avait des taches de rousseur sur le nez et des nattes de vachère, souriait également afin de me faire comprendre en quelle pitié elle tenait les vagabonds de mon espèce. Ayant mangé de leur soupe au lard, je demandais en quel grenier je pourrais prendre un peu de repos. Le lendemain, aux aurores, alors que la maisonnée se trouvait plongée dans le sommeil, je repartais, escorté par les chiens de la ferme qui gémissaient de devoir m'abandonner à ma route et à ma solitude.

Il arrivait que cette route conduisît à une rivière où je lavais mon linge et me baignais. Passait une péniche. Le marinier voulait bien me prendre à son bord, mais à la troisième écluse, avant la fin du troisième jour, je quittais l'homme pour m'enfoncer dans un champ de lin ou dans un bois taillis où croulaient des grives. Au sortir de ce havre j'écoutais, portées par le vent, les nouvelles du monde. Un monde qui ne semble plus croire à sa durée, qui se fait la guerre jusqu'en Terre sainte, cette terre que j'aimerais rallier pour la paix promise aux pastorales par Notre-Seigneur.

Lasse de nos jeux et quelquefois de nos jurements, de santé de plus en plus précaire, souffrant du peu de temps que nos parents, pris qu'ils étaient par leur ouvrage, lui pouvaient consacrer, tante décida de son départ. Elle serait mieux chez les petites sœurs. Elle ne cachait pas le difficile de vivre vieux dans un monde inhumain. Elle se mit à délaisser ses tricoteries et ses lectures et à pencher la tête vers le vide de ses yeux qui ne voyaient plus du monde, qu'elle avait aimé dans sa jeunesse, que sa caricature. Pour ne pas perdre cœur, elle tirait son chapelet de sa poche et plongeait dans un interminable rosaire. Il arrivait que maman, lancée dans toutes les directions du quotidien domestique, trouvât encore, non pas le temps, mais la force de prier avec elle.

La petite orpheline qu'elle avait été s'était bien accommodée de la charité de cette parente qui l'avait prise chez elle et instruite de l'amour de Notre-Seigneur pour sa pauvre créature. Grâce à son dévouement, elle avait pu, pendant deux ou trois ans, chanter et danser dans la cour des religieuses de Grand-Champ à l'ombre des tilleuls. On lui avait également enseigné des rudiments d'orthographe et d'arithmétique. A onze ans, première communion faite, elle fut jugée assez savante pour être gagée chez des gens qui lui demandèrent un travail au-dessus de son âge et la soignèrent de lait caillé, de patates en robe des champs, de soupes au lard et de châtaignes. Elle n'avait rien oublié de la dureté de ses patrons chrétiens. Il lui arrivait de nous en entretenir afin que nous pussions mesurer la différence de traitement de son jeune âge et du nôtre.

Sa tante et tutrice qu'elle voyait le dimanche, au sortir de la messe, ne tolérait aucune plainte, aucune récrimination et donnait toujours raison aux braves gens qui la maltraitaient. Elle entraînait cependant sa pupille dans un café où elle pouvait choisir entre un verre de cidre ou de limonade. Là, au milieu d'hommes et de femmes qui les regardaient, elle était reprise sur la hauteur de sa coiffe, sur la manière qu'elle avait de l'épingler à l'effronterie et sur sa façon de dévisager les gens comme si elle était en compte avec eux. « A ton âge, on baisse les yeux, ma fille. Les manières de dévergondée on les laisse aux autres. La vie se chargera de t'apprendre à te tenir. Moi, je ne te demande qu'une chose : que tu sois obéissante et travailleuse et qu'on ne parle pas de toi... »

Cela remontait à l'esprit de notre mère tandis qu'elle soignait, lavait, coiffait son ancienne. Elle avait une dette envers la bonne couturière. Qu'elle eût été parfois plus dure, plus intransigeante que les paysans, elle le voulait oublier, mais n'y parvenait pas toujours.

Quand il fut question de son mariage avec notre père, la bonne tante de Loperhet lui fit savoir qu'il n'était pas raisonnable qu'elle poussât des feux dans cette direction-là. Jean-Marie n'était qu'un maçon ivrogne et querelleur comme ils sont tous. Certes, il avait une mère admirable et une sœur au-dessus de tout éloge, seulement, ce n'était ni avec la mère ni avec la sœur qu'il lui faudrait vivre, mais avec un homme sans Dieu, travailleur et courageux on en convenait, mais porté aux extrêmes pour écouter les mauvais conseilleurs et demander à la bouteille des plaisirs honteux. Elle s'était renseignée auprès du recteur de Plescop et sa religion en cette affaire était faite.

Notre mère obtint cependant la permission de regarder le jeune homme comme un « promis » et de le voir, le dimanche, entre la fin du déjeuner et la traite de six heures. C'était peu de temps pour un si grand projet.

Toujours curieux par ce genre de situation, je disais à notre mère : « Que faisiez-vous de cette demi-journée ?...

— Nous faisions le tour du bourg. Au début

comme deux nigousses[1], ensuite, on se donnait la main. Dans le courant de la semaine, il avait mis de côté quelque gâterie pour moi. C'était du chocolat, des bonbons, un gâteau. Généralement, avant de nous quitter, nous allions prendre un rouge-limonade chez Anna, jeune mariée elle aussi, qui serait plus tard ta marraine.

— C'était tout ?

— C'était comme ça.

— Vous ne vous embrassiez pas comme dans les films ?

— Quels films ? Avant la guerre de 14 ce genre de distraction n'était pas encore arrivé jusqu'à nous. Bien sûr que ton père m'embrassait, comme je t'embrasse quand tu ne fais pas le diable. Tu es content ?... »

Je ne l'étais pas. Moi, quand je me marierais, j'embrasserais ma fiancée. Sur les lèvres, comme au cinéma !

A tourner et retourner ces souvenirs, arriva le jour où le char à bancs de Guhur s'arrêta devant notre porte. Tante y fut portée par notre père. Maman monta près d'elle. Ses petites choses, en deux minces paquets, furent rangées derrière le véhicule. « Au revoir, tante ! — Ar' revoir ! » Elle agita la main et s'en fut.

Elle avait pris soin de nous chérir dans les heures qui avaient précédé cette rupture. Nous étions allés, chacun à notre tour, mettre nos mains dans son tablier et notre tête sur ses genoux. Elle entendait que chacun de nous fît son devoir et, avant tout, son devoir de chrétien. Comme je pleurais de la voir pour la dernière fois, elle eut pitié de mes larmes et me pressa sur sa poitrine. Elle dit à notre mère qu'un garçon si sensible ne pou-

1. Idiots.

vait être foncièrement mauvais. Elle décréta que j'allais devenir un solide valet, et, plus tard, un excellent agriculteur, du moins si je savais résister au diable de l'école sans Dieu. Elle eut pour chacun de nous des mots de tendre compassion et s'abrita derrière son grand âge pour nous bénir.

Dans les jours qui suivirent son départ, nous fûmes comme dépouillés de nos jeux, de nos disputes fraternelles et de notre bruit. J'allais me réfugier dans les saules du bord de la rivière. Là, je feuilletais le Petit Larousse illustré que Marie-Jo, notre sœur aînée, partie à la ville, avait laissé derrière elle à mon intention. Certains mots donnaient le vertige, plus encore quand ils étaient en rapport avec notre condition et la pouvaient expliquer. Le mot « métairie », le mot « rivière », le mot « alouette » recelaient des vertus de bonheur intense. J'en connaissais d'autres, beaucoup d'autres, de sorte qu'il m'aurait fallu un cheval ailé pour les survoler tous. De l'hospice, j'en étais sûr, notre tante applaudirait bientôt à ma réussite et remercierait le Seigneur de ses grâces.

Que ce fût du haut d'un saule ou d'un pommier, je me disais qu'il y aurait encore de beaux soirs et de belles nuits et des appels d'oiseaux dans les arbres, et des dérangements de lumières et des chevauchements d'ombres jusque dans les cœurs. Notre mère affirmait que le monde n'allait pas pourrir tout de suite, qu'il prendrait le temps de se craqueler, de se lézarder avant de s'enfoncer, comme un bateau fantôme, dans une mer ensemencée de songes. Il y aurait encore des fêtes dans les forêts et dans les faubourgs et jusque sur notre lande blessée de bruyère.

David n'a pas dansé devant l'Arche pour faire le clown et nous éblouir. Dans son idiome, tante disait qu'il y aurait encore de belles fumures jusque dans le ciel.

Maman, qui ne voulait pas être en reste, ajoutait en riant qu'il n'est que de prêter l'oreille pour entendre résonner les forges du vieux Sucellos dans les entrailles de la terre et glisser les sandales de Dieu entre les nuages.

Les ouvriers et les paysans, les marins qui sont au commerce et les pêcheurs qui veillent aux casiers, fils de roi ou fils de rien, finiront par se reconnaître et par s'aimer dans la bonne odeur de Dieu, ce Dieu que notre mère et notre tante avaient appris à prier à Ker-Anna du Bocenno, dans le champ et le sanctuaire de Madame sainte Anne.

Nous allions bénéficier du temps du répit et déchiffrer les signes, les intersignes et les « signifiances » jusque dans la souffrance des hommes.

Du haut du saule ou du pommier, je me disais qu'il y aurait encore et toujours des chansons de douceur comme notre mère les savait si bien moduler. L'amour en vérité n'a pas fini d'être de notre douaire. Il saigne en chaque sône[1] et chaque saison qui passe le fait saigner. Nous sommes dans un immense amour sans trop savoir qu'en faire. Nous rêvons sur la lande d'un amour sans objet, d'un amour fou, l'amour d'un Nicolazic, le voyant du Bocenno, pour celle qu'il appelait « ma bonne maîtresse ».

Dans la suie de notre cheminée, tante prétendait que nos cris de plaisir n'étaient encore que des plaintes.

Je me dis que jamais je ne serai plus jeune. J'ai l'âge de qui regarde les filles pour la première fois. A Conleau, je le sais pour les avoir vues, elles

1. Chant.

plongent du bout de la jetée et remontent rieuses, ruisselantes, à la surface du craquant été.

J'ai la jeunesse de mes ancêtres. Je connais leurs péninsules imaginaires, leurs continents fantastiques, leurs terres promises, leurs respirantes, leurs crucifiantes terres à fléaux. Aujourd'hui encore, leurs chansons et leurs danses les trahissent. Une ridée, un avant-deux, un jabadao[1] et ils sont là, le verre de cidre à la main. Non pas le verre, mais la bolée, mais le pichet ! Ils ont soif. Ils ont la soif de ceux qui doivent oublier qu'ils sont venus apparemment pour rien dans un monde absurde.

C'étaient des paysans. Sur la mer, c'étaient encore des paysans. Travailler et boire, telles étaient leurs préoccupations essentielles, mais il advenait qu'ils sortissent de l'ombre pour chercher, à l'estime, le chemin du salut.

Je suis d'une race qui se lavait sans trop de savon. Nos chemises de chanvre ressemblaient à celles des forçats quand leurs droguets valaient mieux que nos guenilles.

J'ai toujours ressenti les douleurs des miens. J'assume leurs déceptions. Je réponds de leurs drames. Comme eux, toute honte bue, je tiens à mes racines, comme eux, je voudrais en être délivré.

Du haut du saule ou du pommier, ce vaste domaine de mon imagination sonnait l'heure de suivre Hoche, Marceau, Bonaparte. Il arrivait que je prisse par Broons, histoire de me mêler aux exploits de l'enfant Du Guesclin. J'aimais qu'il sût se battre et qu'il flanquât d'humiliantes dérouillées aux chenapans de son village. Moi, il m'adoubait chevalier en me frappant l'épaule de son bâton.

1. Danse du diable.

C'était en cette qualité que je prenais par tous les chemins défoncés et que j'entrais dans une troupe de saltimbanques avec des filles nues comme la lune. Les roulottes étaient pareilles à celles que je voyais sur le pré communal de la chapelle de Saint-Amon en me rendant à l'école de M. Blèvenec. Ces gens cuivrés, bronzés comme des bandits calabrais, me faisaient rêver et la nubilité de leurs filles que je surprenais au milieu de la rivière, les jupes retroussées à mi-cuisses et riant des chatouilleries des herbes filantes, m'affolait au point de les vouloir culbuter dans le courant.

J'étais un jeune sauvage qui cherchait à apprendre. A mes yeux, l'école valait mieux que les vacances. J'avais hâte à la rentrée d'octobre. Quand je voyais les arbres laisser tomber leurs feuilles et donner des fruits que je pouvais ramasser dans les ronces, musette au dos, je courais vers le bourg, mes cadets sur les talons, et je me réjouissais à la vue du tableau noir, des cartes pendues aux murs de la classe, des pupitres bien alignés et du bureau de notre maître, vierge de tout papier, sur une estrade d'où il dominerait notre travail et nos turbulences.

L'odeur des encres et de la craie me grisait délicieusement. Tirée d'un ouvrage de Jules Renard, d'Anatole France ou de Pierre Loti, la première dictée me portait à la prudence car, dans sa limpidité même, je la savais porteuse de pièges. Une faute de moins, c'était la joie de le crier à maman depuis le haut de la lande. Encore un exploit qu'on cacherait à la vieille tante, quand on irait la voir chez les petites sœurs.

Je me plaisais bien dans la division du certificat d'études avec Marcel Lemaire, Lucien Le Studer, Loïc Mostade, Roger Dano et quelques autres. Mes progrès en orthographe furent une affaire de semaines. Je leur dois d'avoir été jugé digne de subir l'examen. M. Blèvenec, notre maître, répugnait aux échecs. Ceux de ses élèves qu'il emmenait dans sa voiture jusqu'au chef-lieu de canton, à force d'exercices, dominaient les accords de verbes, fussent-ils pronominaux. Les auxiliaires « être » et « avoir » ne soulevaient plus de difficultés. Il est vrai que cinq fautes en orthographe et c'était le drame ! Pas le moindre repêchage en vue, fussiez-vous par ailleurs excellent en histoire-géo et plus que doué en arithmétique. La dictée et la rédaction décidaient du résultat final. Celui qui savait faire une phrase avec un verbe, un sujet et un complément, passait pour un esprit distingué. On lui prédisait Polytechnique, les Mines, Navale. De quoi se rengorger en famille et plus encore devant les copains.

Curieusement, mes amis, je les allais chercher en dehors de l'école. J'aimais à me rapprocher d'aînés joueurs de boules ou coureurs cyclistes. Un dénommé Pitche, arrivait en fin de semaine de Vannes avec le goût de gagner l'andouille et d'emporter le cochon. Il était un petit bonhomme râblé, la moue mégoteuse, avec le besoin de boire au moment de tirer. Il n'avait qu'à pointer l'index et Jean Rio arrivait avec la bouteille de muscadet. Pitche prenait le temps de se mouiller les lèvres, de déguster, et revenait au jeu en serrant sa ceinture de flanelle sur le tonnelet de son ventre. Puisqu'on lui demandait de tirer et que l'heure était gravissime, il se saisissait d'une boule, la portait à la hauteur de ses yeux et, d'une distance de quinze mètres, expulsait le cochonnet hors de l'enceinte de jeu. Je courais après le fugueur et le remettais au champion au milieu d'éclats de rire.

On riait beaucoup dans le bourg en ce temps-là. La morosité universelle n'avait pas encore gagné notre pays... Bravo, Pitche ! A la tienne, Pitche ! On les a eus, et comment !

Ce Pitche avait une sœur de mon âge, à Vannes, plus exactement à Calmonbat, sur la route de l'Armor pouilleux. Je la rencontrerai bientôt.

2

Notre Jean-Marie de père avait l'âge de la tour Eiffel. Son père, François-Marie (notre grand-père), était né le 31 janvier 1848 sous Louis-Philippe. Devenu cultivateur, il exploitait une ferme de belle tenue au Moustoir-des-Fleurs, village qu'il m'est arrivé de célébrer en prose et en vers parce qu'alors très représentatif de la vieille Armorique.

C'est au Moustoir-des-Fleurs que notre père vint au monde. Notre mère, près de trois ans plus tard, verrait le jour au bourg de Grand-Champ, dans une modeste maison derrière l'église paroissiale.

François-Marie s'étant éteint en 1896, laissant à sa veuve quatre enfants en bas âge, Jean-Marie qui n'avait que sept ans, fut gagé et confié à son parrain. Dans *Chanticoq,* j'ai voulu raconter cette enfance privée de tendresse. J'y ai renoncé pour écrire un roman.

Morniflé, humilié, le fouet aux fesses, il lui fallait garder le troupeau et gare à le bien garder ! Tandis que les bêtes paissaient dans une prairie ou dans une lande, il courait arracher des pommes de terre pour les porcs ; coupait des choux par n'importe quel temps ; se rendait au bourg chercher de la farine de blé noir pour les galettes, ou du pétrole pour la lampe.

Pas le droit de s'amuser en route, à peine celui de regarder une grive têtue sur son nid. Aucun manteau pour se protéger du froid, pas de capuchon pour se défendre de l'averse, rien qu'une veste et un pantalon de toile, une chemise de chanvre et, au cœur de l'hiver, un méchant tricot.

Pas un seul jour d'école. Plus tard, communion en vue, l'autorisation de se rendre au bourg de Grand-Champ une fois par semaine pour une leçon de catéchisme. Le recteur, le maire, les notables, parfaitement insensibles à la détresse du jeune garçon. Cette détresse-là était d'ailleurs largement partagée dans le peuple. C'était encore le temps républicain où l'on mendiait son pain le long des routes. Notre mère voyait des familles entières passer devant chez sa tante. Elles frappaient à la porte de la couturière qui leur donnait un morceau de pain pour l'amour de Jésus-Christ.

Alors, ce n'était pas la morosité qui avait déjà été dénoncée par M. de Lamartine, c'était la misère noire. On se traînait sur les chemins et l'on mourait dans les fossés. Nos sociologues ne s'en souviennent plus ou se mettent un voile sur les yeux en consultant les archives. Ils feignent d'ignorer qu'en dépit des lois Ferry, la jeunesse, dans sa moitié, n'était pas scolarisée mais mise aux travaux forcés des champs, des mines et des fabriques. *Le Pain noir,* de Georges-Emmanuel Clancier, évoque parfaitement la condition des pauvres à la fin du XIXe siècle. J'invite les pédagogues à lire cela et à en disserter devant leurs élèves. Bien des choses qui nous semblent aujourd'hui insoutenables, paraîtront tout au plus dérisoires.

Cette vie d'esclave, notre père allait la subir pendant plus d'un lustre, mais un jour que le parrain le talochait encore, ce fut la révolte et la défaite du bourreau. Les dés ayant été jetés, il quitterait la ferme et entrerait en apprentissage chez son beau-frère qui dirigeait une entreprise de maçonnerie. Cet apprentissage le conduirait au métier de soldat. Trois ans de régiment à Troyes et, après une année de détente au cours de laquelle il prit femme, quatre longues années de guerre. Sept ans donnés à la France, dans la boue et le sang, pour une pension de clochard.

« Si j'avais eu la chance d'aller comme vous à l'école, disait-il souvent, je serais sorti de la grande boucherie avec du galon et j'aurais demandé à servir dans les colonies. Vous, les garçons, pouvez nous faire des officiers de soleil. Il vous faut aimer apprendre. »

Il parlait surtout pour moi et mettait de grandes espérances dans mon avenir. De fait, j'appréciais l'étude et je vouais une sorte d'admiration à notre instituteur encore qu'il ne reculât jamais devant une correction à administrer à un imbécile. J'avais aussi de la sympathie pour notre recteur qui enrageait de me voir sur les bancs de l'école laïque. Il avait dit à notre mère que ma place était chez le frère et que, certificat religieux en poche, je quitterais celui-ci pour le petit séminaire de Sainte-Anne-d'Auray. Maman, les mains jointes devant une image pieuse, m'imaginait en prêtre, célébrant le saint sacrifice de la messe et, du haut de la chaire, dispensant un enseignement d'une telle valeur que le menu peuple s'attacherait à ma soutane comme à la bure d'un saint.

Notre père qui avait abandonné la maçonnerie pour les chemins vicinaux et qui veillait au bon rendement de nos trois hectares de champs et de marais, exclamait sa gouaille plus que sa colère dès qu'on évoquait en sa présence les avantages matériels et spirituels qui seraient les nôtres, si je parvenais à la paroisse pour la diriger. Ses railleries, je dois le dire, me faisaient mal. Quand je lui demandais pourquoi il riait à mes dépens : « Je n'aime pas trop les curetons », répondait-il.

On ne lui connaissait d'autre vice que de boire. Quand il sollicitait dans notre cave quelque cidre plus tordu, ou qu'il débouchait une bouteille de vin, ses saillies de mécréant se retournaient contre lui et nous lui faisions honte d'obéir à son penchant. Les choses se gâtaient quand il poussait la porte d'un bistrot et qu'en place de cidre il commandait « une bonne lambig ». Cet alcool lui montant aussitôt à la tête, le jetait dans des disputes, algarades et coups qui attroupaient le badaud. Prévenue par quelque voisine au grand cœur, notre mère d'accourir et de crier à son homme qu'il ne valait pas le cochon de la soue. Notre Jean-Marie percevait le discours furibard, relevait son adversaire, lui brossait le paletot d'un revers de la main et s'en retournait à ses devoirs, fustigé tout au long du chemin par le courroux cinglant d'une épouse qui aurait le dernier mot.

J'assistais de près ou de loin à ces débordements paternels et je crois bien qu'il ne me déplaisait pas de les rappeler dans la cour de l'école et de m'en forfanter — comme d'autant d'exploits — dans mes rédactions.

Notre Jean-Marie avait deux mots pour ravaler la superbe de ceux qui se voulaient exemplaires jusque dans leurs beuveries : « feignants » et « embusqués ». Il me disait en coupant du trèfle pour les bêtes ou du bois pour la cheminée : « Tu vois, mon gars, sans ta mère toujours à s'occuper de ce qui ne la regarde pas, je les aurais balancés dans la marmite à Mathurine pour les voir barboter et les décrasser. Ces gens-là n'ont pas pris de bain depuis leur baptême. — Mais papa, ils étaient trois ! — Et alors ? Trois fois plus nombreux, ils ne m'auraient pas fait peur. Je ne reculerai jamais devant des territoriaux qui ont passé la guerre à caresser la jument du général et à jouer les malades dans les hôpitaux militaires ! Il faut savoir ce qu'ils ont pu inventer pour refuser le front où j'étais avec des Sénégalais à faire le guignol. Fils, apprends à ne jamais reculer devant personne. Tiens, montre-moi que tu sais tenir la bouteille et que le biberon de ta mère c'est plus de ton âge... »

Il me tendait une bouteille de cidre que je sollicitais à plus souffle, moins pour la soif que pour lui faire plaisir. « Diable, disait-il, la vieille tante avait raison. Tu ne plairas jamais aux bigotes qui mettent de leurs culottes à sécher sur les ronces !... »

Il partait d'un rire galochard et reprenait sa tâche avec une ardeur renouvelée.

Il était tendre avec sa couvée, taillait des poupées dans une rouelle de hêtre pour les petites sœurs, un sifflet pour mon frère et rafistolait le vieux vélo pour que je pusse courir aux commissions.

Ce n'était pas une mince affaire que de rouler, les jours de pluie, entre les ornières du chemin charretier. Il m'arrivait de déraper et de m'affaler dans les buissons. Tant bien que mal, je redressais la bicyclette, ressuyais le pain qui avait pataugé. La sacoche qui s'était entrouverte me donnait des sueurs froides quand le kilo de sucre, éventré, laissait couler sa poudre. A mon retour peu glorieux, notre mère me reprenait durement, puis elle comprenait que nos chemins n'étaient pas sûrs et remerciait le ciel de m'avoir tiré d'un mauvais pas.

Les dangers auxquels j'étais souvent exposé, étaient d'autre sorte. Je pouvais avoir une dizaine d'années quand, dans le champ de Kerizouët, l'ami

Joseph, mon aîné de trois ans, se masturba devant moi « pour m'apprendre ».

Son acharnement, son air égaré, ses soupirs, l'espèce de folie qui lui dilatait les yeux, me firent peur. Je délaissai nos vaches et me sauvai dans une lande. Il m'appela pendant des heures et prit sur lui de ramener les bêtes à l'étable. Il dit à notre mère que je cherchais des nids et que mes livres me dérangeaient le cerveau. Je dus plaider ma cause en me servant de litotes. Je ne pouvais décrire Joseph dans ses dérèglements. Je n'en imaginais d'ailleurs pas la portée. Les choses du sexe m'étaient étrangères. A mes yeux, il s'agissait là d'exercices d'adultes voués uniquement à la procréation et j'en voulais à ceux de mes camarades qui se forfantaient de leur membre pour mieux accabler celui-ci ou celui-là qu'ils avaient déculotté, dans le dos de l'instituteur, pour y aller voir.

Parce que sans parents, les enfants de l'Assistance servaient souvent de souffre-douleur à des bravaches qui se vantaient de culbuter des vachères.

René, que nous avions eu pendant des années, était de ceux-là, encore que les plus téméraires n'osaient porter la main sur lui.

Il était à notre foyer lors de ma naissance et j'avais plus de huit ans lorsqu'il nous quitta pour aller faire le domestique chez un cultivateur de nos environs. Pendant huit ans, il m'avait été frère et mentor.

Avec lui, je ne craignais personne. Dès qu'un babouin prétendait aller voir ce que je cachais dans ma culotte, René arrivait, galoches en avant, l'invective à la bouche, hardi, téméraire, dur aux coups, admirable chevalier de justice. Toucher à

Marcel[1] ! Il se serait fait tuer pour me défendre. Que je fusse directement ou indirectement l'auteur de la rixe lui importait peu. A la manière de notre Jean-Marie dont il appréciait l'esprit bagarreur, à coups de pied et de poing, il entrait dans mon affaire, la prenait à son compte, se faisait mordre, mordait à son tour, échevelait l'adversaire, lui arrachait le béret ou la casquette qu'il jetait dans les latrines comme une savate.

On le redoutait et l'on inventait de ses mauvais coups pour le desservir auprès de nos parents et plus encore de l'Administration dont il dépendait qui, par le truchement d'inspecteurs, le menaça de la maison de correction de Belle-Ile.

Qu'on eût volé des œufs dans le poulailler de Mélanie ou des lapins dans le clapier d'Alphonsine et ces larcins — que d'autres ! que d'autres ! — lui étaient imputés. Il se défendait en beau diable des accusations portées contre lui et partait en chantant à la queue de nos vaches qu'il gardait le long des routes, fussent-elles nationales.

En classe, il essayait de se maîtriser et tâchait, laborieusement, de saisir quelque chose des leçons de l'institutrice qu'il aimait à surprendre dans les toilettes pendant les récréations. En rentrant le soir à la ferme, il me parlait avec éloquence de ses cuisses roses.

Pour l'avoir rencontré dans une page de lecture sous la plume de Victor Hugo, les camarades se mirent à l'appeler Gavroche. Il en avait le pittoresque avec la tête penchée sur l'épaule gauche et la langue hors de la bouche et recouverte de salive

1. Le narrateur répond aux prénoms de Marcel, Martial et Charles. Marcel, c'est ainsi qu'il est appelé dans sa famille ; Martial, c'est le nom que lui donnent sa grand-tante et sa grand-mère ; Charles, il est Charles pour l'état civil et du même coup pour les instituteurs, prêtres, professeurs, etc. *(N.d.A.)*

au moindre effort. Il ne savait évidemment rien des « Misérables » dont, à son insu, il faisait partie. Quand je l'appris moi-même, je l'avais perdu de vue.

Un jour que dans la compagnie de nos vaches nous nous amusions sur le bord de la Marle, l'idée lui vint d'aller voir de plus près comment sont faites les filles. Dans une prairie voisine, deux sœurs avec des anglaises et des jupes à volants voulurent bien s'allonger dans l'herbe. René contempla la fente, y mit un doigt, recommença après avoir retourné les jeunes bergères. Le spectacle des fesses surtout le réjouit fort. A son tour — car il avait été entendu que la réciproque serait vraie —, il se déboutonna et laissa les deux ingénues lui tripoter la verge. Chatouilleries ou pas, la curiosité des mignonnes lui arracha des cris et des contorsions qui finirent par une sorte de danse sauvage. Pour échapper aux diablesses, à la manière du pauvre Scarron, il sauta dans la rivière et y demeura le temps de se rajuster. Tant la situation était comique qu'on m'oublia et que je retrouvai mon chien et mes jeux ordinaires sans avoir dû sacrifier à l'impudique exhibition. J'en fus très heureux. Je ne redoutais rien tant que de devoir montrer quelque nu de mon corps. C'en était au point que, moi aussi, j'entrais tout habillé dans la rivière en disant à notre mère que j'étais tombé dedans. Elle attrapait le mensonge et riait de mon bain. Il arrivait qu'elle me donnât une chemise et un pantalon de l'Assistance publique en attendant que mes guenipes fussent sèches. « Les enfants abandonnés, disait-elle, sont mieux habillés que toi. Ton père et moi avons beau travailler comme des bêtes, il nous est impossible d'acheter du linge. Nous faisons avec nos vieilleries que tante n'est plus là pour raccommoder. »

Le dimanche, à l'église, pendant le prêche du recteur, René multipliait les pitreries et faisait rigoler les camarades de la laïque. A l'heure du pain bénit, il plongeait la main dans la corbeille d'osier et en rapportait assez de morceaux pour une tartine. Le frère, les religieuses et leurs élèves, foudroyaient du regard le malappris qui n'en avait cure.

« Tiens, Marcel, c'est pour toi que j'ai tout pris ! »

Nos parents riaient de tout ce que René pouvait inventer pour nous compliquer l'existence. Lorsqu'il mit nos vaches dans le champ de choux de Guhur, la faute fut jugée pendable. Notre père promit une journée de travail pour réparer les dégâts. Ce jour-là, Gavroche reçut une bonne raclée.

Un autre jour, comme tout remué par la nouvelle qu'il était seul à connaître, il annonça la mort de son homme à la vieille Mathurine qui, délaissant savates et sabots, courut pieds nus vers la lande où l'Eugène coupait de l'ajonc.

« Tu n'es pas mort ? cria-t-elle dans le porte-voix de ses mains.

— Pas seulement malade.

— Dieu soit loué ! C'est encore ce malheureux gosse qui aura voulu me faire tourner les sangs. »

Son départ fut regardé comme une délivrance par le voisinage. En quelques mois il prit de l'importance et, guides en mains, debout dans un tombereau, jeta sur la bourgade un regard où passait encore plus de compassion que de mépris. Quand on lui demandait si sa nouvelle vie lui convenait, il en expliquait le pourquoi et n'oubliait jamais d'ajouter : « Je suis beaucoup mieux que chez mes nourriciers. Maintenant, j'ai de l'argent de poche. Je peux me payer autant de tablettes de chocolat que je veux. Avec les petits sous que je mets de côté, bientôt j'irai au claque ! »

Qu'il fût plus heureux chez les autres que chez nous me mortifiait cruellement. J'essayai de lui faire comprendre que je souffrais de le voir s'éloigner. Il eut son rire en lame de faux et me dit en me prenant les épaules : « Si loin que j'irai seul, tu seras dans ma poche. Et toi, quand tu seras l'officier de soleil de ton père, pense à ne pas m'oublier. »

Il m'a fallu continuer sans lui entre mon frère, René comme lui, grâce à lui, et mes sœurs.

Le matin de cette année-là, je me levais à six heures, en même temps que notre père. Nos ablutions faites, nous prenions ensemble un grand bol de café sans dire un mot. Il allait sur la route du Poteau casser trois mètres cubes de pierres pour trente francs. Moi, je ferais plusieurs dictées et tâcherais de trouver la solution de trois ou quatre problèmes. Il me fallait être au bourg à six heures et demie pour le plaisir de jouer à la balle avec Francis Mostade et Corentin Loussouarn. A sept heures, retour de la mairie dont il expédiait le secrétariat, M. Blèvenec nous faisait signe et nous entrions en « séminaire ». Les élèves ordinaires nous rejoindraient une heure plus tard. En une heure, nous aurions été heureux, moins heureux dans notre travail, mais passionnés par celui-ci. Même séance en fin d'après-midi, ce qui fait que je rentrais au moulin comme notre père s'en revenait de son chantier. Le temps d'un morceau de pain et d'un verre de cidre et nous repartions vers le champ du haut pour semer, sarcler, faucher et rêver un peu.

Mon rêve me poursuivait jusque dans le travail le plus rebutant. J'entrais dans « la Royale » et je faisais le tour du monde sur la *Jeanne-d'Arc*. Je

« montais » à Paris, tâtais d'un établissement de crédit et devenais banquier. Les fins de mois de notre mère s'en trouvaient grandement facilitées. Le journalisme aussi me tentait bien, à condition de devenir un autre Henri de Kerillis dont j'entendais le nom, certains dimanches, dans le poste de ma sœur Marie-Jo.

J'avais de l'ambition et notre maître en avait aussi pour moi, notamment celle de m'envoyer au collège. Que mon ami Francis Mostade et ses frères Yvon et Loïc y allassent, en tant que fils d'institutrice, la chose ne souffrait aucune contestation. Aucune non plus pour le cher Corentin dont le papa était fonctionnaire. Pour moi, ce fut différent. De bonnes âmes s'alarmèrent à l'idée que je pourrais poursuivre mes études avec l'argent de la commune. Le bon M. Guillevic, en tant que maire, intervint énergiquement, balaya les sottises et fit cesser les clabauderies. Ce serait avec le pauvre argent gagné par mon noble père que j'apprendrais à disserter du *Cid* et de *Britannicus*.

La commune rassurée, la paroisse intervint. Le recteur Thébaut ne pouvait supporter que je fusse chez les rouges et que mon géniteur n'assistât pas à la messe. Il entreprit de mettre notre mère très chrétienne en face de ses responsabilités. Sachant l'importance de la femme dans un couple, il essayait de la culpabiliser et lui laissait entendre qu'elle pouvait retourner une situation jugée sévèrement au diocèse. Par la prière, bien sûr, mais encore par d'autres moyens qu'une épouse sait utiliser. Il ne doutait pas du résultat.

Je dois dire que maman ne chercha jamais à me troubler si elle pensa à convertir son homme. Je l'entends encore : « Tu n'as pas honte de vivre comme un païen ? Tu es pire que le Divorcé ! Lui, il a de bonnes raisons de se tenir loin des sacrements, le pauvre diable, mais toi, qu'est-ce qui t'empêche de faire ta paix avec le bon Dieu ?

— J'aime pas les curés !

— C'est pas au curé que tu auras affaire le moment venu... et pense aux enfants... Quel exemple pour eux !

— Les enfants vont à la messe et continueront d'y aller tant qu'ils seront chez moi. Ils vont à la messe et au catéchisme. Ils ont été baptisés. Le plus grand est déjà confirmé. Jamais je n'essaierai de les détourner de leur devoir. Je veux des enfants dans le droit fil de la Vierge et à genoux devant le Seigneur. Moi aussi, il m'arrive d'être à genoux devant mon tas de pierres et c'est pas le recteur qui viendra me donner un coup de main. »

Certains voisins disaient entre eux que notre Jean-Marie n'était qu'un communiste. Il laissait dire et se moquait de ses juges en enveloppant son ventre d'une large flanelle rouge.

Quand j'y pense, je trouve qu'il faisait beaucoup de choses en dehors de son chantier. On le voyait aux champs, aux châtaignes, aux champignons, à la rivière, après une pluie d'orage, pêchant à la vermée. Il n'était pas chasseur, ne posait pas de collets et ne possédait pas de fusil. Les armes à feu, il n'en avait que trop manié dans sa jeunesse avec des bourriques qui regardaient à leurs montres la minute même de leur mort. Les armes à feu, il les laissait cordialement aux « feignants » et aux « embusqués », à ceux qui s'étaient fait porter malades pour échapper aux premières lignes ou qui étaient restés au chaud du lit de leur femme pour un point d'asthme ou une coqueluche retardée. Il les reniflait à distance et ne leur cachait rien de son mépris. Il brocardait aussi le recteur qui avait fait son devoir du côté des Dardanelles. A ses yeux, le vrai front, le seul, s'étendait de la Somme à la Champagne et de la Marne à Verdun. Il y avait été blessé à trois reprises, mais à peine « recousu », rebelote ! De nouveau en face des casques à pointe, sous les ordres de sergents pervers et d'officiers balfous.

Je lui lisais le journal. C'était presque toujours *Le Nouvelliste du Morbihan,* un hebdomadaire qui se vendait à la sortie des messes. Nous n'étions pas assez riches pour nous abonner à *L'Ouest-Eclair,* quotidien qui avait été fondé au début du siècle par l'abbé Trochu. Ce publiciste en soutane ne disait rien qui vaille à notre Jean-Marie et la prose de ses collaborateurs lui était suspecte. Il n'avait guère plus confiance dans l'abbé Desgranges, dont François Mauriac dira plus tard qu'il était un homme éminent, un cœur pur et un humaniste.

Cet abbé sollicitait les suffrages de ses concitoyens tous les cinq ans et ne manquait jamais d'intervenir au Palais-Bourbon pour une agriculture exsangue et une famille bien souvent misérable. Tant de généreuse activité — et qui allait dans le bon sens ! — ne parvenait pas à séduire notre père qui ne voulait pas voter pour « la calotte », avec les bigots trop bénits et les bigotes en odeur de sacristie. Cela créait autour de notre cellule familiale un climat de suspicion et de blessante agressivité qui m'était insupportable. Je souffrais surtout des sobriquets destinés à avilir notre Jean-Marie et à lui nuire jusque dans l'esprit de ses employeurs.

Généralement, il faisait semblant de ne rien entendre, mais dès que l'insulteur devenait plus pressant, la riposte arrivait à coups de boule de tête et le bonhomme en perdition s'effondrait dans sa putasserie.

Notre mère ne reprenait jamais son homme quand il se battait pour l'honneur de son nom et celui de ses enfants. « Tu ne lui as pas encore donné assez ! » disait-elle.

Elle-même avait jeté l'eau de sa lessive à la figure d'une commère qui prétendait lui faire la leçon. A l'annonce de cet exploit, notre père d'entrer dans la cave et de téter à la chantepleure. Le lendemain, toujours ému, il nous lança : « Les enfants, votre mère est une sainte. Surtout dans la colère. Marcel, tu vas écrire au pape pour lui signaler la chose. »

J'écrivais sous sa dictée au directeur des services vicinaux ; au patron de la coopérative agricole ; au percepteur pour lui dire que nous étions des indigents et qu'il eût à se torcher le cul avec sa paperasse. Je m'adressais aussi au préfet qui ne tolérerait pas qu'un grand blessé de guerre, père de six enfants, pût être « mis à pied » pour un oui ou pour un non. « Nous avons des droits », disait notre père... Il me regardait dans les yeux et me lançait d'enthousiasme : « Dis-y que j'exige d'avoir du travail toute l'année et que j'irai plus haut que lui en cas de refus. Ecris tout ça à cet embusqué !... C'est fait ?... Relis-moi la chose... Quoi ?... Qu'est-ce que j'entends ?... Ayez la bonté ?... J'ai rien à faire de la bonté de ce feignant ! C'est du pain que je veux et je suis prêt à crever sur mes pierres pour l'obtenir. Dis-y aussi que tu vas aller au certificat et bientôt au collège. Ça lui bouchera un coin ! Ah, si je savais me servir de ta plume, tu m'entendrais chanter ce que j'ai dans le ventre ! Laisse tomber sa bonté, dis-y mes droits... »

Ses droits étaient tellement sacrés que nous allions comme des mendiants et que le médecin refusait toujours de nous venir voir dans ce qu'il appelait notre « trou à rats ».

Les petites sœurs se blessaient les chevilles dans des sabots trop grands ; mon frère, si frêle, si fiévreux, n'avait pas de manteau pour traverser la lande de Kerfuns ; moi, sous un gilet à peu près présentable, j'entassais les haillons d'anciens tricots. Quand plus tard je raconterai cela au poète Robert Lorho — alias Lionel Ray —, il se mettra à pleurer comme un enfant.

Notre mère disait : « J'ai honte de vous voir aller comme des bohémiens. Ah, si votre père pouvait entrer à la coopérative ! Ce serait un argent sûr et régulier. Cela me permettrait d'attraper un morceau d'habit pour mes garçons, une jupe, une blouse, un tablier pour mes filles. Seulement, tant que nous serons aux cailloux à les vouloir manger, faudra faire comme on fait... »

Elle allait cacher ses larmes à l'étable ou dans les champs. Il nous arrivait de la chercher à grands cris dans la lande et au bord de la rivière où un accident est si vite arrivé. On pleurait son nom. On regardait dans chaque buisson. Les iris et les ombelles de la rivière la pouvaient dissimuler à nos yeux. Il fallait y aller voir en dépit du courant. On criait : « Maman, reviens ! Reviens, maman !... »

Nous visitions les greniers toujours pleurant comme des veaux. Le moulin en comportait plusieurs avec de vieux tarares, des manivelles d'avant le Déluge, des restants de foin, de paille, de grains que les rats et les souris avaient émiettés. On écartait des toiles d'araignées, on ouvrait des lucarnes et, toujours fourbouchant, on prenait le chemin de Guillodec. Elle avait pu se rendre à la ferme des Guillo. Léontine lui aurait donné quelques œufs pour les galettes.

Elle avait pitié de nous et réapparaissait comme par enchantement. Elle nous embrassait, nous pressait sur son cœur, regardait le ciel car elle était en compte avec lui et disait : « Séchez vos yeux, mes enfants, votre père ne doit pas savoir que nous avons pleuré. »

3

On oubliait vite nos chagrins et plus encore quand le soleil nous escortait jusqu'au bourg. J'ouvrais le chemin à travers des ajoncs de la hauteur d'un cheval, suivi de Geneviève et de René, Christine et Georgette fermant la marche. Quand les pluies transformaient le sentier en marécage, nous prenions par le sommet des talus et parvenions à Kerfontaine, puis au bourg, sans trop de dommage. A midi, nous nous partagions des tartines beurrées à l'économie sous le préau de Mme Mostade, l'institutrice des filles, qui, parfois, refilait une demi-tablette de chocolat à notre cadette, et c'était Noël !

Nous avions des clous, des furoncles, des engelures. Pourtant nous étions heureux d'être ensemble à nous chamailler.

De nous cinq, le vrai garçon c'était Geneviève que nous surnommions la Chinoise. Elle était noiraude et mince comme le sont les filles de ce lointain pays-là. En vérité, nous n'avions jamais vu de Chinoise. La belle affaire ! Notre mère riait à se tordre quand elle la voyait grimper aux arbres comme un écureuil. Elle se coulait aussi entre les ronces et les piquants des haies pour aller grappiller dans les jardins. Groseilles, fraises, framboises, cassis, cerises, guignes, bigarreaux, tout lui était bon et à nous donc ! Elle avait assez de cœur pour nous donner notre part, à nous qui avions fait le guet et taire les chiens.

Quand elle était en colère après moi, me sachant plus fort qu'elle, elle se vengeait sur mes poussins. A chacun de nous, maman avait donné une poule plus ou moins pondeuse, plus ou moins couveuse. La mienne, par le sérieux de son picorage et le cramoisi de sa crête, était l'une et l'autre. On applaudissait à ses couvées et l'on m'enviait.

Une dispute, un manquement de ma part, et Geneviève guettait mes tendres bestioles allant jusqu'à leur lancer de la mie de pain pour les mieux occire. La vue des petits cadavres si bien pépiant quelques heures plus tôt, m'était douleur. J'en rendais responsable quelque prédateur : rat, fouine, épervier, quand au terme d'une querelle plus véhémente, la Chinoise m'avoua ses méfaits. Je mis un long temps à lui pardonner, puis, écœuré, je me détachai de ma leghorn.

D'autres soucis m'accaparaient. Certificat d'études en poche, il me fallait penser au collège. Comment y aller sans costume et sans souliers ? Afin d'aider notre mère à trouver un peu d'argent frais pour de tels achats, je voulus bien passer mes vacances à Bomangoro où Julien et Julienne, tout jeunes mariés, m'offraient le gîte et le couvert et cent francs du mois pour conduire le troupeau à la pâture des chemins creux, des landes et des prairies.

Il m'arrivait de rester des heures près d'une barrière, à l'affût du vagabond qui pourrait me surprendre et me faire peur. Nos campagnes voyaient alors passer des journaliers en mal d'embauche, des trimardeuses, des mendiants, des personnages plus insolites encore, avec des barbes bibliques et qui parlaient aux arbres pour se plaindre du figuier stérile. Il y avait aussi ceux qui allaient aux Sainte-Anne prier pour la guérison de personnes qui les avaient payés en conséquence. Ils oubliaient parfois la chapelle pour l'estaminet d'où ils ressortaient hérissés de broussaille avec des yeux de loup. J'en parlais à Julienne pendant que son homme suivait la moissonneuse avec son frère Lucien, et que nous étions seuls à redouter le pire. « Fais bien attention de courir me prévenir, disait-elle, et s'ils te demandent le chemin de la ferme, prends les traverses ! Tu peux aussi tomber sur un homme qui récite son chapelet à l'envers et qui te parle avec du miel sur la langue. A la vue de celui-là, fais un signe de croix et mets des cailloux dans tes oreilles car c'est le diable. Satann goz, le vieux Satan, qu'on dit en breton. Il aurait vite fait de te manœuvrer et de te perdre corps et âme. Tiens, tu as entendu parler de ce qui est arrivé à Josèpha, un soir, retour de noce, qu'elle passait par la Fontaine-au-Beurre ? Dans une prairie, avec des chevaux qui battaient la lune de leur queue, un palefrenier ou un maquignon, on n'a pas bien su, nu sous le manteau comme notre père Adam, de proposer un laridé à la pauvre fille et de lui bailler toute sa boutique pendant des heures qu'elle hurlait autant de plaisir que d'épouvante. La voici à Lesvellec avec les folles. Elle reconnaît plus son homme et demande après l'autre qu'elle voudrait bien revoir pour danser encore la faridondaine... »

Ces vacances qui me sortaient de ma famille et de mes habitudes finirent par me paraître interminables. Enfin, l'arrachage des pommes de terre et les appels des perdrix dans les chaumes, me rendirent à l'espoir de retrouver les miens. Cette joie n'allait pas sans mélancolie car en près de dix semaines, je m'étais attaché à mes hôtes.

Julien m'aimait comme le fils qu'il n'avait pas, et m'entraînait dans toutes sortes d'aventures. Ensemble, nous passâmes son premier licou au poulain ; nous vidâmes les mares de nos alentours pour le plaisir d'attraper des anguilles et d'en faire de fabuleuses fritures ; nous manquâmes d'entraîner jument et tombereau dans un ravin que je pris pour un précipice. Julien dut m'arracher les guides des mains pour maîtriser la bête. Quelle trouille, Seigneur ! Je crois bien que nous n'en dîmes pas un mot à Julienne de peur d'être grondés.

Ce qui me plaisait plus que tout chez mon jeune maître, c'était sa volonté d'apprendre. Il me demandait l'orthographe d'un mot, de préciser une date. Il ne savait plus trop si Mazarin venait avant Richelieu ou le contraire et pour quelles raisons nos rois abandonnaient la réalité du pouvoir aux chapeaux rouges. Du haut de mon savoir, je lui affirmai que Louis XIV mit bon ordre à cet état de chose. Il se prit alors d'un vif intérêt pour le Roi-Soleil. Etait-il marié ? Avait-il des mignons ? Des putains ? Comment faisait-il l'hiver pour se chauffer dans son grand château ? Débonnaire ou sanguinaire ?... Allait-il à la messe pour bâiller et montrer les ors et la pourpre de son habit ? Je répondais de mon mieux et il n'était pas rare qu'il m'embrassât pour avoir cherché à répondre ou pour avoir répondu. Il disait à son ami Sommer et à tous ceux qui le venaient voir : « Ce garçon ira loin. — Oui, répondait le visiteur, si les petits cochons ne le mangent pas... »

Cette réflexion ne plaisait guère à Julien qui me vouait une grande admiration et répondait de ma science dans nos environs. Que le recteur m'eût mis à la porte du catéchisme pour ne pas fréquenter la bonne école, lui arrachait de désopilantes exclamations qui laissaient sa femme de glace. Elle n'aimait pas qu'on fît acte d'irrévérence envers le clergé, surtout dans les affaires religieuses. Maman non plus n'appréciait guère les esprits forts. Julien disait en riant que nous serions sauvés par les femmes.

Mon départ de Bomangoro après toutes ces semaines de grand soleil, porta mon esprit à la tristesse. Ce fut en char à bancs que mon ami me ramena chez nous. Lui ayant montré de mes larmes, je fus dans la joie de revoir notre basse-cour très agrandie et notre marais livré aux grenouilles. On était dans les jours des dernières hirondelles. Il n'était que temps de me rendre à Vannes faire le collégien.

Les voyages préparatoires, je les fis d'abord avec maman pour le costume, puis seul, pour l'achat de quelques fournitures indispensables. En ces jours-là, chez notre Marie-Jo, je rencontrai Elisabeth qui pouvait avoir mon âge et qui, déjà, cherchait à travailler en maison.

Dans le dos de notre sœur, je lui donnai rendez-vous et la revis avec plaisir à Larmor.

Elisabeth sourit comme on se moque. Je lui dis la joie que j'éprouverais à me perdre avec elle au milieu de la mer. Je lui avoue le plaisir que je prends lorsque les mouettes et les hérons cendrés se posent, à marée basse sur les herbues du golfe. J'affirme avoir vu des macareux se quereller sur une épave du côté de Séné. Que sait-elle des macareux ? Saurait-elle seulement faire la différence d'une buse et d'un épervier ? C'est une citadine. Elle a des mots qui me choquent et des coquetteries qui m'agacent, mais je me perds volontiers dans ses yeux noirs, profonds, et laisse traîner une main galante, que j'imagine telle, sur ses bras nus et ses hanches.

Je l'ai invitée au moulin. L'automne s'annonce comme une merveille. Je l'entraînerai par les bois et leurs fourcheries fabuleuses. Las, elle a peur de ma lande et ne parle que de Larmor, d'Arradon et de Conleau.

Je l'accompagnais le long du port, jusqu'au Pont-Vert. Nous regardions passer les sabliers et les vedettes qui assurent le trafic des îles. Près d'Elisabeth qui me permettait parfois un baiser, je pensais — si jeune que je fusse encore — à des corps modelés, soulevés par la beauté des caresses.

Que je fisse bientôt le collégien amusait Elisabeth. Elle n'aimait pas les fils à papa qu'elle voyait sortir de Saint-François-Xavier avec des airs de supériorité d'un autre âge. Elle se voulait du peuple comme son charbonnier de père. Son rêve : devenir coiffeuse ou manucure ou les deux. Je rentrais au moulin malade de désir et je grimpais au saule du bord de la rivière. Là, dans la compagnie de Romain Kalbris ou de François le champi, j'essayais de ne plus penser au corps d'Elisabeth si doux, si ferme, si parfumé, si tendre au toucher qu'il m'allumait par tous les bouts. Je m'en voulais d'être timide, de ne pas oser la caresse qui délivre. Je trichais sur mon âge pour la vouloir prendre ; j'allais chercher dans les livres des attitudes et des déclarations qui la renversaient de rire.

Mon entrée à Jules-Simon se fit trois ou quatre semaines après la déclaration de guerre. On se mit à mobiliser les réservistes. L'époux de Marie-Jo partit sans bravoure. J'eus la chance d'embrasser Julien comme il se rendait à la gare. « Te voilà au collège, me dit-il, sois sérieux, je compte sur toi !... » Je ne devais plus le revoir. Dans les jours de la débâcle, j'apprendrai sa mort dans l'incendie de son baraquement. Pauvre cher ami si bien causant, si bien vivant, si prompt à la repartie et si amusant dès qu'on avait décidé de faire la noce ! Un fils lui était né dans les heures qui précédèrent son départ. Il ne l'aura pas connu.

Cette guerre qu'on allait appeler « drôle », avec des exploits de commandos de part et d'autre de la ligne Maginot, ne disait rien qui vaille à notre père. Il récriminait après Gamelin et les généraux dont je trouvais les noms dans *Le Nouvelliste*. Des incapables ! Des feignants ! Des embusqués ! Il n'était guère plus tendre pour les soldats et le spectacle de son gendre pleurant sur l'épaule de sa femme au moment de monter dans le train des victoires en chantant, l'avait révolté. Il dit à notre sœur, alors que le convoi s'ébranlait lentement, comme à regret : « Avec des guerriers comme le tien, on est sûr de notre affaire. Les Boches vont plus tarder à jouer du clairon à notre place. »

Au collège aussi la guerre avait désorganisé les services et certains cours furent momentanément supprimés faute de professeurs. Il fallut rappeler des retraités qui s'adonnaient à la pêche aux bars vers Port-Navalo et la pointe de Quiberon. Certains regimbèrent à l'idée de reprendre du collier ; d'autres, au contraire, furent dans l'extase de devoir, derechef, se rendre utiles.

Comme j'étais sans le sou et sans avenir, il fut convenu que du collège, je passerais à l'enseignement primaire supérieur. On verrait plus tard à me permettre de rejoindre l'élite. Je continuai donc à faire des dictées et des rédactions. Ce dernier mot dans ma bouche fit rire notre professeur de français et les petits camarades. On ne disait plus *rédaction*, mais *composition française*.

Je sus montrer bientôt ce dont j'étais capable en cette matière et en histoire, quoique celle-ci fût de l'Ancienne Egypte. Je m'attachai rapidement aux dieux, aux sphinx, aux pyramides, par-dessus tout aux pharaons.

Les taureaux divinisés de ces gens-là, dans ce pays-là, me rappelaient celui de nos amis Guillo, de Guillodec, que j'avais vu monter des génisses avec un désir farouche. Les vachettes bienheureuses le recevaient en donnant l'impression de s'agenouiller. Lui, le mufle au vent, le sexe raidi comme un bâton de coudrier, reniflait la bourcette, se raidissait encore et jetait sa semence, la bouche à la bave, les prunelles traversées de tonnerre et de folie.

Si j'avais pu faire des études normales, je fusse devenu historien tant me plaît dans le Grand Livre des Hommes la page prise au hasard, de leurs sanglantes sottises, de leurs ambitions féroces et dévastations démentielles.

L'amour qui, parfois, les anime jusqu'à rendre hommage à l'arbre, au fleuve, à la montagne, au ciel, au tonnerre du ciel, ils l'expriment en multipliant des dieux avec des gueules de bouc, des becs de perroquet, des museaux entrouverts jusqu'à des gorges qui vomissent du feu. Les peurs originelles procèdent du jour et de la nuit et commandent aux premiers tremblements et aux premiers agenouillements. L'homme est partout face aux idoles nées de son esprit, friandes du sang des éphèbes et des vierges. Voici les sacrifices humains ; les enfants précipités dans la gueule du Moloch ou livrés au couteau de Calchas et de ses pareils. Pas de quoi s'ennuyer tout au long de ce livre d'images insoutenables.

Dieu merci, dès cette première confrontation avec les grandeurs et les horreurs du monde antique, j'avais dans l'esprit l'agonie d'un prince, supplicié lui aussi pour l'amour de l'Amour, et triomphant des ténèbres par la seule force de sa foi.

A son insu sans doute, le recteur de Plescop m'avait appris à parler au Seigneur et notre mère qui Le savait invoquer dans notre quotidien, m'avait demandé de regarder vers la Croix. Nous sommes tous les enfants des martyrs qui, du Nil à l'Euphrate et de la Mésopotamie à Carthage, ont semé les déserts de notre imagination et de notre souvenance du sable de leurs ossements.

Evidemment, en 1939, ces choses-là ne m'apparaissaient pas dans cet éclairage. Elles furent cependant conformes à cette vision dès que les belligérants délaissèrent les jeux de cartes pour les cartes d'état-major. L'attaque allemande allait être soudaine et dévastatrice. Elle propulsa des populations affolées jusqu'au Pays basque et marqua la fin d'un monde. De l'Histoire qu'on étudiait, on passa à Celle qui se fait à votre porte et peut semer du néant dans votre maison.

Notre père — qui avait prévu le pire — d'accabler le Haut Commandement et les troupes qui, aux dires des réfugiés belges arrivés à Vannes, fuyaient plus vite que les civils empêtrés dans leurs bagages.

Je profitais de ce climat d'apocalypse pour rallier à bicyclette notre vieux moulin et pleurer mon enfance perdue.

Il est vrai que le conflit avait, à sa manière, bouleversé notre vie. En quelques semaines nous vendîmes nos bêtes et nous retrouvâmes en ville, rue de Séné, dans une pièce séparée en cellules par des demi-cloisons. Dès que je mis le pied dans cette cave inhospitalière, je sus que le temps des grandes épreuves était arrivé. L'espace nous était tellement mesuré que maman devait déplacer la table pour ouvrir l'armoire. Pas d'eau courante, pas de chauffage, rien que l'antique cuisinière de fonte pour réchauffer notre soupe.

Je fuyais tant de misère pour revoir le vallon et les landes le dominant. J'étais malheureux, très malheureux et je m'endormais de tristesse dans une bauge de fougère et de genêts. Il arrivait qu'un berger me réveillât. Il voulait savoir pourquoi je revenais dans ce trou. Je n'osais lui avouer que celui de Vannes était pire. Je dis seulement que je regrettais l'amitié des arbres, celle de la rivière, du marais et le chant des oiseaux. Il me crut devenu fou, ouvrit sa musette, me tendit sa bouteille et la moitié de son pain.

« Il ne faut plus revenir, me dit-il. Il faut cacher aux Allemands qu'ici, ça existe !... »

Les Allemands, je n'y pensais plus tant ma détresse était insupportable. J'en voulais à notre mère de nous avoir parqués dans un cachot pas même digne de celui de la famille Soubirous que les pèlerins de Lourdes visitent entre deux messes à la grotte de Massabielle. Nous étions à l'étroit, sans air, la rue pavée, dépavée, à notre seuil ; une courette sordide, claquemurée d'importance, permettant à notre père, séparé des choses de la terre, d'élever des lapins.

Les Allemands arrivèrent comme je jouais avec mon ami Maurice au funambule sur les barres d'acier du champ de foire. Nous n'en vîmes d'abord qu'un seul, conduisant un side-car. Le lendemain, par la place de la Mairie, la rue Thiers, la place Gambetta, la rue Alexandre-Le-Pontois et les jardins de la Garenne jusqu'à la préfecture, ce fut le défilé des vainqueurs debout sur leurs chars, automitrailleuses et camions débâchés. Ils passèrent comme aux Actualités dans une sorte de rêve qui tournerait vite au cauchemar. « Zont du beau matériel, les garciers, dit notre père. Avec la moitié de tout ça, on aurait fait un malheur en 14... »

La vie reprenant son train, le vieux « bahut » de la rue Hoche fut occupé par l'envahisseur et nous nous retrouvâmes, rue de la Loi, à l'ancien hôpital. En raison des événements, nos rangs s'étaient clairsemés, les effectifs avaient fondu. Notre cinquième se composait d'à peine vingt élèves. Dans le nombre, dix bûcheurs acharnés. Tirant mon épingle du jeu en français, en histoire-géo et en maths, je fus entraîné à les vouloir imiter. Je rêvais de voler au secours des miens, de les arracher à la dégradante et sainte pauvreté. Je caressais aussi l'idée de rejoindre la France libre du général de Gaulle. Les discours de Londres, captés par le poste de Marie-Jo, m'électrisaient.

Dans la cour, sous les tilleuls, les petits jeunes gens que nous étions déjà, parlaient de la guerre et se disputaient à son sujet. La plupart de mes condisciples, sans la souhaiter peut-être, prédisaient la victoire du Reich et regardaient vers Vichy où notre vieux Maréchal apparaissait en images d'Epinal entre une fillette aux nattes blondes et un garçonnet tout à fait louveteau. Le visage semblait avoir été sculpté par des siècles d'honneur français. On y décelait courage et grandeur, sagesse et fatalité. Dans toutes les familles, on plaça son image, avec le képi à feuilles de chêne, entre la photographie du mobilisé et celle des vieux parents le jour de leur mariage. Si bas que nous fussions, si défaits que nous avions été, nous gardions cœur car nous imaginions le noble vieillard investi d'une mission quasi divine. Il était le gardien. Peut-être serait-il un jour le libérateur du territoire. Même les plus germanophiles de nos camarades qui s'érigeront en juges, aux jours de la victoire, lui passaient allégrement la poignée de main de Montoire, la politique de Laval, les accords de collaboration et taxaient de terroristes ceux qui, par tout le pays, se préparaient à la Résistance.

Il y eut bientôt deux camps dans la cour de récréation, tant chez les élèves que chez les professeurs. Moi, dès 1941, j'appartins à celui qui arborait une croix de Lorraine sous le revers du veston. Cet affiquet, tant les esprits étaient alors dévoyés, pouvait me perdre. Il y allait de ma liberté et de la tranquillité de ma famille. Une rodomontade suivie d'une dénonciation pouvant conduire à des drames.

Mon ami Francis Mostade qui avait mis un terme à ses études pour entrer en apprentissage chez un serrurier de la rue du Commerce, m'attendait régulièrement sur le port et, tandis qu'on déchargeait les sinagots[1], nous parlions pendant des heures de ce que deviendrait notre malheureux pays quand les forces occupantes le devraient quitter. Nous étions sûrs que ce grand jour arriverait même pour les morts, pour ceux qui auraient espéré et se seraient battus.

Heureux ceux qui sont morts dans une juste guerre
Heureux les épis mûrs et les blés moissonnés.

J'avais découvert Charles Péguy à la retourne d'une page de notre programme. J'en avais aimé

1. Bateaux des pêcheurs de Séné.

la voix, le chant, le plain-chant. Marie Audic, jeune et jolie professeur d'une vingtaine d'années avait, devant mes camarades, approuvé les premiers feux de mon enthousiasme. Ce fut cependant en prose que, dans ces jours-là, je manifestai mes timides velléités littéraires. Notre professeur de morale — petit homme jeune et désuet comme échappé du képi du Maréchal — nous demanda de célébrer notre mère à l'occasion de la fête de toutes celles qui avaient procréé.

Je m'essayai à l'alexandrin, au décasyllabe, à l'octosyllabe avec une totale maladresse. Les transitions que je ne cherche plus, me manquèrent cruellement. A l'instar de M. de Chateaubriand — dont je ne savais encore rien —, je descendis de la poésie à la prose. Mon devoir fut cependant remarqué et je fus l'élève qui représenta Vannes dans une affaire qui concernait toute la Bretagne. Je n'avais aucun mérite, maman, à mes yeux, méritant toutes les couronnes.

[illegible]

[illegible]

[illegible]

[illegible]

4

Je revis Elisabeth à Calmonbat, route de Larmor, près de la « ville en bois » et de chez Pitche, le joueur de boules. Ils étaient cousins et non frère et sœur, comme je l'avais cru. Elle parut très heureuse de nos retrouvailles, me plaqua sur les lèvres un baiser de guêpe folâtre et me permit de grappiller juste au-dessus de ses genoux quelques frissons de chair de poule. Elle portait des jarretelles et une culotte de dentelle. Pas touche !

Je l'emmenai au cinéma voir *L'Habit vert* avec Lefaur et Larquey. Elle se barba tellement à ce vaudeville académique qu'elle voulut sortir avant la fin de la séance ce à quoi je m'opposai de toutes mes forces. Je dus bien évidemment la reconduire à sa porte avant le couvre-feu et prendre par les lacets des bois et des prairies pour déjouer la surveillance des patrouilles allemandes.

Elle était entrée en apprentissage chez un coiffeur de la place Gambetta qui lui faisait des propositions et lui mettait la main aux fesses. Elle s'en ouvrit à son frère et à Pitche qui corrigèrent l'entreprenant sur le plateau de la Garenne. En cette affaire, elle avait servi de chèvre et en riait comme une folle.

Ce fut le temps où je passais des bisous d'Elisabeth aux palabres de la cour, sous les tilleuls. Elles s'interrompaient d'elles-mêmes dès que commençait la distribution des gâteaux vitaminés. Nous en remplissions nos poches. Le fils d'un entrepreneur qui travaillait pour l'organisation Todt à la construction du mur de l'Atlantique, me refilait sa part chaque fois que je lui permettais de copier dans mes cahiers les exercices d'algèbre et les problèmes de géométrie. Avec tout l'argent que gagnait son père, lui ne souffrait d'aucune restriction.

D'un œil amusé, il nous regardait dévorer nos biscuits. Pour rien au monde il n'eût goûté à cette mangeaille au rabais qui lui servait de monnaie d'échange. Je ne l'aimais pas, mais il m'arrivait de passer par son trafic. D'en avoir honte. A la Libération, plus conquérant que jamais, il fera danser les filles des notables dans les salons très fermés de la vieille aristocratie vannetaise où pénétreront certains que la guerre avait enrichis.

Notre jeune professeur de français, Léontine Féraud, originaire de Carpentras et séparée de son mari par la ligne de démarcation, nous lisait les lettres du « droole ». Elles étaient pleines de tendresse et de romarin. Elles fleuraient surtout la lavande car il y glissait une tigelle qui embaumait. La lettre circulait et passait de ses mains dans les nôtres pour sa bonne odeur de cigale. Généralement ces lectures innocentes se terminaient par des larmes. Alors, le grand et gros Le Gouëffe quittait son banc et courait consoler notre chère « Titine ». Nous nous pressions aussi autour d'elle et cette unanimité, cette compréhension chaleureuse lui faisant grand bien, elle séchait ses yeux pour nous parler de Daudet et de Mistral, du Rhône plus fougueux que dix mille taureaux de Camargue et de la Durance, capricieuse et volontaire, avec des accès de colère redoutables. Toujours cependant le ciel était bleu et la garrigue chantante. Nous vivions des heures délicieuses entre Cucugnan et Tarascon et tant mieux si les chasseurs de casquettes vous abattaient des bartavelles ! En ces jours de carême prolongé, cela du moins, vous mettait l'eau à la bouche et vous rendait assez de forces pour visiter le pays de Mireille.

Dans mes compositions françaises, j'évoquais maintenant plus volontiers les manades camarguaises, que nos paisibles troupeaux de vaches et je délaissais d'enthousiasme le biniou et la bombarde, que déjà je ne prisais guère, pour le fifre et le tambourin. L'amour de Mireille trouva en moi un chantre inspiré autant qu'imprévu et je me mis à « cristalliser » — le mot de Stendhal m'était déjà familier — à partir de fêtes et de farandoles qui me rendaient fou.

Je mesurais parfaitement la distance qu'il y avait de Mireille à Elisabeth et cependant les rires, les sourires, les moqueries, les privautés de celle-ci m'aidaient à parer celle-là de grâce et de noblesse. Si l'Allemand n'avait été là avec ses *Verboten* à chaque carrefour, j'eusse fait le voyage de Beaucaire dans le train de Bizet pour complaire à ce professeur charmant qui poussait la coquetterie jusqu'à repincer ses bas devant nous. Elle riait alors de voir une lueur passer dans nos yeux.

Il lui arrivait aussi de nous plaindre. Les pauvres « droooles » que nous étions devaient vivre une guerre dans le temps de la plus grande insouciance. Et puis, si loin que nous étions de Manosque et de Jean Giono qu'elle vénérait, nous n'aurions jamais d'oliviers respirant l'azur à notre place !

Elle détestait nos pluies récurrentes ; le sombre de notre bocage ; notre océan tempétueux et d'autant plus terrible que l'envahisseur croyait devoir le truffer de casemates. Rien ne lui plaisait de notre ville à rajeunir, à ravaler, à repaver ; pas même la patine des maisons à colombages ; pas même la gentillesse de nos jardins et le pittoresque de nos lavoirs que l'occupant n'arrêtait plus de photographier. Elle n'était qu'indifférence pour nos menhirs, nos tumulus, nos dolmens, nos landes « lugubres », hersées par des bandes de corbeaux et nos clochers mis au jour par l'inlassable ballet de corneilles tracassières et funèbres. A la manière des écrivains qu'elle avait lus et dont elle nous entretenait avec une contagieuse éloquence, la Bretagne, notre mamm-goz[1], lui apparaissait triste, désolante, sauvage ; terre du bout du monde fouillée par l'Ankou[2] et vouée aux sépultures.

Quand elle se rendait compte qu'elle mettait notre amour-propre à vif et qu'elle allait trop loin, bonne fille après tout, elle faisait appel à nos auteurs les plus illustres : Chateaubriand, Renan, pour nous bien prouver qu'elle n'exagérait pas.

« Ecoutez les garçons : “L'Armorique ne m'offrit que des bruyères, des bois, des vallées étroites et profondes traversées de petites rivières que ne remonte point le navigateur et qui portent à la mer des eaux inconnues ; région solitaire, triste, orageuse, enveloppée de brouillards, retentissante du bruit des vents...” »

C'était là, nous dit-elle, l'humeur déjà romantique du « prince de Combourg[3] » tandis que l'enfant de Tréguier[4], saluant la sagesse de Jupiter,

1. Grand-mère.
2. La mort.
3. Chateaubriand.
4. Renan.

inondée de soleil, évoquait par contraste son berceau « toujours battu par les orages ».

Sous les tilleuls de la cour, certains d'entre nous disaient que le Trégor de Renan est une sorte d'Arcadie accueillante à la clématite et à l'aloès et que le Brun de Cuanlgé, de notre patrimoine celtique et légendaire, valait à lui seul les taureaux du Vaucluse de M. Daladier qui, de Munich à la déroute, nous avait entraînés dans une catastrophe pire que celle de Sedan. Quand nous redevînmes bretons, Titine qui avait obtenu un poste en Provence nous quitta pour aller rejoindre le « droooole » et nous eûmes à connaître Marie Audic, grande jeune fille coiffée à la Louise de Bettignies qui rougissait de devoir nous faire face et nous interroger. Non qu'elle manquât de confiance et d'énergie, mais son cœur affleurait à ses joues tant son émotivité était forte.

Nous n'eûmes pas, dans un premier temps, les chaleureux rapports qui nous liaient à Mme Féraud et ce ne fut pas sans nostalgie que nous vîmes s'éloigner Mistral et Daudet, le Rhône et la Durance. Cependant, au bout de quelques semaines, je trouvai Marie sublime. Elle était jolie, gracieuse, vite émue, touchante extrêmement. J'aimais sa voix, ses yeux aux longs cils sous des paupières qui toujours battaient sa bonté, mais aussi sa pudeur. Nos écarts de langage la choquaient bien sûr, mais il nous fallait être très rustres pour qu'elle nous reprît.

Sous son autorité souriante, nous retrouvâmes goût à notre golfe, l'un des plus beaux du monde avec les îles, îlettes, îlots de sa circonférie. De nouveau, nous mîmes notre pays au centre de notre amour et nous nous en servîmes pour suivre Kerguelen, La Pérouse, Surcouf et Duguay-Trouin.

Ce fut Marie, dans les jours déjà vacanciers de

1941, qui nous lut *Terre des hommes*[1]. « Ce que nous avons fait là, pas une bête ne l'aurait fait. » Cette phrase d'un des protagonistes, soulevait l'esprit et le cœur de Marie, une Marie au bord des larmes que nous aurions voulu — à la manière de Titine — pouvoir consoler. Mais si avenante, si prévenante qu'elle était, elle se gardait de toute familiarité ce que j'approuvais de toute la force de mon âme.

Un travail sur Lindbergh qui avait déclaré que l'aviation effacerait les frontières et rapprocherait les peuples, m'apporta une sorte de gloire. M. Loréal, principal du collège, vint dans notre classe lire mon texte. Cette démarche, dans les jours qui suivirent, ne me valut pas que des amitiés, mais cela, rapporté à la maison, suscita l'admiration de mes parents et notre père — qui ne voulut pas être en reste — en tira assez de courage pour quitter son travail au camp de Meucon, sous direction allemande.

Directeur de la coopérative agricole, M. Billaud trouva très crâne de voir notre Jean-Marie, avec cinq enfants à charge, prendre le risque d'un chômage illimité. « Je n'en veux plus de ces gens-là, disait notre père, plutôt crever... — Viens demain à sept heures, dit M. Billaud, il y aura toujours du travail chez nous pour des hommes comme toi... »

Cette réflexion qui valait un brevet de civisme, rapportée à Marie dans l'un de mes devoirs, l'amena à me poser des questions sur ma famille. Je lui parlai de maman, de sa bonté, de sa droiture, de sa vénération pour Bernadette de Lourdes et sainte Thérèse de l'Enfant-Jésus et de notre père, rouge avec les blancs, bleu avec les rouges, de mes sœurs et de mon frère René qui rêvait de

1. Saint-Exupéry.

parachutisme. Elle émit le désir de nous venir voir. Cette idée m'empoisonna la vie pendant des semaines. Je ne tenais pas à ce qu'elle vît dans quelle bauge nous pataugions, plus encore par temps de pluie. J'inventais une absence, un malentendu, un contretemps. Toujours elle revenait à la charge. « Cher Quintrec, disait-elle, il faut que je voie votre mère. J'ai des choses à lui dire vous concernant. »

J'en faisais un monde de ces choses-là. Avais-je été insolent, dissipé, dissipateur, mauvais camarade ?... Je ne pouvais répondre, mais je tremblais de devoir avouer des larcins commis aux dépens de quelques libraires. Il est vrai que les titres de la Bibliothèque verte me brûlaient les doigts. Jules Verne, bien sûr, mais aussi Hector Malot, Gustave Aymard, James Oliver Curwood, Fenimore Cooper, Jack London, Melville. Il me fallait voler les ouvrages pour les lire. Que de remords et, quand j'y pense, quelle honte ! Et comme j'ai dû payer ! Un policier entrevu dans notre rue et je me voyais aux galères. Une discussion plus véhémente dans le bureau du principal et je m'imaginais qu'il était question de moi. J'entendais mon nom et j'attendais mon renvoi. Ces quelques ouvrages dérobés commencèrent à me faire peur. Je m'en débarrassai dans une brocante. Là-dessus, je me jurai de ne plus commettre de larcins. J'ai tenu parole. Aussi faim que j'aurai plus tard, notamment à Paris, je me contenterai de la subir.

Il ne faudrait rien dire de ses errements, de ses péchés de jeunesse, mais à quoi servirait de confesser son existence si on ne faisait allusion qu'aux chapitres glorieux de celle-ci ? La gloire est la chance et le caprice d'un instant, mais il n'est que de fermer les yeux pour voir s'évanouir ce qu'on croyait toucher. Le remords dans la suite des jours, ne s'use jamais. J'en ai fait l'expérience. J'en demande pardon à ceux à qui j'ai causé du tort et au Seigneur, souverain Juge.

J'aurais tué notre mère si elle avait eu vent de mon inconduite. Dieu merci, rien ne transpira et je poursuivis mes études sans problème entre M. Pierre, professeur de mathématiques arrivé d'un camp de prisonniers avec des « Voyons voir ce que nous avons oublié de ce que nous avons appris » ; M. Lemoine, qui nous enseignait l'anglais tout en vouant une haine rouge à la perfide Albion de la guerre de Cent Ans, de Fachoda et de Mers el-Kébir ; M. Juglard, toujours un peu parti, mais brave homme qui tâchait de passer de la physique à la chimie et des sciences nat aux travaux manuels grâce aux petits verres qu'il ingurgitait à l'estaminet du coin de la rue. Marie Audic était la seule femme qui comptât. Jeune et des mieux tournées, je me mis à la regarder comme une figure de vitrail pour l'avoir vue prier dans la mauve clarté de la cathédrale.

Il m'arrivait de la rencontrer hors du collège. Je lui portais ses affaires les plus lourdes ; lui disais ma joie d'être au monde et de la connaître. Je lui parlais aussi de ce que je ferais le bachot en poche. Elle me regardait comme pour me sonder l'âme et, quand j'avais le courage de soutenir son regard, elle rougissait comme une enfant de Marie qui aurait taché son tablier.

Si brutal que je pouvais être, si grossier que je fusse souvent au milieu de mes camarades, je me faisais gentil garçon et je mettais une sourdine à mes échappées imprécatoires pour lui complaire.

Un jour, sa mère, veuve d'un chirurgien-dentiste, femme d'une rare distinction et d'une bonté sans égale, me parla du plaisir que sa fille éprouvait parmi nous. Elle avait fait notre éloge devant la vieille dame et celle-ci de me féliciter de mes bonnes notes et de mes classements.

Un autre jour, je rencontrai Marie à l'entrée de la Rabine. Elle allait voir une vieille amie de sa famille dans une clinique du Pont-Vert. Je lui demandai de l'accompagner. Elle acquiesça avec une sorte de reconnaissance. J'étais si près d'elle que j'aurais pu lui prendre la main. Je fus tenté, bien sûr, de lui avouer l'étrange sentiment que j'éprouvais en sa présence, mais par des détours imprévus, nous parlâmes de la guerre et je lui confiai que j'allais chaque soir, avec mon père, chez ma sœur Marie-Jo, écouter la radio de Londres. Pour comprendre quelque chose de ce que disaient Maurice Schumann, Jean Marin, Jean Oberlé et Pierre Bourdan, nous devions coller l'oreille au poste de T.S.F. qui laissait entendre les borborygmes d'un brouillage démentiel.

Elle eut ce regard étonné qui lui était personnel, pas très loin des larmes, qui me pénétra le cœur comme une prière. Elle ne m'approuva ni ne me désapprouva d'aller chaque soir de par les rues à l'heure du couvre-feu, mais je sentis entre nous une grande complicité d'espérance.

Quand le vent venu de la mer battit les flots et agita le feuillage, elle mit un foulard sur ses cheveux et parut gênée d'un geste aussi simple qui laissa, il est vrai, flotter le parfum ténu, miraculeux, de sa féminité. Au pied de l'escalier de pierre qui montait au jardin où de vieilles gens se prélassaient sur des bancs en saluant les hirondelles à la passée, elle me dit qu'elle était arrivée. Je lui demandai la permission de l'attendre. Elle y consentit.

Près de l'embarcadère, des enfants jouaient à capturer de grosses mouches vertes, têtues sur une carcasse de tourteau. Je m'approchai de leur bande et leur demandai de fuir tant de puanteur. Ils sourirent, goguenards, et sautèrent dans une plate. Le plus déterminé, galopin solidement gréé, se saisit des avirons et le frêle esquif s'éloigna vers les herbues de Larmor où des mouettes grises battaient à vacarme l'insondable vasière.

Je pensai que j'étais venu là avec Elisabeth mais que je choisirais un autre itinéraire si j'avais le bonheur d'être aimé de Marie. Du haut de mes bientôt seize ans, je me sentais assez homme pour choisir une autre direction et prendre d'autres initiatives.

On disait que plusieurs soldats allemands étaient allés se perdre dans ce qu'il faut bien, à marée basse, appeler un marais fangeux. L'époux de Marie-Jo laissait entendre devant nous, et dans les cafés qu'il fréquentait assidûment, qu'ils n'y étaient pas allés seuls. Que certains camarades leur avaient fait un bout de conduite. « Les crabes, cette année, vont sentir le doryphore !... » Il riait de pouvoir dire cela dans les bistrots de ses habitudes et de se faire applaudir par des « clandestins » qui braillaient de leur héroïsme partout où le courageux petit muscadet relevait les cœurs.

Je fus reçu place Gambetta. La maman m'accueillit dans le petit salon autour d'une table basse sur laquelle je vis un assortiment de gâteaux et de chocolats. Elle avait aussi préparé un far, son péché mignon. Sa longue mince silhouette prise dans une robe d'un violet tendre, l'éclat d'un collier d'or plaquant le Crucifié au milieu de sa poitrine, le charme de son bon sourire auraient dû me mettre à l'aise, or je ne l'étais pas et le fus moins encore à l'arrivée de Marie. Une Marie très différente du professeur que je connaissais, avec les cheveux dénoués lui tombant en torsades sur les épaules, une robe claire, échancrée, laissant voir une croix d'or dans le sillon des seins. Tant de coquetterie chez une personne qui n'en faisait pas étalage, me surprit. Je fus balourd à souhait, mais elle vola à mon secours en me parlant de Bournazel. Savais-je quelque chose du personnage ? Elle s'en fut chercher l'ouvrage d'Henry Bordeaux, me conseilla de le lire et d'en parler à mes camarades. Il nous fallait des hommes de devoir, ayant au plus haut l'esprit de sacrifice. L'ennemi, elle en était sûre, partirait un jour. Il ne fallait pas que ce fût en accumulant les ruines matérielles et morales.

Le far de Mme Audic était délicieux et le cacao délayé dans un grand verre de lait me rendit courage, ce que voyant — il me fallait encore apprivoiser — Marie me parla du père de Foucauld. Elle-même rêvait d'une retraite de quelques semaines dans un désert pareil à celui du Hoggar. La nudité de la terre et de la roche conduisant à celle de Dieu, elle comprenait que les carmélites s'entourassent de clôtures. La vie de l'âme bat d'autant plus fort que les bruits du monde lui parviennent plus atténués. Elle avait aussi pensé à être religieuse. Elle en fit l'aveu devant sa mère qui se récria. Toutes deux sourirent quand j'avançai que maman avait prié pour que je fusse prêtre.

« C'est une terrible aventure que celle-là, dit Marie. Elle demande des dispositions et plus encore ! Le sacerdoce suppose le sacrifice. Le sous-entend. Je regrette qu'on ne puisse évoquer, même sommairement, ces choses dans nos écoles. On dirait qu'on ait peur de dévoiler à notre jeunesse ce qui, derrière le visible, est invisible. De ce fait, l'enseignement que nous donnons ne peut être que limité et insuffisant. Les jeunes gens que vous êtes auraient besoin d'envisager l'avenir pas seulement à travers l'idée de carrière... »

Elle en avait trop dit. Quand elle se leva, ses

longs cils battant un espace de perplexité, je compris qu'il me fallait partir et retrouvai l'air de la rue avec la gêne de qui est habitué à respirer en haute montagne. Marie m'avait dit en refermant la porte : « Embrassez bien votre maman pour nous... »

Ce privilège d'être reçu se renouvela deux ou trois fois. Il était tacitement entendu que je ne m'en forfanterais pas sous les tilleuls de la cour. En classe j'étais un élève très ordinaire, plus âgé même que mes condisciples, avec des éclairs en lettres, en maths et surtout en histoire. Le professeur qui nous enseignait cette matière, M. Tanguy, avait, dans son enfance, contracté la poliomyélite et devait avancer sur deux cannes. Cet accident de santé n'avait pas altéré son intelligence qui était des plus vives. Quoique d'extrême gauche — je le saurais bientôt — il ne laissait rien passer de ses convictions quand le programme permettait en quelque sorte de les percer. De Bailly, de Sieyès, de Danton ou de Robespierre, on ne savait trop vers qui allaient ses sympathies. Seul, Saint-Just avait droit, en tant que commissaire aux armées, à quelques remarques flatteuses.

Une fois par semaine, nous avions une matinée de plein air qui nous permettait de rallier le Vincin en chantant : « Maréchal, nous voilà... » Les petits malins que nous étions, toujours à l'arrière de notre légère cohorte, remplaçaient Maréchal par général. De Gaulle qui passait aux yeux de certains pour félon, nous était nécessaire. Nous avions besoin d'un homme et d'un drapeau qui n'eussent pas été amenés devant l'ennemi. L'étendard de Jeanne d'Arc répondait de celui de Koufra et de Bir Hakeim.

Sous les tilleuls de la cour, les petits couards répandaient les bruits les plus fâcheux sur la

France combattante. Elle était vendue aux juifs et aux Anglo-Américains. Que pouvaient ces amateurs en kilt face à une armée formidable qui s'enfonçait dans les sables d'Egypte et les neiges de la Bolchevie ?... Les dés avaient été lancés en juin 1940. Pipés ou pas, nous avions perdu la mise. Il nous restait à collaborer avec nos vainqueurs.

J'en voulais à ces petits pleutres et leur battais froid. Dans un devoir, je fis l'apologie de la révolte, je poussai jusqu'à la Révolution, parlai des camisards, des Bonnets rouges, des jacques avec une déréliction de langage qui fit dire à Marie qu'elle ne pouvait me donner une note. J'en fus mortifié et la traitai de « bourgeoise ».

Aux vacances, je partis pour Paris où m'attendait Maurice qui m'avait été condisciple pendant un an. Il habitait Gennevilliers, chez sa mère, mais dès Montparnasse il me prit en main.

C'était un grand garçon bien élevé qui affectait, pour épater les provinciaux que nous étions, de n'employer que le parler des barrières. Il ne disait jamais : « Ça va ? », mais : « Ça biche ? » Il était dans la folie de Sochaux et du Red Star ressuscités. Il adorait autant les acteurs que les footballeurs et portait aux nues Aimos, Gabin, Carette, Louis Jouvet, Jean Tissier, Michèle Morgan. Pour fêter nos retrouvailles, nous allâmes voir Jean Marais et Madeleine Sologne dans *L'Eternel Retour,* de Jean Cocteau. Cette histoire d'amour, imitée de Tristan et Iseult, me bouleversa. Mes seize ans firent le rêve de princesses blondes et nues au milieu de lacs bordés d'orangeraies.

La mère de Maurice ne demandait qu'à rire de nos émerveillements et de nos blagues. Elle se montrait aussi très curieuse de ce que je pensais de Paris. Chaque jour — et cela pendant deux semaines —, nous jouâmes aux pèlerins passionnés et passâmes du Sacré-Cœur à la tour Eiffel et du Louvre à l'Arc de triomphe. Cependant, trois images fortes allaient s'emparer de mon esprit : Notre-Dame, la Sainte-Chapelle et le Panthéon.

A Notre-Dame, je crus voir Quasimodo se balancer dans l'ombre des tours à la manière de Tarzan. Non loin de la cathédrale, sur le parvis même, je reconnaissais Esméralda, le poète Gringoire, l'abominable abbé Frollo. Tout cela ajoutait à la magie du lieu, sanctifié depuis des siècles par la multiplication des suppliques et la passion des prières. J'aurais voulu méditer dans la chapelle des chanoines, mais Maurice était toujours pressé de courir d'un endroit si beau, si saint qu'il fût, vers un autre lieu et, ne connaissant pas Paris, il me fallait le suivre.

Nous fîmes halte chez les bouquinistes du bord de Seine. L'un d'eux, avec un large chapeau à la Bruant, une chemise de velours, une lavallière rouge et une ceinture de flanelle, le visage piqué par la barbe de Ravaillac, appelait les pigeons un grain de blé dans la bouche.

« Voulez-vous voir Laval dans ses œuvres ? », nous demanda-t-il avec l'envie de se marrer. Sur un signe affirmatif de Maurice, il leva le nez vers le ciel et, par des mimiques et des onomatopées, convoqua le volatile qui vint se poser sur sa casquette, fienta sur son épaule, attrapa le grain de blé et reprit l'azur en éployant les ailes. Même scène avec Darlan, un magnifique roucouleur au jabot avantageux qui semblait lire dans l'âme des badauds qui le regardaient picorer dans les mains du bonhomme. Celui-ci lui flatta la huppe, lui lissa les ailes et l'envola vers la lumière du ciel.

« Ils vous ont chié dessus ! dit Maurice. Vous les avez mal apprivoisés, pas vrai, Charles ?

— Dégage, petit con ! dit le bonhomme. Je fais

ce que je veux devant mes boîtes et je paie patente pour avoir droit de le faire. »

Par courrier, je narrai cela à Marie à qui je fis également part de notre visite au tombeau de Napoléon, son fils, le duc de Reichstag, reposant à son côté depuis peu.

Ce fut en sortant du Panthéon que j'achetai, rue Soufflot, les *Odes et Ballades* de Victor Hugo et que je lus avec une fièvre toute romantique « La fiancée du timbalier ». Quelque chose est né en moi de cette lecture. Le Moyen Age auquel je suis lié par d'obscures chaînes, me prit tout entier avec sa rudesse emblématique, ses forces et ses farces cruelles, ses contorsions, prières, passions et patelineries.

Dans ces jours-là, j'appris que le tout jeune Hugo avait projeté, avec ses frères, de publier une revue qui aurait eu pour titre : « Les Lettres bretonnes ». J'en conclus, un peu hâtivement peut-être, qu'il était des nôtres et j'en fus très fier. Là-dessus, avec Maurice, j'allai voir Harry Baur dans *Les Misérables*.

La nuit de Montfermeil, dans laquelle s'enfonçait en trébuchant la petite Cosette, me parut livrée à la désespérance. Dans la salle obscure je retins mon souffle tandis que Maurice jubilait : « Ça biche ! », d'avoir reconnu Marguerite Moreno dans la mère Thénardier. Cette misère affichée, abjecte, dont je connaissais les racines, émoustillait mon camarade. Il se tut quand le seau de l'enfant lui fut arraché des mains par une main formidable.

« C'est chouette, non ?... »

Justement, dans les arbres du mail de Montfermeil, au-dessus des forains qui, à la veille de Noël, exhibaient des poupées de reine, l'oiseau de nuit en appelait à l'âme des morts de façon si poignante que je fus tenté d'abandonner Maurice à son divertissement. Il ne se contint plus avec l'apparition du père Thénardier à la cautèle crapuleuse. « Mince de mec ! » s'exclama mon compagnon, tandis que la salle, à bout de patience faisait : « Chut ! »

Je sortis de cette représentation anéanti. Pendant une bonne heure, je crus voir Javert partout. Dieu merci, Picpus n'était plus très loin, et, pour la sauvegarde de M. Madeleine et de sa pupille, le père Fauchelevent un bien brave homme.

Maurice se moqua de moi devant sa mère et tous deux rirent à se tordre de ce qu'ils appelèrent mon innocence. Pour lui, qui avait fait une « silhouette » à Billancourt dans un horrible mélo et qui prétendait s'y connaître en septième art, la Moreno dominait la distribution. Baur, massif et massu, n'avait plus l'âge du personnage. Il aurait vu Jouvet, qu'il portait aux nues, dans le rôle.

Hugo entra donc dans ma vie sur les bords de la Seine. Il n'en est plus sorti. Pour moi, en prose et en vers, il est le plus grand. Il est Parole, Vision et Verbe à leur plus haut degré. Hugo, monument national. Son nom fleurit aux coins des rues, des avenues et des boulevards. Il est celui qui reste quand on a tout lu et qu'on s'est détourné de tout. Pour moi, à seize ans, il était l'ancêtre et l'exemple.

Rentré à Vannes, je passai le reste de mes vacances à relire *Odes et Ballades* et à rimailler mon saoul. Mes sujets, j'allais les chercher dans le Petit Larousse illustré. Je célébrais Cybèle plus que Vénus, les naïades et les hamadryades de préférence aux korrigans de nos landes et aux poulpiquets de nos fontaines. Au bout de quelques semaines, ma glane fut assez importante pour tenir au serré d'un cahier de cent pages. L'églogue me plaisait plus que tout et l'élégie faisait pleurer les vestales et les vierges de mon imagination. Tout ce qui était campagne, forêt, bois, rivière, ruisseau, bergers soufflant Marsyas dans le buggle ou le chalumeau, plaisait à mon esprit. Je fus grec et gaulois avec le même enthousiasme car il me souvient de strophes ardentes sur Gergovie et vengeresses sur Alésia.

Je fus à la fois lyrique et épique et, chose curieuse chez un adolescent, très peu porté aux effusions sentimentales. C'en fut au point que Marie ne reçut pas le moindre sonnet et qu'elle allait ignorer, pendant de longs mois encore, les dispositions que je croyais avoir pour la poésie.

Ces dispositions-là, je les cachais même à notre mère qui, à mes yeux, n'aurait pas compris. Personne ne devait avoir accès à mon cahier de cent pages. Je le dissimulais entre sommier et matelas, dans la vieille horloge, au-dessus de l'armoire. Quand on me disait à l'innocence : « Dis, tu serais pas un peu poète, des fois ?... », je rougissais, honteux et déjà coupable.

Je n'aimais pas trop — pas du tout ! — ce mot de « poète » qui faisait sourire les cœurs tendres, gentiment indulgents et s'esclaffer les esprits grossiers.

A mon insu, Hugo devint mon mentor. J'allai m'inscrire à la bibliothèque municipale pour le lire et dévorer les ouvrages qui évoquent son enfance aux Feuillantines. Je regrettai après coup de ne pas avoir visité ce haut lieu avec Maurice. J'y aurais trouvé la chapelle désaffectée où, à l'insu de « l'enfant sublime », sa mère, Sophie Trébuchet, cachait le général Lahorie, son amant. Cela m'apparut du dernier romanesque et ce fut avec une ferveur renouvelée que je lus et relus *Notre-Dame de Paris, Quatre-vingt-treize,* et que j'entrai la tête bourdonnante d'amour et de respect dans les *Contemplations* qui sont le sommet de l'œuvre-océan.

J'aurai l'occasion de revenir sur Hugo et de m'acquitter d'une dette que je n'ai jamais cherché à cacher. Elle commence ici.

J'en entretins Marie au cours de promenades par les vieilles rues de Vannes. Elle aussi savait des poèmes de Hugo par cœur. Pourtant, je décelai une résistance à la personne du poète. Son panthéisme plus que sa foi et les désordres des dernières années de sa vie, éloignaient sûrement Marie d'une œuvre que je qualifiais volontiers de prométhéenne.

Jean Guéhenno, des années plus tard, écrira qu'à vingt ans il était « un virtuose du mot ». Ayant beaucoup médité là-dessus, je me dis qu'il avait reçu en partage le métier des vers comme personne ne l'avait eu avant lui. Il peut tout faire : ballade, ode, élégie, portrait, prosopopée, tombeau, discours, méditation, fable. Cependant, s'il était mort en 1850, il n'eût été qu'un poète du second rang, bien moins important qu'un Gérard de Nerval, ou qu'un Baudelaire, voire un Rimbaud. Seulement, il s'est passé deux choses dans le courant de cette vie hors du commun : la mort de Léopoldine, la fille bien-aimée et l'exil. A deux reprises, en quelques années, Victor Hugo va être atteint en plein cœur. Dans son affection et dans sa dignité. Aussi va-t-il prendre du champ et gagner le large. Là-bas, sur une mer plate dont il fera un océan, il sera visité, inspiré, porté par la Bouche d'ombre jusqu'au trône des Dominations. A sa manière, il sera le roi de Ker Is et le prisonnier des flots. Le dernier des Burgraves et le premier des Magnifiques.

5

Les hommes de mémoire ont pour eux-mêmes beaucoup d'indulgence et se penchent généralement sur leur jeunesse avec attendrissement. Pour moi, c'est l'enfance, toute dépenaillée et miséreuse qu'elle fût, qui me chante et m'enchante.

A y regarder de près, mon adolescence ne fut pas heureuse. Je souffrais du manque d'argent de mes parents et l'amour-propre se mettant de la partie, je m'affligeais de devoir me rendre au collège avec une veste élimée, un pantalon qui m'avait allongé les jambes, une chemise parfois douteuse au col et aux poignets. Là-dessus, je me mis à redouter la visite de Marie. Nous n'aurions pas même une chaise à lui avancer. Nous n'avions que des bancs sans dossier, une table rustique, une armoire de paysans et des murs salpêtrés, suintant une détresse tenace. Si elle avait frappé à notre porte, plus que mort de confusion, je me serais caché dans la cour, derrière les clapiers. Je m'en voulais de me déranger l'esprit de la sorte, plus encore quand je voyais notre mère active, industrieuse, réaliser parfois le miracle de mettre un peu de soleil dans notre cachot.

A Calmonbat, celui des parents d'Elisabeth n'était guère plus aimable. C'était une maisonnette rafistolée de tuiles et de planches, derrière une palissade de poteaux. On en sortait par une robuste porte de rondins donnant sur la rue et une autre, de rondins elle aussi, s'ouvrant sur le canal. La famille était ainsi à peine séparée de la sous-humanité de la « ville en bois » qui se déchirait à longueur de journée et s'entrepoignait avec des hurleries sans nom, des disputes infernales, des coups bien sûr et parfois des meurtres. Là, l'ivrognesse couchait avec la catin et le chômeur professionnel avec ses veuves, car il lui arrivait d'en avoir plusieurs. Monde terrible, cruel, bassement crapuleux que l'on voyait sans regarder, tant il était dangereux de se montrer curieux de ses déchiquetures et de ses abominations.

Derrière la palissade salvatrice, Elisabeth avait un jardin de la superficie d'un drap mis à sécher sur les ronces. Elle y cultivait des fleurs et de petits légumes : salades, radis, échalotes. Elle obtint de ses parents que je vienne admircr ses semis. Nous croquâmes à la même tomate en éclatant de rire. Sa bouche charnue ourlait des lèvres où le sang affleurait. Ses cheveux très noirs couronnaient un front large et ses yeux pers paraissaient s'amuser de tout. Son petit frère, Josian, sortait de l'enceinte pour me dire que Zabeth voulait ou ne voulait pas me voir. Quand elle acceptait une entrevue, elle me refilait un vélo, prenait sa bicyclette et m'emmenait vers Moustérian où, les cuisses offertes au soleil, elle souriait de la non-permission que j'avais d'y toucher.

La mer était là, porteuse d'îles et d'îlots. Des goélands argentés s'effrontaient jusqu'à se poser près de nous. Si j'avais essayé de prendre un baiser à ma sylphide, ils seraient allés me dénoncer aux mouettes et aux cormorans dont les marins disent que ce sont les meilleurs pêcheurs du golfe. Je ne brusquais rien. J'attendais le moment qu'elle voulût des caresses convenables. Celles de son patron-coiffeur, qu'elle avait dû quitter, étaient d'un pauvre maniaque, obsédé de la vergette. Elle attendait d'être un peu plus vieille pour le gifler en public. Elle le ferait dans une salle de café, au cinéma, aux courses, au stade. Elle comptait sur moi pour cracher sur le vilain bonhomme et le conspuer d'importance. Je promettais lâchement, je dois en convenir.

Quand l'heure de la tendresse avait sonné, elle me regardait longuement, me caressait les cheveux qu'elle trouvait beaux car ondulés, et s'émerveillait à retardement que je fusse bon élève. Elle, avant de courir aux cours des religieuses de la Garenne, devait s'occuper de Josian et l'emmener aux frères Saint-Joseph de la rue du Bazvalan d'où l'on domine les lavoirs, une partie des remparts et la tour du Connétable.

Toujours elle était curieuse de Paris, du métro, du Moulin-Rouge, du Sacré-Cœur et de la tour Eiffel. Je lui racontais en détail mes deux semaines près de Maurice et toujours davantage, elle se montrait intéressée de ce dernier. Comment était-il ? Blond, brun, grand, petit, avec des yeux et une bouche et des dents... Grand, plus grand que je ne l'étais, il tirait sur le blond avec de beaux yeux radoucis par la gentillesse.

Elle me fit jurer que je le lui présenterais quand il reviendrait à Vannes, car il allait venir passer des vacances chez nous. Nous dormirions dans le même lit. Cette précision la fit rire. Pour me récompenser de m'être bien tenu, elle mettait ses lèvres à frôler les miennes, portait ma main à sa poitrine qu'elle avait tendre et douce et dure comme la vie elle-même.

Quand nous restions à Calmonbat, Josian était

de toutes nos parties. Ses cheveux noirs en couronne au-dessus d'un visage d'une extrême matité, l'apparentaient à un tsigane. Il m'aimait beaucoup, mais n'admettait pas que je fusse trop familier avec sa sœur. On inventait des oiseaux, des nids fabuleux pour l'éloigner vers des broussailles. Je profitais de ce répit pour caresser les longues jambes de mon amie que j'embrassais en remontant des pieds aux genoux. Dans les jours fastes — ils étaient rares —, je pouvais me pencher sur des cuisses rondes comme on en voit aux déesses dans les marbres et les tableaux du Louvre. Il m'était interdit de la découvrir plus avant et quand Josian réapparaissait, des ronces dans la chevelure et qu'il criait : « Je vous ai vus ! », il fallait le cajoler et lui promettre monts et merveilles pour obtenir son silence.

Dans la semaine qu'il fut malade, nous nous échappâmes vers Berder et sautâmes dans une barque. En trois coups d'aviron, nous prîmes vers le rocher voisin, mais pas assez experts pour y aborder, nous nous laissâmes dériver et touchâmes à une îlette qui n'en est plus une à marée basse. Abandonnant notre esquif, nous décidâmes d'un bain de soleil. Je me mis nu quand Elisabeth garda sa culotte. Je fus ému par un grain de beauté, un pli, une fossette. Dégagés du soutien-gorge, les seins m'apparurent dignes d'orner la poitrine d'une infante, pareille à Chimène, ou d'une bergère, semblable à Mireille.

Elisabeth fut moins littéraire et s'amusa à me passer de petits chèvres nacrés sur le ventre. Ce jeu l'excita et ce fut par jeu et par curiosité qu'elle m'éjouit le sexe et m'aida à me répandre en éclatant de rire. Au-dessus de nous, les mouettes riaient aussi. J'étais dans l'hébétude du plaisir pris et voulant en reprendre, mais elle se rhabilla en prétextant que la mer était à la remonte.

Dans ces jours-là, comme nous étions dans le jardinet, nous entendîmes des camions arriver à tintamarre. Des soldats en descendirent. Un officier, haut perché sur des bottes de prince brandebourgeois, un binocle sur l'œil, la croix de fer sous le menton, cria dans un haut-parleur que la population de la ville dite en bois avait une heure pour faire ses paquets et se rassembler en ordre.

On les vit sortir comme autant de rats chassés par la peste. Ils étaient jeunes, moins jeunes, hâves, crispés, frusqués de corde et de sac, avinés copieusement, hébétés plus encore, les yeux aux mouches, la bouche à la bave, certains portés par une bravoure pestilentielle qui les désignait à la punition. Ils paraissaient ne rien comprendre à cette irruption de la soldatesque. Comme ils n'avaient rien qui comptât, ils s'avancèrent une poule vivante — et sans doute pondeuse — dans le tablier de la femme ; un litron de vin rouge dans la guenilleuse poche de l'homme.

Deux ou trois d'entre eux voulurent entonner *L'Internationale.* Ils furent roués de coups. On s'inquiéta cependant de savoir si quelque grabataire demeurait dans l'une ou l'autre baraque. Elles furent fouillées au pas de course et livrées aux lance-flammes.

« On n'a pas mérité ça, dit une vieille poissarde. Et maintenant ils sont bien capables de nous faire prendre un bain, sauvages comme ils sont ! »

On n'avait pas le cœur de rire, au contraire, je vis des larmes dans les yeux d'Elisabeth et je fus moi-même en proie à une sorte de crise de nerfs. On apprit plus tard que certains de ces malheureux iraient à l'hospice, que d'autres seraient hébergés par les bonnes œuvres et d'autres, dessaoulés, se cacheraient dans les bois.

Comme les camions repartaient avec leur charge inhumaine, l'on fit place nette des puces, des poux, des punaises, des cafards et des cloportes. Seuls les rats par centaines, réussirent à s'ensauver en plongeant dans le chenal.

Cette grande émotion eut des suites fâcheuses. En effet, sans raison apparente, Zabeth se mit à changer. De distraite, elle devint distante, puis dédaigneuse. J'eus beau retourner à Calmonbat et lui faire parvenir par Josian des lettres délirantes, tristement bêtes aussi, j'en ai peur, ma Juliette, mon Elvire, ma Laure, ma Béatrix me renvoya à mes chères études et tout fut dit.

Nous entrâmes dans l'année du brevet. Pendant des mois sous les tilleuls de la cour et en classe plus encore, l'émulation fut à son comble et Marie très heureuse de voir ses garçons se disputer la palme dans une discipline où il est presque toujours difficile de marquer sa préférence. Ainsi, lorsque nous composâmes sur le héros, mon travail lui parut moins réussi que celui d'un camarade qui, de Rodrigue était passé à Bournazel — toujours le Maure — quand je m'étais coiffé du béret de Ramuntcho. Elle convint que mon texte était plus riche et mieux écrit et que mes descriptions — toutes livresques —, du Pays basque, ne manquaient pas de charme, mais plus haut que la montagne et même plus haut que l'amour du personnage pour Gracieuse, il y avait la tache indélébile : le rude et coupable métier de contrebande.

On ne fait pas l'apologie de ce « métier »-là, même s'il comporte des risques. Ramuntcho pouvait être joli garçon, amoureux transi, champion de pelote et escaladeur intrépide connaissant les cols, les caches et les grottes de son pays au point d'y dissimuler un tabac que les gabelous ne verraient jamais, il n'en était pas moins marqué comme d'une tare — ici congénitale — et ne pouvait passer pour exemplaire.

Je fus cruellement mortifié de ce que je pris pour une injustice. A mes yeux, ne comptaient que le style et le bonheur de conter ; la moralité d'un texte me paraissant superfétatoire. Il m'arrivait déjà de la trouver désuète, voire déplacée.

L'éloignement d'Elisabeth et l'espèce de distance que Marie marqua pour m'avoir vu frondeur, me rendirent à ma famille et à ma solitude. A la saison des champignons et des châtaignes, je partais dans la compagnie de notre père vers les bois. Nous rentrions généralement les sacoches pleines.

Les châtaignes, nous les grillions dans la courette de notre cachot. Incommodés par la fumée, les voisins recevaient quelques cornets des mains des petites sœurs et fermaient leurs fenêtres. Nous entretenions d'ailleurs les meilleurs rapports avec les Baptiste et M. Joubel, un brave homme qui me demandait souvent de monter le voir et de lui parler de la Grande Révolution.

« Tu es jeune, me disait-il, mais tu as appris ce que je n'ai jamais su et que je voudrais savoir afin de me trouver un peu moins bête et surtout moins malheureux. Lisette, tu ne vois pas que notre Marcel a soif et qu'il te fait les yeux doux ? »

Lisette qui pouvait avoir mon âge passait pour une beauté avec ses longs cheveux de jais, ses yeux qui ressortaient légèrement comme pour mettre en valeur le pur ovale de son visage. Je la comparais à la Vierge de Murillo que je n'avais fait qu'entrevoir au Louvre.

Sous la rude invitation du second mari de sa mère toujours en fête on ne savait où, elle nous revenait avec une bouteille d'un vin qui me tournait la tête. Un genou sur une chaise, elle restait à m'écouter et prenait plaisir à ce que je disais des émeutiers de Paris, des septembriseurs, des sans-culottes, des massacreurs et des tricoteuses. Au troisième verre, Emile Joubel, maçon de son état, aurait aussi bien pris une pique pour aller décoller la calotte, encore qu'il n'en voulût ni au pape ni à l'évêque, mais à l'engeance bondieusarde de notre petite ville qui n'admettait ni le divorce ni un concuménage. Ce mot l'amusa et fit sourire Lisette. Quand mon hôte montait d'un ton, il fallait non pas le raisonner, mais le conduire à son lit. Nous le faisions comme il dégorgeait des injures sur sa femme qui n'était pas rentrée.

« Laissons-le, disait Lisette. Dans cinq minutes il dormira. Viens me parler de ton collège... »

Elle prenait des cours de dactylographie et eut à connaître de mes premiers poèmes. J'y parlais de montagne, de drailles, d'estives et de transhumance. Quoique je fusse un auteur peu abondant, ce commerce nous rapprocha. Pour la remercier de me « taper » en trois exemplaires, je l'invitai au cinéma de la Garenne où l'on projetait *Notre-Dame de la mouise.* Ce navet ne me serait pas resté dans l'esprit s'il n'avait été orné du sourire de Louise Carletti alors dans tout l'éclat de ses dix-huit printemps. Pour avoir figuré dans *Nous les gosses,* dont elle était la vedette, notre camarade Bontemps ne tarissait pas d'éloges sur sa gentillesse et sa beauté. J'en fus très épris comme je le serai plus tard de Danièle Darrieux dans *Premier Rendez-vous* et d'Odette Joyeux dans *Douce.* Je lançais ainsi mon cœur à qui le voulait prendre et ne savait pas l'avoir pris et je méprisais ceux de mes condisciples qui lorgnaient vers les donzelles du cours secondaire et les petites normaliennes qu'il nous arrivait de croiser — you kaï di, you kaï da ! — dans les campagnes de notre plein air.

On me dira : « Et les Allemands ?... » Ils étaient là que je croyais combattre en écoutant chaque soir les Français de Londres chez Marie-Jo. Son détestable mari les traitait d'embusqués et de traîtres. Avec mon père, je m'élevais véhémentement contre cette façon de voir et de juger. Le personnage en fut si vexé qu'il ne parut plus à son domicile pendant que nous y célébrions l'office de la patrie ressuscitée. Car elle triompherait de la tribulation et de la honte où l'avait plongée l'armistice.

C'était le temps où l'on cherchait, à force de rames, quelque soldat ou officier de la Wehrmacht tombé dans le port. Le romantisme poussait ces gens-là à promener leurs conquêtes féminines le long du canal. Seulement, il aurait fallu qu'ils tiennent compte des chausse-trapes des nuits sans lune et de l'aveugle force du vent venu du large. Dès le lendemain, la Kommandantur concluait à un attentat ou à un accident. Si attentat il y avait eu, il était demandé à ceux qui l'avaient perpétré de se dénoncer dans les quarante-huit heures. Passé ce délai, des otages seraient fusillés.

Dans ce climat insécuritaire et malsain, il y eut rafle un samedi, jour de marché, place des Lices. Quand je vis les hommes chercher refuge chez les mastroquets qui les cacheraient dans quelques caves souterraines, je pris peur, poussai une porte et me trouvai dans un corridor au bout duquel je devinai, dans « l'obscure clarté » de l'imposte, un escalier avec tapis rouge, tendu marche après marche par des baguettes de cuivre. Au premier étage, à l'aide de mon briquet, je lus : « Huissier-audiencier ». Je montai jusqu'au troisième et, paniquant à l'entrée de la soldatesque dans le corridor du rez-de-chaussée, je frappai à une porte anonyme qui ne s'ouvrit qu'au bout d'une longue minute. Surprise à sa toilette, la femme m'apparut jeune et jolie, un peu hagarde, dans un peignoir de coton aux manches d'une ampleur inaccoutumée.

« C'est pour quoi ? Qui êtes-vous ? »

Une voix gutturale se fit entendre à l'étage du dessous. Je pensai que l'huissier allait devoir s'envoyer du papier bleu.

Une main énergique m'agrippa le collet et je fus comme propulsé dans une pièce rose, pareille à une bonbonnière, avec des médaillons aux murs et des bougeoirs d'argent sur une console. Dans une cagette, des bengalis parurent effarouchés de me voir. Le pastel de Ninon de Lenclos me rassura. Les nus d'éphèbes, les scènes champêtres avec matrones déshabillant des jeunes filles en fleur m'alarmèrent le temps d'éloigner une mouche.

Quand la personne passée dans une autre pièce me demanda de m'asseoir, je ne trouvai qu'une sorte de cathèdre avec accoudoirs de reps rouge. Plein de confusion je fis l'évêque et m'excusai d'être venu troubler...

« Avez-vous déjeuné au moins ? Nous aurons du poulet froid et nous boirons du mousseux. J'adore le mousseux quand il est très frais. »

Elle vint dans la bonbonnière, prit un pouf, rajusta des bas de soie sur des jambes superbes et les pinça au milieu de la cuisse à des jarretelles ornées de rubans. Elle me laissa voir sa culotte avant de la dissimuler par une jupe, s'éclipsa, réapparut avec un corsage blanc à rayures roses et un diadème dans la blondeur des cheveux.

Elle secoua ma balourdise par un sans-gêne de bon aloi et croisa haut les jambes pour que je ne perdisse rien de sa féminité.

S'étant enquise de mes parents, elle siffla un polisson qui passait sous sa fenêtre et lui lança une pièce de monnaie pour qu'il courût dire rue de Séné que j'étais en lieu sûr.

Elle dressa la table dans une minuscule salle à manger et m'encouragea à m'asseoir près d'elle. Très frais et champagnisé à souhait, le mousseux nous monta à la tête. Bientôt, elle voulut me connaître davantage et m'appeler par mon prénom. Elle, c'était Lili. Je dis : « Lily Marlène », ce qui la fit sourire.

Je dus parler de mes études. Elle en était sûre : je passerais avec succès le concours d'entrée à l'Ecole navale. Je serais un nouveau Pierre Loti et je ferais le tour du monde sur la *Jeanne*.

Il nous fallait boire à ce brillant avenir. Elle fit du vrai café, mit une vraie pierre de sucre dans ma tasse et revint de la cuisine avec une bouteille de cognac qu'un ami lui avait apportée de la surveille pour services rendus.

« J'attendais une grande occasion pour la déboucher. La présence d'un tout jeune Des Grieux sous mon toit... Tchin-tchin... »

Je bus avec bravoure, rebus avec plaisir au point de devenir tendre et de me répandre en lamentations pour les misères endurées et l'horizon bouché par un occupant chaque jour plus irritable. Lancé dans toutes les directions de mon cœur, je parlai de Marie comme d'une sainte et d'Elisabeth comme d'une salope. J'en voulais à la plupart des femmes de mon apanage, sauf à ma mère, jugée digne de toucher le manteau de la Vierge Marie.

Lili m'écoutait sans impatience, puis elle eut chaud, trop chaud, et me demanda de lui déboutonner le corsage qui, entrouvert, laissa voir des seins superbes. D'elle-même, elle fit tomber sa jupe et me conduisit à sa chambre. Balourd, exigeant, je me mis à la chevaucher avec une science que je ne savais pas détenir et ce fut en criant mon nom qu'elle me laboura les épaules de ses griffes.

Elle était belle et généreuse. Tant elle fut magnanime, que je m'écroulai dans ses bras et perdis connaissance.

Quand je revins d'un long sommeil suspendu entre ciel et terre, Lili avait disparu. Je trouvai sur sa coiffeuse ce mot que j'ai longtemps conservé comme une relique : « Dors bien, petit homme, ferme la porte en sortant et mets la clef sous le paillasson. Je t'embrasse. Lili. »

Quand, par la rue de la Porte-Poterne je regagnai la rue de Séné, il faisait nuit. Il n'était plus temps d'aller chez Marie-Jo pour les nouvelles de la guerre. Il me tardait d'être seul pour penser à ce qui venait de m'arriver et pour rêver de cette femme incomparable qui m'avait accueilli comme il arrive qu'on le fasse au pays du songe.

« Il t'a fallu toutes ces heures pour nous revenir ? demanda notre père.

— J'ai eu peur, je vais me coucher.

— Tu as une drôle de voix, me dit maman, nous cacherais-tu quelque chose ? »

Je cachais, à l'innocence, mon amour pour une femme des plus extraordinaires. Un matin je courus vers elle avec du muguet que j'avais cueilli dans les bois du château de Limoges. Elle fut tout attendrie et me remercia en se mordant la bouche. Nous délirâmes au point que je me crus lancé, si jeune que je fusse, dans une véritable aventure.

Je me mis à la guetter, à me renseigner sur elle à son insu. Rentrant du collège, je délaissais l'itinéraire d'hier et d'avant-hier pour passer par les Lices. Je regardais vers ses fenêtres. Je posais des questions aux enfants du voisinage. On l'avait vue. On ne l'avait vue de huit jours. Des enfants, je m'adressai aux commerçants sans plus de succès. Une vieille fruitière me dit cependant que la Lili était une « la belle ! » et qu'il lui arriverait bientôt des histoires.

Je me mis à lui écrire. Je glissais moi-même mes lettres dans la boîte à son nom. N'obtenant pas de réponse, je la célébrai en vers. Je plagiai d'enthousiasme Ronsard, Malherbe, Arvers, Lamartine et Musset.

Par moments, il me semblait atteindre au sublime au point de prendre copie des rondeaux, acrostiches et ballades que je lui adressais. Curieusement, mes exercices se balançaient entre idéalisation et pudeur. Si j'évoquais la gorge de l'adorée, c'était derrière un écran de gaze. Ses jambes, je les gainais de lumière. Ses yeux exprimaient plus la modestie et la pureté que le plaisir.

Pour avoir rencontré le mot chez Chateaubriand dont je lisais des morceaux choisis, j'en fis une sorte de sylphide. Je la nimbai de vertus et jurai de lui être fidèle jusqu'au Dernier Jugement.

Je n'en parlais à personne. Personne ne fut jugé digne d'entrer dans ma vie secrète. J'étais donc né pour aimer, pour être aimé et pour nourrir les plus grandes espérances ?

Après le brevet, ce serait le bachot, car j'allais passer dans cette élite dont on m'avait parlé trois ans plus tôt. Bachot en poche, j'entrerais dans la carrière et, pour l'amour de Lili, je ferais des miracles.

N'en pouvant plus de ferveur et d'attente, sans nouvelles et ne la voyant plus, je pris le parti de l'aller surprendre. Je frappai à sa porte avec la discrétion convenue. J'entendis qu'on venait ouvrir et, le cœur à la chamade, je me précipitai dans les bras d'un officier allemand qui se recula et dit d'un air amusé :

« Dis-moi, Lili, gu'est-ce qui me faut la fisite de ce bédit Meister ? Ne serait-ce pas là votre soubirant poète ? »

Lili parut que je ne reconnus pas. Elle portait une veste de cuir. La jupe, de cuir elle aussi, était si courte qu'on y voyait la naissance des fesses. A chacun de ses pas elle paraissait devoir tomber du haut de ses escarpins.

« Ah, c'est toi ! » dit-elle sans me regarder.

Elle ajouta :

« Je te donne un conseil : ne m'écris plus de sottises et ne cherche plus à me revoir.

— Ne sois pas mégeante, Lili, ce bédit Meister t'aime, tu sais !

— Qu'il aille au diable !

— Mais Lili... »

Elle était repartie changer de chaussures ou se poudrer le nez. Elle portait la main à sa tête comme si elle souffrait de migraine. Elle cria que sa vie était un enfer.

« Désolé, dit l'Allemand. Jé souis désolé, bédit garzon. »

Avec sa tunique de Chleuh adornée d'un col à liseré blanc, son képi de maître après Dieu, qu'ostensiblement il n'avait pas eu le loisir d'enlever, et ses bottes astiquées par Clausewitz pour Moltke et Bismarck, il me prenait pour le gosse que je n'étais plus et j'en voulais doublement à Lili de m'avoir trahi et de le laisser me parler comme si j'étais un enfant.

Sur la table, j'eus le temps de voir la bouteille de cognac qu'un ami lui avait offerte pour services rendus.

« Barre-toi, tu as compris de te tirer ! Ta maman t'appelle ! Hans, veux-tu me débarrasser de ce vilain moineau et fermer la porte ! »

Je les entendis rire. Ils allaient se moquer à mes

dépens. Elle lui lirait mes sublimes « sottises » entre deux étreintes.

Je fus dans la rue avec des idées de meurtre. J'en voulais au monde entier. Je m'en voulais plus encore. Je lui avais livré le meilleur de moi-même quand elle n'était qu'une fille !

Près du port, les chiens de sa bénévolence dans les brancards d'une carriole, Marie Lamare, miraculée de la « ville en bois » — elle était aux pilots pendant l'autodafé —, criait à la lune qu'il y avait pire que les doryphores, les putes qui acceptaient de leur ouvrir leur lit.

Debout comme un homme, cambrée de colère, elle se mit à pisser à la manière des juments de la remonte. Ce haut spectacle crapulard me fit du bien. Je rentrai rue de Séné entre rire et sanglots.

6

Je repris le chemin du collège sans plus de détour par les Lices. Sous les tilleuls de la cour, je réglai des comptes à grands coups de gueule avec les derniers admirateurs d'Hitler et les avant-derniers complices de Vichy. Dans un devoir qui aurait dû me valoir la visite de M. Loréal, je rappelai les vers de Musset :

Nous l'avons eu votre Rhin allemand
Il a tenu dans notre verre...

Marie me rendit ma copie avec une note convenable, mais sans commentaire. Elle me jugeait traversant une sorte de crise. Elle s'en alarmait auprès de deux ou trois camarades qu'elle croyait être dans le secret de mes affaires. Mais je n'avais parlé de Lili à personne et même si je devais de nouveau la rencontrer, ce serait dans un autre temps calamiteux, mais dans un autre temps.

Dans les derniers jours de juin, nous passâmes l'examen du brevet dans les locaux de l'ancien évêché. J'eus à disserter de : « Heureux qui comme Ulysse a fait un beau voyage... »

Maurice annulant sa venue, restait à me trouver une occupation de vacances. Mme Léonce, directrice du cinéma Le Royal, voulut bien m'affubler de la casquette blanche et de la blouse blanche, à large collet bleu, de l'ouvreur. Je devais non pas déchirer, mais écorner les billets d'entrée et exiger de la troupe d'occupation qu'elle s'adressât à la caisse. Pendant la projection du documentaire, je courais au Pasteur ou à la Garenne, chercher la bobine des Actualités. On y voyait le vieux Maréchal qui n'avait pas pris une ride depuis Montoire, ayant à ses côtés Pierre Laval, Fernand de Brinon, Darlan toujours en uniforme d'amiral de la Flotte, une flotte qui allait bientôt se saborder lamentablement à Toulon.

Deux fois par semaine, avec Christiane, nièce de Mme Léonce, je faisais le tour de la ville et de la périphérie pour distribuer les affichettes annonçant les programmes.

Nous nous parlions beaucoup en marchant et toujours, elle me présentait comme un jeune homme plein d'avenir. Elle, elle avait eu des peines de cœur et, à près de quarante ans, voyait le temps fuir avec angoisse.

Grande, assez corpulente et très distinguée, elle n'était pas d'une beauté claironnante. Il fallait entrer dans sa vie — ce que je faisais avec un maximum de discrétion — pour se rendre compte de sa générosité et du charme qui se dégageait de ses manières et de sa conversation.

Elle se désolait de voir ses meilleures amies se marier quand elle se montrait incapable de dénicher l'oiseau rare. Tant d'oiseaux siffleurs s'étaient envolés de ses bras qu'elle pleurait en ma présence. Je la consolais d'un mot. Je lui disais que la guerre allait finir et que la paix revenue, de nouveau chacun aurait sa chance. Je répondais de la sienne en allant chercher les lignes de sa main. Cet exercice de chiromancie des plus fantaisistes, la ramenait à une réalité plus souriante. Alors elle m'embrassait pour me remercier de lui avoir redonné courage.

Nos films affichaient complet. Il se formait des queues pour obtenir quelques strapontins. Raimu, Pierre-Richard Willm, Blanchette Brunoy, Michèle Morgan, Fernandel, Lucien Coëdel, Pierre Brasseur, Jules Berry nous rassuraient quant à la recette. Il fallait retenir ses places et ne pas se montrer trop exigeant sur la distance entre son siège et l'écran.

Les bals étant interdits, il n'y avait que le cinéma pour sortir et se divertir un peu. Les vieilles personnes s'arrangeaient du couvre-feu en assistant à la séance de l'après-midi. Ensuite, elles avaient tout le temps de s'offrir de l'ersatz de café au Café du Commerce où plastronnaient quelques peaux de fesses qui s'en remettaient à la sagesse du Maréchal en affirmant que le mur de l'Atlantique était imprenable.

Je gagnais quelques petits sous au Royal. J'en donnais la moitié à notre mère. Avec ce qui me restait, j'achetais des livres. Je lisais Hugo, bien sûr, Vigny, Musset dont le théâtre passait pour injouable ; Lamartine que j'admirais pour avoir harangué la foule révolutionnaire sur le perron de l'hôtel de ville de Paris et lui avoir arraché des mains le drapeau rouge des Babeuf et des Egaux. J'étais aussi très friand de poèmes que je trouvais dans l'arrière-boutique de librairies plus ombreuses que des caves. Il ne fallait pas hésiter à farfouiner dans les cartons, au-dessus de rayons encombrés d'objets, de vieilleries et de paperasses, pour espérer mettre la main sur une marchandise marginale, regardée comme invendable. Je fus récompensé à deux ou trois reprises de la peine que je me donnais. Il arriva même que le libraire me fît cadeau d'ouvrages qu'il estimait sans valeur, à tout le moins sans valeur marchande. C'étaient des vers et des proses de Verlaine, de Jammes, de Moréas, de Paul Fort, de Charles Guérin.

Quelques Léon Bloy traînaient parmi des outils et des boîtes à clous ; ouvrages bavocheux, honteux, perdus de poussière comme on peut l'être de boisson.

C'était extraordinaire ce qui se pouvait trouver dans le débarras d'une bouquinerie.

Bloy... J'avais entendu parler par Marie de cet aboyeur de Dieu. Le commerçant qui l'avait lu pour se faire une opinion, me le dépeignit toujours au paroxysme de la pensée, du sentiment et du ressentiment. Je n'eus pas, je l'avoue, la curiosité d'y aller voir. En revanche, je lus et relus avec une ferveur, qui parfois m'arrachait des larmes, le choix de poèmes de Verlaine avec une préface de François Coppée.

Je fais souvent ce rêve étrange et pénétrant
D'une femme inconnue, et que j'aime, et qui m'aime
Et qui n'est, chaque fois, ni tout à fait la même
Ni tout à fait une autre, et m'aime et me comprend...

Dans une rue au cœur d'une ville de rêve
Ce sera comme quand on a déjà vécu
Un instant à la fois très vague et très aigu...
O ce soleil parmi la brume qui se lève !

O ce cri sur la mer, cette voix dans les bois !
Ce sera comme quand on ignore les causes ;
Un lent réveil après bien des métempsycoses ;
Les choses seront plus les mêmes qu'autrefois.

Dans cette rue au cœur de la ville magique
Où des orgues moudront des gigues dans les soirs,
Où les cafés auront des chats sur les dressoirs
Et que traverseront des bandes de musique.

Ce sera si fatal qu'on en croira mourir...

Comme Villon et Baudelaire, Nerval et Villiers, Verlaine passera sa vie à vouloir apprivoiser le guignon. Je ne vois guère que Hugo et Claudel qui soient passés parmi nous sans trop de dommages, encore que dans ses enfants, Hugo aura payé un très lourd tribut au malheur.

Sans tourner le dos à l'auteur des *Contemplations,* je me mis à regarder Verlaine comme un immense poète, peut-être le plus grand de tous. Le plus naturel aussi. Il me suffisait de me dire en marchant dans la rue :

Il pleure dans mon cœur
Comme il pleut sur la ville.
Quelle est cette langueur
Qui pénètre mon cœur ?...

pour éprouver la nostalgie d'un paradis entrevu au Parc-Lann et depuis lors évanescent.

Nous étions seul à seule et marchions en rêvant,
Elle et moi, les cheveux et la pensée au vent...

Ce ton-là tenait du miracle. Ces tableaux-là me permettaient d'accompagner Marie en héros ténébreux sauvé par l'amour. Il y a chez Verlaine assez de rêve pour en donner sa part à chaque adolescent. C'est tout jeune qu'il faut le lire pour l'aimer. On le relira ensuite inlassablement. Il a connu notre cœur, il a fait vibrer quelque chose de notre âme. Il a mis de la musique et de l'immatérialité dans ce qu'il appelait « cette vacherie d'existence ».

Plus vieux que moi de deux ans, Francis Mostade que je rencontrais toujours sur le port, parlait d'entrer dans la clandestinité. Son serrurier de patron fermait boutique. Il reprendrait ses compagnons le conflit terminé. Mais quand prendrait-il fin ? Francis qui n'affichait aucun pessimisme outrancier, ne voyait pas les belligérants à bout de souffle. Pour lui, la guerre devenue mondiale, n'en était qu'à son prélude. Son frère Yves faisait de la résistance et participait à ce qu'on appellera plus tard « la bataille du Rail ». Loïc, leur cadet, personne ne savait ce qu'il était devenu. Lui, Francis, s'en retournait à Plescop auprès de son institutrice de mère qu'il promit d'embrasser de ma part ; il se laisserait dorloter quelques jours et rejoindrait des bûcherons patriotes dans la forêt de Camors. Sa soupe, il la gagnerait en aidant ces gens-là dans la fabrication du charbon de bois très demandé pour les gazogènes. La couverture de cette activité favoriserait des coups de main, des attaques dites de commando, face à des unités allemandes disséminées dans le profond du pays. Le temps de faire cracher fusils et fusils-mitrailleurs et ce serait, sous le couvert des arbres, plus que l'impunité, le salut.

Je fus sur le point de lui parler de Lili. Ce fut lui qui me narra de ses exploits dans le lit d'une fille qui travaillait chez un médecin réputé, et père de famille, qui mettait de l'improvisation et de la méthode à la vouloir prendre.

Il n'en finissait pas de rire des stratagèmes que le personnage inventait pour tâter d'une pucelle qui n'en était plus une. Prières, implorations, menaces, cadeaux, rendez-vous dans une propriété du bord de mer avec promesse de... Il avait tout essayé afin de séduire une enfant qui le renvoyait à sa femme.

Francis riait de tout et la démarche sentimentale du praticien le portait à se tordre. Je riais avec lui en pensant à Lili dans les bras de Hans, ce con qui m'avait traité de « bédit Meister ».

A la fin des vacances, Mme Léonce me fit savoir qu'elle avait été satisfaite de mes services et me compta un joli pécule que je remis à notre mère.

Sans changer de lieu, nous montâmes d'une classe et reprîmes, en seconde, une nouvelle croisière de potaches. Dans la cour, sous les tilleuls qui, une fois de plus, laissaient tomber de leurs feuilles, on parlait de l'entrée des Allemands en zone libre et de la bataille de Stalingrad. Tout jeunes que nous étions, nous percevions les premiers craquements d'une armée faite pour conquérir le monde.

Se nourrir devenant une affaire de survie, chaque jeudi je plongeais au profond des campagnes. Ce jour-là notre père m'abandonnait sa bicyclette pour une tournée qui, généralement, me permettait par Kerfuns et Lescourlès, de rallier le Moustoir-des-Fleurs. Notre père était né dans ce village. Je le rappelai à Mathurine qui me reçut sur le pas de sa porte. Dans un breton que je ne parlais pas, mais que je comprenais parfaitement, elle demanda des dates, des détails que je lui donnai en français. Au bout d'une demi-heure de palabres, elle voulut bien m'inviter à pénétrer dans une pièce comportant table, bancs et lits clos. L'écrémeuse émettait une note très moderniste dans cet ensemble rustique. Quand je lui demandai la grâce d'un verre d'eau, je la vis toute retournée avec des larmes dans les yeux. Pourquoi n'avais-je pas dit en arrivant que j'avais soif ? Et faim aussi sans doute ?... Elle me fit asseoir et m'apporta du pain, du cidre et du beurre. Je me restaurai de grand appétit. Mais j'avais un frère et trois sœurs plus jeunes que moi. Il fallait aussi penser à eux. Mathurine me demanda leur âge et me permit de rentrer à la maison avec du beurre, du lard et des œufs frais pondus.

Merci, Mathurine, je reviendrai la semaine prochaine... Oui, merci Mathurine, sainte femme aujourd'hui au ciel, je n'ai oublié ni votre amitié ni vos bienfaits. Quand je rentrais avec toutes ces marchandises alors introuvables, notre mère disait : « Remercie Dieu, mon fils, d'être tombé dans une bonne maison. »

Qu'elle était bonne, en effet, la maison de Mathurine ! Chaude en hiver, fraîche en été et pour moi, toujours ouverte. Quand son homme était là, on abandonnait la parentèle pour des nouvelles en rapport avec la conjoncture. Je parlais de De Gaulle dont j'avais vu la photo, en 1940, lors de la présentation du gouvernement Paul Reynaud.

De Gaulle, il ne connaissait pas. Le Maréchal, oui ! Il avait une si bonne tête ! Le bon Dieu avait été bien gentil de nous le garder, vu son âge.

Que serions-nous devenus s'il n'avait été là pour tenir tête à Hitler ? J'approuvais assez lâchement ce discours. C'est qu'il me fallait repartir la sacoche pleine et faire attention, sur le chemin du retour, d'échapper aux Hans, aux Fritz et aux gendarmes. Sous toutes sortes de prétextes, ces représentants d'une loi qui n'existait plus, vous confisquaient vos marchandises et faisaient ripaille à vos dépens.

J'aimais ces longues balades à bicyclette qui me permettaient d'échapper au cachot. Je priais en pédalant. Il m'arrivait aussi de mettre en place les premières phrases d'un devoir à remettre à Marie. Parfois il pleuvait et je devais me sécher au feu de Mathurine ; parfois le gel me bleuissait les mains et me rougissait le nez. Ce jour-là, pour vaincre le froid, le patron m'offrait une lambig si causante que nous tirions des plans sur la comète jusqu'à l'heure de l'omelette à bave.

Quand le printemps fut de retour, ces escapades semainières devinrent un vrai plaisir. Je quittais le cachot de bonne heure et, ayant tout mon temps, je revisitais des lieux sacrés. Il n'était pas rare que, par le Bondon, je fisse une halte chez la garde-barrière de Beaucoire. Comme elle ne me reconnaissait pas, je lui parlais du petit garçon du Parc-Lann qui aimait tellement ses chèvres qu'il avait obtenu de sa mère qu'elle achetât la Blanchette aux cornes d'or. La brave femme qui avait beaucoup vieilli de s'approcher pour me regarder sous le nez. « Si tu es le petit Marcel, je me souviens de ta mère aimable et courageuse. J'ai beaucoup regretté de la voir s'éloigner. Que devient-elle ? Toujours dans votre moulin ?

— Nous sommes à Vannes depuis quatre années déjà.

— A Vannes ? Que peut-elle faire à Vannes ?

— Elle travaille au grand séminaire avec les religieuses.

— Merci de vos bonnes nouvelles. Moi je n'ai plus que deux cabris. J'attends aussi d'être à la retraite. Pour aller où ?... »

De Beaucoire, je passai au Parc-Lann. Sans perdre son nom, notre chaumière avait perdu son chaume. La fine ardoise la recouvrait maintenant. La maison du bonhomme Eugène m'apparut si petite que je la crus bâtie pour les nains de Blanche-Neige. Je tournai le dos à ces masures et plongeai du regard dans la vallée de la Marle où les saules et les peupliers, porteurs de corbeaux, soulevaient une magie qui en appelait aux nuages.

Dieu ! Qu'on avait été heureux ici, avec René de l'Assistance, notre vache Penn-Gwenn et Blanchette, la chèvre bien-aimée ! Je me rappelai l'endroit où, le jour de son arrivée, maman la mit au piquet, au milieu de ronces dont elle était demanderesse. J'avais pris un tabouret pour la contempler. Encore que je ne susse rien de celle de M. Seguin, je trouvais notre Blanchette d'une rare élégance et d'une noblesse qui remontait pour le moins aux croisades. A la naissance de ses chevreaux crépus et bondissants comme des diables, je crus devenir fou. Maman n'arrêtait plus de me prêcher prudence et de m'endormir sur son sein. C'était si loin déjà !

Si loin dans l'espace-temps que les anciennes terreurs me revinrent à l'esprit. Les bruits de la nuit, au-delà de la nuit, me revisitèrent avec force.

Présentant l'auteur de *Pain perdu* à son émission « Ouvrez les guillemets », Bernard Pivot dit en me désignant aux téléspectateurs : « Cet homme, tout enfant, a eu peur... »

Et cette peur ne m'a pas quitté. Certes, je m'arrange avec elle ; il m'arrive de lui signifier son congé, mais toujours, au moment où je m'y attends le moins, elle est là, tapie dans mon cerveau avec son haleine de bête mauvaise.

C'est ici, au Parc-Lann, qu'elle se manifesta pour la première fois. Je pouvais avoir quatre ans. J'étais heureux de vivre avec des clapiers remplis de petits lapins ; un poulailler plein de poussins piailleurs ; un coq rutilant et des poules pondeuses et chantantes. J'avais un bateau, une auto, une charrette, un aéroplane et encore tous les joujoux que notre mère découvrait dans les paquets de « Café à l'Epée » qui fleurait si bon les pays chauds. Oui, j'étais heureux entre des parents qui m'adoraient, René qui me passait tous mes caprices, et Marie-Jo qui se dépêchait de venir m'embrasser chaque fois que ses bourgeois lui en laissaient le loisir.

Un soir, comme tous les autres soirs, qu'on a fermé la porte à clef et qu'on dîne sur la pierre de l'âtre, près du feu aux flammes bleues, un bruit déraisonnable blesse le silence. Ce n'est pas Eugène ni sa vieille épouse occupés de quelque lessive diabolique. Ils dorment depuis longtemps pour économiser la chandelle. Maman dit que ce sont les poules qui ont fait tomber leur perchoir. Mince de barouf ! René n'en a cure. Il mange sa part d'omelette aux lardons, ma part et celle de Marie-Jo. Comme nous voici à moitié rassurés, un bruit plus épouvantable que le premier traverse nos murs et semble vouloir jeter la cheminée par la fenêtre qui s'ouvre à grand fracas. René, qui n'a peur de rien, se précipite pour la refermer et y parvient à bout d'énergie. Cela va durer des heures à croire que des démolisseurs, armés de béliers, s'acharnent sur le pignon de notre maison pour le faire écrouler.

A bout d'arguments et de prières, maman me couchera près d'elle et me réveillera l'instant d'après — mais il faisait déjà grand matin ! — en me disant dans un sourire :

« Lève-toi, mon garçon, ils sont partis ! »

Ils étaient venus. Ils étaient repartis ! D'où venaient-ils ? Qui étaient-ils ?... J'ai beaucoup questionné à ce sujet sans recevoir jamais de réponse satisfaisante.

Au Moustoir-des-Fleurs, entre Mathurine et son homme, je n'aborde jamais la question de ce qui se déroule la nuit au cœur d'une campagne sans histoire. Ils me regarderaient de travers. Ils se moqueraient de mes fables. Julienne de Bomangoro, elle, serait intriguée et trouverait une explication rationnelle, irrationnelle plus encore, à nos nuits tintamarresques. Mais qui sait ? Au Moustoir-des-Fleurs, ils sont peut-être passés par des aventures plus extraordinaires ! Ils n'en diront jamais rien par pudeur et aussi parce que la religion ne permet pas d'aborder de face des faits qui demanderaient qu'on convoquât l'exorciste.

Au moulin que je revisitai aussi, je n'eus pas à me défendre de moi-même. Le vieux Jean-Louis et son fils Gabriel vinrent voir à quel rôdeur ils avaient affaire. Je les saluai sans qu'ils me reconnussent. Je dus me nommer. L'homme, sorte de chouan fidèle à sa faux, prit des nouvelles de mes parents et s'éloigna, farouche. Gabriel alla chercher son accordéon et, près de la grange, égrena des notes qui firent accourir la volaille.

Dans ce temps où les digitales montent à l'assaut des talus et que les iris fleurissent les marais, je voyais des Hans et des Fritz sortir d'une ferme la sacoche pleine, la paysanne sur les talons avec des salamalecs. J'étais persuadé que cela se paierait à la victoire.

Je faisais exprès de laisser les Allemands s'éloigner dans leur side-car avant de frapper au carreau de la fenêtre. Surprise à compter et recompter son argent, la drôlesse arrivait à courte haleine.

« C'est quoi ? C'est pour quoi ?

— C'est pour vous dire bonjour et vous demander un peu...

— J'ai plus rien.

— Rien pour les Français ?

— J'ai plus rien du tout. Plus un œuf. Les poules pondent plus. Les vaches sont à court de lait et les veaux crèvent.

— Alors, au revoir, fraülein ! »

Elle me lâchait le chien ou s'isolait pour pleurer dans l'étable et faire sa paix avec le Seigneur.

Ce fut au retour d'une de ces randonnées champêtres, comme je révisais chez ma sœur Marie-Jo, que je crachai du sang et que je dus entrer à l'hôpital.

II

1

Sœur Amédée avait la cornette ombrageuse et la taciturnité de la pierre.

Après que j'ai passé une nuit avec un bûcheron qui était tombé d'un arbre pour avoir bu l'argent de sa veuve, elle me trouva une place dans la grande salle près de la porte-fenêtre qui donnait sur une cour entourée d'un haut mur.

Mes affaires pliées et rangées dans un placard, j'eus vite fait le compte de mes compagnons. Nous étions trente. Les uns, couchés sur le côté, furent parfaitement incurieux de mon arrivée ; d'autres esquissèrent un sourire timide ; trois ou quatre jouaient aux boules dans la cour, trois ou quatre battaient une belote.

J'avais si peur d'une nouvelle hémoptysie que je n'osais bouger. Les yeux au plafond, je me perdais en conjectures. Plus j'essayais de comprendre ce qui m'était arrivé et moins j'y parvenais. Le docteur Rolland avait demandé à maman si, dans notre famille, on mourait de la poitrine. La réponse fut non.

L'échappatoire c'était le rêve. Je retrouvais mes camarades de classe et Marie ; j'entrais avec Francis Mostade dans la forêt de la fée Viviane. Elle nous attendait dans le Val-sans-Retour, nue telle une légende.

Merlin qui soufflait dans une trompe pour éloigner les nuages, me prit sous son aile et me présenta aux arbres comme un disciple. Il y eut sous la feuillée des rires étouffés et des bouffonneries.

Tante se mit à me parler de Loperhet et des bonnes fortunes qui avaient été les siennes entre son village natal et la bourgade de Grand-Champ qui le coiffait. Elle avait eu plus de chance — air nouveau ! — que les ouvrières et les servantes de son temps. Sa vie s'était passée à coudre, à ravauder, à rapetasser, de préférence chez les riches. On la recevait avec du café. A dix heures, légère collation. L'angélus de midi bien sonné, c'était le fumet souverain d'un civet de lièvre ou d'un ragoût de veau. Vers les cinq heures de l'après-midi, la patronne faisait frire quelques oignons sur lesquels elle répandait le jaune baveux d'une omelette battue à blanc. Le soir, on tranchait dans la miche, on sollicitait la motte de beurre, on bouchonnait d'importance et, lorsque les braises se recouvraient les unes les autres, on s'en allait dormir avec des remerciements pour Dieu et des politesses pour Madame sa Mère.

En marieuse qu'elle était, notre tante avait parfois aidé à entraver, à garrotter le bœuf, à le jeter tout vif dans la paralysie de l'arrière-train par un système de sangles et de cordes. Quand Petit-Louis ajustait le merlin et que la bête versait sur le flanc, on faisait silence.

Suivait une sorte de fest-noz[1]. Ce n'était pas tous les jours qu'on pouvait mettre de la viande fraîche sur une table honnête. Pour célébrer l'événement, on dansait au coude à coude et l'on chantait les

1. Fête de nuit.

gwerziou[1] du pays. Il y était souvent question de la fille d'un tailleur, nommé Paskou, qui ne portait pas de culotte afin de donner aux jeunes gens l'envie d'aller lui en faire confectionner chez son père. Elle y mettait telle insolence de comportement qu'un soir, revenant du doué, elle fut entourée par les Duz de la nuit, nains siffleurs et vindicatifs. Pas de culotte, alors pas de jupons, pas de caraco, plus rien sur la dévergondée que le vêtement de son nu !

Je pensai à Lili dans les bras de Hans et, malgré le dramatique de ma situation, je me mis à rire comme un fol.

« Vous voici bien changé, dit la religieuse.

— Il faut m'excuser, ma sœur. J'ai l'impression d'être un peu tombé sur la tête comme le bûcheron.

— Je connais ça. Nom, prénom, âge, profession.

— Je suis collégien.

— Nous dirons étudiant. »

Elle s'en fut et je replongeai dans mes songes.

Je pensai à Sainte-Anne-du-Scorff où je m'étais rendu dans une enfance qui ne m'appartenait pas tout entière. Les paysans et leurs épouses y arrivaient par carriolées. Une fois l'an, le 26 juillet, on y célébrait la messe. Le prêtre bénissait les pèlerins et étendait son étole sur la tête des enfants afin qu'ils fussent protégés des adultes et d'eux-mêmes.

Sous la hêtraie, on ouvrait des paniers pleins de lard, de noix, de biscuits, de fromages. Celui de Campénéac, fabriqué au monastère, était recommandé pour les croustines. On mettait en perce trois ou quatre barriques de cidre qu'on lampait

1. Chants épiques.

sans plus d'embarras, après quoi on chantait et gueusait à qui mieux mieux. Chacun allait vers sa Joyeuseté sans même avoir une idée de la route à prendre. Moi, je savais que c'était celle du grand Meaulnes dont je m'étais fait le compagnon sous la direction de Marie. J'admirais que le jeune garçon allât jusqu'au bout et qu'à travers Frantz, il fît la rencontre d'Yvonne de Galais et qu'il pénétrât dans le château d'enfance où la fête des cœurs purs n'aura pas de fin. C'était plus loin que le Parc-Lann, au-delà du moulin, au creux d'une sylve inconnue où Marie m'attendait, des digitales dans les mains.

Une porte s'ouvrit et tous ceux-là que je ne connaissais pas encore se turent en même temps.

Grand, gros, joufflu, la blouse blanche tendue sur le ventre rond, les lunettes blondes, une sorte de calot immaculé cachant la calvitie, le docteur Dénarié m'ausculta longuement et me parla des radios qui avaient été faites la veille, dans l'heure qui avait suivi mon arrivée. On y décelait une caverne au sommet du poumon droit de la largeur d'une pièce de quarante sous. On allait travailler à la réduire en créant un pneumothorax. Il faudrait ensuite sacrifier au repos et avoir de la patience, beaucoup de patience !

Flanqué de l'interne et de deux infirmières, le médecin se tourna vers sœur Amédée, indiqua les médicaments qu'il me faudrait prendre et s'en alla sans même regarder les autres.

« Il est comme ça, dit Olivier en m'adressant la parole de son lit, un coude sur l'oreiller. Il passe comme un météore. Quand il te connaîtra mieux, tu l'intéresseras plus. »

Cet Olivier gouailleur n'eut pas l'heur de me distraire. Elisabeth venait de faire irruption dans mon esprit. Je pensai à ses cuisses de galet, rondes et lisses comme des pierres polies par le jusant. Je sus bientôt qu'il y aurait encore de beaux soirs et de belles nuits pour moi et des fous de Bassan sur les îles et des chevauchements de lumières sur les eaux. Les pinasses de Pénerf et de Port-Navalo sont parées pour aller à la sardinerie et les sinagots, sur leurs vaisseaux pansus, renflus, pareils à ceux qui affrontèrent les galères de César au large de Rhuys, s'en vont jeter le filet et relever les casiers. Tous connaissent notre golfe comme leur mouchoir et se mouchent dedans. Tous prétendent que les îles de leurs exploits sont aussi nombreuses que les jours d'une année fût-elle bissextile et tous affirment que leur Joyeuseté ce n'est rien d'autre qu'une île de plus.

Olivier n'arrêtait plus de me vouloir parler. Il entendait savoir ce que faisait mon père et pourquoi sœur Amédée m'avait traité d'étudiant. Les étudiants sont d'autre sorte ! Dans cet hôpital qui avait trouvé à se replier au collège Saint-François-Xavier, au bout de la cour, à l'heure de la récréation, on voyait les élèves qui jouaient à la balle au chasseur. C'étaient à ses yeux des jeunes gens très différents de ce que j'étais. Il me demanda de lui pardonner sa franchise. Je lui tournai le dos et redevins pérégrin sans plus d'histoire.

Les images se bousculaient dans mon esprit. René de l'Assistance cueillant des iris pour le compte d'Anna, ma marraine, qui ferait des cœurs de soleil devant son café trop souvent dénoncé en chaire, le jour de la Fête-Dieu ; tante jetant ses puces dans le feu de l'âtre ; Mathurine sur le pas de sa porte, un agneau dans les bras comme une offrande. Que j'étais sensible ! Comme il me plaisait de n'avoir rien oublié de l'ancien bonheur ! Je sentais bien que ma vie allait changer et qu'il passerait de l'eau sous les ponts avant que, de nouveau, je pusse fringuer dans les bois. Ceux de Trézélo, riches de cèpes et de girolles me manquaient déjà. Comme j'y pensais, maman arriva une grillade avec des haricots verts entre deux assiettes. Elle bonjoura les uns et les autres et s'approcha de mon lit comme elle le faisait de la Table sainte. Il me fallut lui dire que j'allais bien et que j'avais passé une bonne nuit pour voir une lumière sur son visage. Ce que l'ami Olivier sut voir également.

« Tu aimes ta mère ? me demanda-t-il.

— Je l'adore.

— Tu peux ! »

De quoi je me mêle ?... Maman repartie pleine de confiance pour m'avoir vu et avoir reçu réel réconfort de sœur Amédée, Olivier me regarda manger ma grillade. Lui et les autres devaient se contenter de saucisse aux choux. D'où récriminations, colère, révolte, mots insultants à l'adresse de l'économe qualifié de gros porc.

Poussant la porte-fenêtre, un homme habillé de bure, une sorte de chape sur les épaules, pieds nus dans des sandales, me proposa ses services contre mes choux que je ne mangerais pas, mais que j'avais goûtés en attendant la grillade de maman.

« Mouloud y te fait les saussures pour les choux de méssié l'économe.

— Mais ce plat est plein de bacilles j'en ai peur.

— Qué cé ça lé basilles ?... Mouloud il a faim. Lé basilles ! Lé basilles ! Qué cé que tu me racontes ? »

Il emporta mes restes, s'accroupit dans la cour, tira une fourchette de ses « fontes » et s'abîma dans sa gloutonnerie.

« En tant que syphilo, il est plus contagieux que

tu le seras jamais, dit Olivier. Il mangerait sa merde s'il pouvait la faire frire ! »

Après le repas, il y eut une pause. Les allées et venues dans la chambrée cessèrent. Une heure de grâce au cours de laquelle on dormit ; lut le journal ; ouvrit un livre sans le lire.

Dans le milieu de l'après-midi, chacun sortit de sa torpeur. Elle prenait parfois des allures d'hébétude. On cherchait son crachoir. On se rinçait le gosier avec du vin ou de la bonne lambig en cachette de Jeanne, la femme de charge, et de sœur Amédée qui ne pouvait tolérer que l'on bût. On inventait des jeux ; on se tirait les cartes ; on faisait des farces. Dès qu'Olivier se rendait aux toilettes, trois ou quatre volontaires mettaient son lit en portefeuille. On y semait aussi du poil à gratter. Il revenait du petit coin mal assuré sur sa jambe de bois et disait avant de se recoucher :

« Qu'est-ce qu'ils m'ont encore inventé le diable pour me faire tourner en bourrique ? »

Une distraction à ne pas manquer : regarder mourir le pauvre diable qui soufflait à forge pendant des heures et qui, à la fin des fins, permettait qu'on éteignît doucement sa chandelle. Dès qu'il avait défuncté, on courait prévenir sœur Amédée qui avait pris soin, par avance, de jeter la pauvre âme dans l'immense tablier de la Vierge Marie qui saurait trouver les mots de la miséricorde de son Fils.

Quand l'agonisant réclamait à boire, les Samaritains lui tendaient un verre d'eau quand les énergumènes — pour rigoler ! — lui refilaient une lambig qui le faisait éructer comme les vieux canassons qui piétinent leur paille avant de laisser leurs prunelles dilatées prendre l'ombre de l'écurie.

Flanquée de Jeanne, sœur Amédée arrivait avec

moins de compassion que de morale et disait : « Les bons s'en vont, les mauvais restent ! »

Marcel Saint-Pierre qui n'était encore qu'un enfant — quinze ans peut-être — avait un visage d'une finesse remarquable, de beaux yeux trembleurs, un sourire de fille et de l'ouate dans les oreilles. Seule l'allée centrale de la chambrée nous séparait. Nous étions pour ainsi dire en vis-à-vis.

Ce compagnon me fut d'emblée très cher, mais comme il était sourd, j'eus dans un premier temps du mal à communiquer. Les gestes, les mimiques, les mines sévères et les sourires ne suffisaient pas toujours. Alors je prenais mon stylo et lui faisais passer un mot, une phrase, un commencement de missive. Il lisait, comprenait tout de suite où je voulais en venir, me regardait et avec le sourire, se mettait à parler. Il était né dans une bourgade des environs et vivait avec sa sœur chez sa grand-mère. Ils avaient des poules, des lapins, des cochons d'Inde de toutes les couleurs et un jardin de la grandeur d'un parc, avec des rosiers dignes des princesses de Babylone. Un véritable paradou qu'il avait dû quitter pour avoir craché un peu de sang dans son mouchoir.

Il adorait lire. Il avait dévoré *Pêcheur d'Islande, Sans famille, Le Livre de la jungle.* Il raffolait aussi des illustrés que j'appelais bêtement des « Mickey », pour n'en avoir ouvert aucun.

Je ne sais par quel hasard il se trouvait que j'eusse *Armance,* de Stendhal, dans mon bagage. Je lui fis passer le volume. Il s'y plongea à la minute et resta bien deux ou trois jours sans m'en parler. Quand il le fit, ce fut avec intelligence. Tout lui plaisait : l'histoire bien sûr, mais plus encore le style. Il sollicita le Petit Larousse de Jean Lhermitte pour savoir ce qu'on y disait de l'auteur de *La Chartreuse de Parme.* Je le quittais, rose de plaisir, et feignais le sommeil pour accueillir tante qui aimait le dossoir de notre cheminée et qui disait que le monde n'allait pas en s'arrangeant. Certes, il y avait moins de mendiants le long des routes que du temps de sa jeunesse ; moins de malades et d'infirmes à tendre la main au sortir de l'office ; mais les âmes qu'elle sondait à la charité, laissaient passer de la boue ce qui n'allait pas sans la blesser profondément. « Nous n'avons pas trop de la communion des saints, disait-elle à notre mère, non seulement pour tenir mais pour durer. Les saints se mortifient pour nous et Dieu suspend sa foudre. »

La plus grande émotion de sa vie lui avait été infligée par la loi de Séparation (de l'Eglise et de l'Etat). Il avait fallu garder les sanctuaires et regarder la troupe dans les yeux pendant des jours et des nuits pareils à ceux du purgatoire. Parmi ceux qui protégeaient les saints lieux seulement armés de gourdins, de faucilles et de faux, il s'en trouvait qui avaient prédit la Grande Guerre et les hécatombes sur les lignes de Joffre et les glacis de Nivelle. Bien sûr, elle ne connaissait pas les noms de ces généraux, mais laissait entendre qu'ils étaient dans la manche de l'Adversaire pour avoir toléré que fussent fauchées de force, et jetées « au feu qui tue », les plus belles moissons du monde.

Son frère cependant n'était pas mort à la guerre, mais à Grand-Champ, près d'un ruisseau, la tête renversée, les yeux ouverts dans le courant.

Il appartenait à la catégorie de ceux qui, chaque année, fin juin, partent pour la Beauce. Après le blé coupé et battu dans la région de Chartres, c'était plus loin, vers Montereau, le temps de la betterave.

A travailler comme une bête pendant plus d'un trimestre, l'ouvrier agricole qu'il était rentrait au pays avec de l'argent, mettait un cochon dans son saloir et trois tonnelets de cidre dans sa cave. Son absence de plusieurs mois ne l'empêchait pas de récolter, bon an, mal an, assez de pommes de terre pour ses besoins et ceux de sa couturière de sœur, la plupart du temps invitée à la table de sa pratique.

Tout aurait donc été pour le mieux si, dans les jours d'hiver, le pauvre diable n'avait pris le pli d'aller dans les débits se vanter de sa fortune et de ses bonnes fortunes. Ses propos, sûrement exagérés, lui valurent de recevoir plusieurs coups de couteau entre les épaules, alors qu'il préparait du fagot. On ne trouva rien sur lui. Que n'avait-il su fuir les endroits de perdition et garder sa langue !

« Il faut savoir se taire, disait tante. Le bruit déplaît au bon Dieu. Seul le silence lui permet de bâtir sa maison dans votre cœur. A Loperhet, on avait la manière de ne jamais parler pour les autres, sur les autres, et, si mon frère n'avait été en Beauce où il avait pris de mauvaises habitudes, il n'aurait jamais rien dit sur lui-même et sa famille qu'au recteur. Le silence n'est jamais perdu. A Loperhet et même à Grand-Champ, demandez à votre mère, on apprenait ces choses-là avec le catéchisme. Et puis, chaque soir, avant de s'endormir, on faisait son examen de conscience. Est-ce que vous faites votre examen de conscience ? Toi, Martial — elle m'appelait ainsi —, seras-tu de ceux qui vont racontant partout leur argent ou, au contraire, serreras-tu le drap de tes économies et de tes vertus sans le confier à personne ? Tu sais, autrefois on ne lâchait rien, même quand on savait tout. Alors, on était très regardant à sa langue et ceux qui l'avaient trop bien pendue étaient pris pour des gueux... »

Tante a raison. Nous sommes d'un peuple qui n'a pas besoin de verser dans l'exagération du cœur pour faire comprendre sa peine, sa joie, pour traduire sa douleur ou manifester sa reconnaissance. Elle disait aux enfants que nous étions qu'il ne fallait pas laisser mourir le feu. Comme nous ne comprenions pas le breton et comme toutes ces maximes nous échappaient, notre mère était tenue de nous les rapporter aussi fidèlement que possible, ce qu'elle faisait en courant de l'étable au jardin et du jardin à la rivière où il lui fallait laver à grand battoir nos tabliers sales et nos âmes déjà tristes.

Tante aimait à dire que le monde ne finirait pas tout de suite et que, de toute façon, un autre monde se mettrait en place. Ainsi, depuis le Commencement de Dieu, les hommes étaient condamnés à vivre la fin et la naissance d'un univers.

Notre mère écoutait cela qui était dit d'un ton égal, sans les hauts et les bas de la passion et le serrait dans sa mémoire. On ne décelait rien de frivole dans sa démarche, rien de dramatique non plus. Encore qu'elle ne se fît guère d'illusions et n'attendît rien de ses contemporains, elle rêvait pour ses enfants des changements qui les tireraient tous, de ce que, par pudeur, elle appelait le besoin.

Notre mère et notre tante se trouvaient toujours d'accord pour dire qu'une partie de nos tribulations provenait de ce que notre père s'entêtât à vivre loin des sacrements. Elles travaillaient secrètement toutes deux à ramener le bélier dans la bergerie, non pas en essayant de le raisonner, mais en priant à son intention les saints locaux dont les mérites étaient reconnus et d'autres saints de chrétienté, dont les miracles avaient fait le tour de la terre.

Le docteur Dénarié m'a tâté le pouls et a demandé à sœur Amédée si j'ai de la température. Il a esquissé une sorte de sourire vers Saint-Pierre et, voyant *Armance* sur sa table de chevet, il s'est écrié :

« Qu'est-ce que c'est que ce livre sur la table du gamin ?

— C'est moi, docteur, qui le lui ai prêté.

— Ah bon ! Il y comprend quelque chose ?

— Il en est heureux.

— J'ai lu cela il y a... Je ne me souviens plus de l'histoire. J'espère que le récit en est très convenable. »

Il a laissé tomber ces derniers mots en se penchant vers sœur Amédée qui, en retour, lui a fait l'aumône de sa bougonnerie. Les jolies infirmières, elles, ont souri pour le plaisir sans cesse renouvelé de la politesse.

Maman avait du retard. Tant de retard que je dus goûter à l'ordinaire de l'économe. Olivier de rire et Mouloud de s'éloigner avec ce que je pris pour des malédictions.

Saint-Pierre qui mangeait comme un moineau, me proposa son gâteau de riz, mais je n'avais pas faim. Je tremblais à l'idée de ce qui avait pu se passer au cachot. Maman malade ou tenue par la grippe ou la coqueluche d'une petite sœur ? Maman renversée peut-être en venant vers moi par une voiture allemande ? Je pensai à demander à sœur Amédée d'envoyer quelqu'un aux nouvelles. Consulté, Olivier laissa percer quelque inquiétude et finit par me faire honte de mes exigences. J'étais le seul à recevoir chaque jour la visite de sa mère. N'en avais-je pas un peu pitié de cette femme qui allait de lit en lit avec un mot de courage et d'amitié pour chacun ?

Tandis que les uns battaient les cartes, que d'autres écrivaient à leurs proches et que M. Lucas m'appelait pour une partie de dames, sœur Amédée fit irruption dans la chambrée et dit :

« C'est pour Charles Le Quintrec, il ne dort pas au moins ? »

Et je vis arriver Marie. Elle fut confuse de tant de regards braqués sur elle. Je me levai, allai à sa rencontre, lui tendis la main qu'elle serra avec attendrissement, les yeux près des larmes. Elle s'était coiffée à la Louise de Bettignies, avait ourlé ses lèvres d'un soupçon de rouge et mis de la poudre sur ses pommettes. Elle demanda un vase à sœur Amédée qui l'avait suivie, et arrangea un bouquet — muguet et jonquilles — à la tête de mon lit.

Sœur Amédée appela Jeanne et nous eûmes deux chaises. Je dus expliquer ce qui m'était arrivé et ce que disait le docteur. Les hémoptysies étant moins fréquentes et très peu abondantes, elle reprit courage et me regarda comme une fiancée en présence de l'homme qu'elle a choisi. J'en fus bouleversé et pleurai en silence. Puis je séchai mes yeux et demandai des nouvelles de mes camarades. Tous faisaient des vœux pour ma guérison. Certains parlaient de me venir voir. Elle-même s'échapperait et me visiterait deux ou trois fois par semaine. On allait aussi beaucoup prier pour moi et notamment dans un monastère où certaines recluses lui accordaient l'aumône d'un temps tout entier dévolu à la correspondance.

Quand elle vit Marcel Saint-Pierre, elle redoubla de ferveur. Comment, un enfant, des enfants, au milieu d'hommes malades et devant subir de leurs lamentations et de leurs jurements ! Elle en parlerait à sœur Amédée.

Elle rêva un instant de nous voir tous les deux dans une chambre à part, dans celle que j'avais partagée avec le bûcheron, « assassin de sa veuve », le soir de mon arrivée.

En me quittant elle m'embrassa et s'en fut, grande, mince, le tailleur strict, un foulard d'un rose tendre autour du cou. Arrivée à la porte elle se retourna pour me sourire. Un sourire qui voulait dire : courage et à bientôt.

« C'est qui ? demanda Olivier.

— C'est mon amoureuse. »

Il me tourna le dos en se plaignant de sa jambe folle.

2

La rivière allait son bruit blanc sur les pierres. Dans les gaulis des saules, on entendait des frôlements d'ailes. Quelque hulotte hagarde que la lumière du jour blessait.

Je pensai à l'année terrible où l'Etat fripier nous affubla — mon frère, mes sœurs et moi-même — de guenilles. A l'année où notre père dut passer par un « chômage technique », mais on disait « une mise à pied ».

Une décision administrative nous privait de ressources et nous précipitait dans le désespoir sans donner pour autant mauvaise conscience à quiconque. La loi de l'offre et de la demande jouait contre notre père en dépit de ses sept années de France et de ses trois blessures. Il dut accepter de couper cinq cents maillons de lande par jour afin de gagner le pauvre argent de notre survie. Sur les chemins vicinaux, on n'avait plus besoin d'auxiliaires ; dans les carrières, les effectifs étaient au complet ; quant aux entrepreneurs, ils préféraient les maçons italiens.

Nous étions dans une période très difficile. La conjoncture... Le journal parlait souvent de la conjoncture et lui faisait porter le chapeau. Aussi puissants qu'ils pussent être, les hommes devaient toujours compter avec une conjoncture qui ne pouvait être que néfaste.

« Je sais à quoi tu penses, dit Olivier. Tu rumines beaucoup depuis ton arrivée. Moi aussi je rumine. C'est pas tellement le poumon, plutôt ma jambe qui me fait mal. J'ai bien fait d'aller abattre des arbres ce jour-là. Quand le chêne m'est tombé dessus, il a fallu que je me fasse une jambe dans son bois. »

Il riait en ouvrant une bouche où une dent en or déplaçait des chicots. Dans ses bons moments, il roucoulait à la manière de Tino Rossi alors en pleine gloire et me laissait entendre qu'une fois sorti du « bordel » de sœur Amédée, il saurait encore courir les filles et les culbuter dans les javelles.

« Qu'elles aiment ça, les garces ! Ah, que je suis donnant quand elles font semblant de dire non ! Quand elles disent non, c'est tout le contraire qu'il faut comprendre. »

Il prit une chopine à couvert d'un havresac, but au goulot et voulut me passer le breuvage.

« C'est du raide, tu sais ! Rien de meilleur pour lutter contre les bacilles de Koch. C'est encore un Chleuh qui nous a refilé c'te merde !

» Ecoute, garçon, les filles on peut les aimer jour et nuit et inventer toutes sortes de jeux maniaques pour les distraire qu'elles en redemandent. Un jour que ma jambe me fera moins mal, je t'expliquerai. »

Il me laissa sur le versant d'une confidence qui promettait d'être croustillante. J'en profitai pour adresser un signe à grand-mère qui devait avoir appris mon hospitalisation. Que de prières et de soupirs pour ma santé !

Quand je passais sous sa fenêtre, je lui disais bonjour et elle me demandait de monter la voir. A quatre-vingt-trois ans, elle irait encore au blé, aux betteraves et aux pommes de terre. La campagne ayant besoin de bras, elle offrait les siens pour faire ce qu'elle appelait son « devoir d'accoutumance ». Rien fait d'autre depuis qu'elle est au monde. Cela dit, elle demande des nouvelles de notre mère à qui elle rend hommage.

« La sainte ! Elle a du mérite à supporter notre Jean-Marie. Se plaindra jamais ! Et ton père ? Toujours avec les ivrognes sans doute ? Toujours à se battre avec les Goby et les Yvonnig ar Bot ?

— Mais grand-mère... »

Elle maugréait, balançait sa canne devant son déhanchement, cherchait une bouteille, essuyait un verre.

« Tu boiras bien un verre de cidre ?... Ça, tu peux dire qu'il est brave, ton père ! Je l'ai dressé en conséquence. A six ans, à la queue des vaches chez son parrain Falher ! Toi, on t'a mis au collège. Ta cousine des Trois-Moulins, elle aussi, continue ses études. On dirait qu'il n'y a plus autre chose à faire dans le monde que d'ouvrir des livres et rester à feignanter une main sous le menton. Dis-moi, ta tante de Loperhet, elle veut toujours aller finir ses jours chez les petites sœurs ?

— Elle nous a quittés il y a...

— Moi, je pourrais pas aller chez les sœurs, bien convenables qu'elles sont toutes. Rien que d'y penser, le sang me tourne. Je ne supporterais pas qu'on soit autour de ma robe à me chercher des maladies et à me faire de la tisane. Tu m'as pas dit si ton père buvait encore...

— Il n'est pas heureux, grand-mère. Depuis que les Allemands sont là...

— Qui lui demande d'être heureux ?... Heureux ! Heureux ! Ça, par exemple !... Ta mère devrait être plus dure avec lui. Quand il était jeune, je lui donnais le bâton, je le frottais avec des orties. Maintenant, il passe sous ma fenêtre sans même lever le nez pour voir que je suis pas morte. On dirait qu'il a encore peur de ma discipline. »

Elle riait de bon cœur, remplissait mon verre, frappait de la canne contre les meubles et leur demandait de se ranger sur son passage.

Elle me sert avec une sorte de tendresse. On dirait que je suis le premier de ses petits-fils, en tout cas son petit-fils préféré.

« Qu'est-ce que tu feras quand je serai morte, Martial ?

— Grand-mère, vous vous portez à merveille.

— Avec des douleurs, mon gars, avec des douleurs qui redoublent aux changements de temps. La machine est patraque. La marmite est fendue, on fera avec jusqu'à la fin. Viendras-tu seulement à mon enterrement ? »

Je ne savais que répondre. Combien y aurait-il de chevaux devant le corbillard et combien de prêtres derrière ? Irions-nous à Boismoreau en première ou en dernière classe ?

Comme je pensais à ces choses, maman arriva avec du tendron de veau. Elle m'embrassa, prit de mes nouvelles et me dit que si elle n'était pas venue la veille, c'est qu'elle avait conduit la pauvre vieille tante au cimetière.

« On était deux à suivre le corbillard, ton frère et moi. »

Je lui tendis les bras et nous pleurâmes sans bruit afin de ne pas nous donner en spectacle.

« Je suis bien contente, dit maman. Elle a fini de souffrir la pauvre Marie-Josèphe. Elle a fini de se faire du souci pour nous. Quand, quelques heures avant sa mort, j'ai pu la presser sur mon cœur elle m'a dit : "Veille à tes enfants !" Sans savoir que tu étais malade car je lui avais caché la chose : “Fais attention à Martial. Celui-là est en danger.”

— C’est drôle, grand-mère m’avait parlé de son enterrement et c’est tante qui est morte. Grand-mère disait qu’elle préférait mourir à la seconde que d’aller chez les sœurs. “C’est pas que j’aie à dire sur elles, mais pour réciter mon chapelet et faire ma soupe, j’ai besoin de personne...”

» Elle m’a demandé : “Et ton père, où en est-il avec le bon Dieu ?”

» J’ai répondu : “Il dit que les curés sont pour le Maréchal.”

» “Ah toui ! Toujours sa politique ! Il faudrait encore que je le corrige. Ta mère est trop faible, sans compter que Jean-Marie a toujours été dur et difficile question de religion.” »

Nous avons ri pour oublier notre chagrin. Olivier qui ne perdait rien de notre entretien a ri avec nous. Maman lui a adressé quelques bonnes paroles puis elle s’est penchée sur Marcel Saint-Pierre qui dormait.

« C’est un petit oiseau tombé du nid, dit-elle. Sa mère doit être bien malheureuse.

— Sa mère est morte, dit Olivier et son père est prisonnier en Allemagne. C’est ainsi de nos jours. Il faut marcher avec une jambe. »

Dans les jours qui suivirent, le docteur Dénarié pratiqua un pneumothorax que j’allais garder dix ans. Marie qui avait appris la chose de sœur Amédée, arriva avec des crêpes et des gâteaux. J’en donnai, bien sûr, à Marcel Saint-Pierre et à Olivier. Mouloud, lui, faisait ma vaisselle et rendait à Jeanne des plats tellement propres qu’il fallait encore les plonger dans de l’eau bouillante.

Avec la lecture, les dames me servaient de divertissement. M. Lucas, calé dans ses oreillers, excellait à ce jeu. C’était un homme d’une quarantaine d'années qui aimait à me parler de sa femme et de ses trois filles.

Elles vivaient dans les environs de Quiberon. Il attendait leur visite en me vantant leur beauté. Ce n'était encore que des enfants, mais si vives, si intelligentes, si ouvertes au monde qu'il en avait les larmes aux yeux.

Les matins étant réservés à la toilette, à la visite du médecin, aux séances de radiologie et à la lecture du journal, il nous restait encore du temps pour échanger des impressions, conspuer l'économe, jouer aux boules, aux cartes, aux dames. Je l'ai dit, à ce dernier jeu, M. Lucas était sans rival. Non seulement il gagnait, mais il me donnait des conseils pour le mettre en difficulté. J'y serais peut-être parvenu si un jour, comme maman m'apportait mon déjeuner, il n'avait refusé l'ordinaire de l'hôpital.

Olivier à qui rien n'échappait me glissa par-dessus le lit de Jean Lhermitte : « C'est pas bon signe. Ici quand on refuse la bouffe du gros porc que tu sais, on peut faire ses prières si on en a encore la force... »

De force, M. Lucas n'en avait plus. Il ne toucherait ni à la compote de pommes ni aux lentilles. Il appela pour qu'on vienne le débarrasser de cette cuisine qui lui tournait le cœur.

Il avait l'air égaré de qui cherche quelqu'un qui n'est pas là. Qui ne viendra plus. Il fit un somme, se réveilla en sursaut et tout en sueur, parut rassuré de nous voir à nos occupations ordinaires.

Plongé dans *Paul et Virginie,* Marcel Saint-Pierre ouvrait de grands yeux pour me dire sa joie d'avoir abordé au paradis perdu. A son habitude, Jean Lhermitte se regardait dans un miroir de poche, se tirait la langue, grimaçait à la vue d'un poil non coupé, d'un bouton de fièvre. Il attendait certaine visite... Rendormi, Olivier riait à toutes celles qu'il avait troussées quand elles lui criaient de passer le chemin de ses dents en or et de sa patte folle.

Assis tout habillé au pied de mon lit, j'attendais, j'espérais la visite de Marie. Certains jours de cafard, c'était là une occupation de plein temps.

Me voyant ainsi, M. Lucas m'appela et me demanda de prendre son portefeuille dans la poche intérieure de sa veste de velours. Je le lui tendis.

« Ouvre-le, dit-il, tu y trouveras des photos de mes enfants. Je veux les voir. Je veux revoir mes chéries ! »

Il prit deux ou trois images plus ou moins floues qu'il regarda longuement et s'arracha à sa contemplation de manière que je pusse partager son bonheur.

« Tu vois, la plus grande c'est Véronique, la cadette Perrine, entre les deux, avec son cerceau et ses boucles blondes, c'est Isabelle. Tu peux pas savoir comme elles sont heureuses de rire, de danser, de sauter à la corde, d'aller à l'école en bande avec des garçons et des filles de leur âge ! Ce sont mes princesses. Le soir, quand après mon travail sur le chalutier, je rentre à bicyclette, elles me guettent et, à mon coup de sonnette, elles prennent leur volée pour me sauter dessus et m'emprisonner dans leurs rondes. Que ma femme doit intervenir pour me libérer de leurs guirlandes... »

Il souriait. Il aurait voulu rire à de si belles manifestations de tendresse, mais ses bras qui cherchaient à décrire son extase retombèrent sur le drap et je vis, sous les piquants de la barbe, des joues grises, creusées de sillons, ravinées, et des yeux rougis de larmes et de fièvre.

J'eus un peu honte d'être moins malade que lui.

Je voulus, au-delà des paroles d'apaisement que je lui adressai, l'aider à retrouver ses princesses, du moins à les serrer encore dans ses bras.

Comme je rangeais son portefeuille, il ferma les yeux. Je le croyais profondément endormi quand sœur Amédée arriva avec Jeanne. On l'assit sur une chaise le temps de changer l'alèse et de refaire son lit. Cette besogne faite et bien faite en un temps record, on le recoucha avec précaution.

« Je voudrais voir le docteur, dit-il. J'ai à lui parler...

— Vous l'avez vu ce matin. Il vous a entretenu de votre état. Il vous a dit : état stationnaire. Allez, calmez-vous, l'aumônier sera là dans un moment.

— L'aumônier ?... Vous pensez donc à la mort, ma sœur ?

— L'extrême-onction n'a jamais fait mourir personne. Voyez Le Ny, trois fois extrémisé et toujours solide au poste ! Celui-là peut dire que l'huile sainte lui a rendu la santé !

— C'est pas l'aumônier que je veux voir, c'est mes enfants que je veux embrasser. Ecrivez à leur mère de me les amener, ma sœur, et je dirai pas non à monsieur l'aumônier.

— Il sera fait comme vous le désirez. La lettre partira ce jour même et sera distribuée demain. Dans trois jours vos petites seront ici et le barbier vous aura refait le visage pour les recevoir.

— Merci, ma sœur. »

La religieuse s'éloigna et, dans l'heure qui suivit, revint avec la lettre à l'épouse. Elle précédait un clergeon de quelque douze ans, la soutanelle lui battant les cuisses et un prêtre portant la barrette des chanoines, le surplis blanc sur la soutane et l'étole violette autour du cou. Il se pencha sur le malade et, avant toute cérémonie, lui parla d'espérance. La miséricorde de Dieu étant infinie, on devait compter avec elle. Il fut question des trois fillettes plus heureuses d'être aimées.

Ayant enlevé sa barrette, le prêtre d'un regard circulaire nous associa à sa compassion et dit de manière que tous pussions entendre : « Paix à cette maison et à tous ceux qui l'habitent : *Pax huic domui et omnibus habitantibus in ea.* »

Ce préambule fut suivi d'une antienne en forme d'oraison et ce fut le début du psaume : « Aie pitié de moi, Seigneur, dans ta grande miséricorde. *Miserere mei Deus secundum magnam misericordiam tuam.* »

Après une oraison, le prêtre étendit la main droite sur la tête du moribond et, de nouveau, entra en prière. Trempant le pouce dans l'huile sainte, il fit, en forme de croix, des onctions sur les yeux, les oreilles, les narines, les lèvres, les mains et les pieds. Après chaque onction, il dit : « *Per istam sanctam unctionem et suam piissimam misericordiam.* Par cette onction sainte, le Seigneur en sa grande miséricorde te pardonne les péchés que tu as commis par la vue, etc. »

Les joueurs de boules écoutaient sur le pas de la porte-fenêtre ; les joueurs de belote dissimulaient leurs atouts ; quoique sourd, Marcel Saint-Pierre paraissait comprendre ; moi, j'espérais un sursaut de M. Lucas. Je le voyais, à la manière de Lazare, se lever de son lit et demander qu'on lui apportât l'ordinaire de l'économe.

Précédé du clergeon, le prêtre nous quitta avec des civilités, suivi de sœur Amédée traînant la semelle, comme brisée par la grandeur de la cérémonie qui venait d'avoir lieu.

La mort n'est qu'un rêve heureux, me disais-je. Laissons les cauchemars aux vivants. Dans les lacs, il y a des lacs plus secrets. Le tintamarre de la terre ne nous y parvient que par le truchement de tamaris interposés. Il y en a partout qui obéissent à des musiques d'espaces.

Il s'agit bien de mourir ! Quelqu'un attend de moi que je me prépare à jeter le monde dans les mots, à haranguer les arbres. Les forêts sont veuves de la disparition de Merlin. Les chênes ont besoin d'images ; les hêtres exigent des métaphores ; la Parole est savoureuse comme une châtaigne dont on a ouvert la bogue à coups de talon. Bientôt, si Marie le veut, j'enseignerai les oiseaux et j'exprimerai des choses essentielles devant une harde de sangliers. Tant pis pour les marcassins qui ne seront pas marqués du sceau de lumière.

Non ! Non ! Nous n'avons plus rien à redouter de personne. Nous sommes à l'appui du temps, autant dire à l'abri des maladies, des accidents, des calamités, des pauvretés de toutes sortes.

Quand, autrefois, au Parc-Lann, notre mère se penchait au-dessus de mon lit — comme si elle entendait me reconnaître et m'aimer jusqu'à la fin des temps ! —, je voyais dans ses yeux la boucle la plus aride de notre rivière d'où il m'était cependant permis de rapporter une boisson effervescente. C'est que nous ne passerons pas notre éternité à boire de la piquette ! Partout les vignes manœuvrent des pressoirs auréolés d'abeilles descendues du manteau de Dieu.

Je voudrais revoir Elisabeth. L'emmener vers Moustérian. Il y aura des mouettes jusque sous les pins et un voyeur sur la falaise. Ce n'est pas un homme d'ici. Ni un pêcheur qui surveille ses casiers et ses parcs, ni un paysan en rupture de sillons. A sa tunique, à sa casquette, à la qualité de ses bottes, je reconnais dans le trouble-fête un officier allemand. C'est Hans ! Si ce n'est lui c'est donc son frère ! Il se remplit les yeux de notre golfe avant que d'aller mourir sur le front russe.

Passe un sablier qui s'éloigne vers l'île d'Arz. Nous sommes ici dans la paix, avec juste ce qu'il faut de soleil au-dessus de notre tête. Flux ou jusant, c'est toujours l'heure des oiseaux de mer. Ils jettent leurs ailes en croix sur les rochers et vont chercher jusque dans la vase l'abondance du bec.

Elisabeth me demande de lui passer sa robe. Moi-même, la peau dégoulinante, je ne parviens plus à me glisser dans mon pantalon. Notre voyeur sourit. Plus que notre pudeur, notre précipitation semble le réjouir.

Il tasse le tabac d'une cigarette contre un boîtier apparemment en or, joue du briquet et rejette vers le large une fumée que le vent voit.

Elisabeth se rechausse et me presse d'arracher les aiguilles de pin qui se sont glissées dans sa chevelure.

L'homme se tient droit sur une calotte granitique qui paraît avoir poussé avec les ajoncs. Il nous regarde avec une insistance que je trouve bien déplacée. Ce n'est pas Hans, que j'aurais déjà tué avec les pistolets de mes yeux.

Mon esprit vole de la grève au cinéma de la Garenne où j'emmène Elisabeth admirer Marika Rok et Zarah Leander. J'aime les jambes de la première, la voix de la seconde. Les Actualités glorifient encore une armée de surhommes. Sanglés dans la tunique des dieux, ils prétendent s'avancer jusqu'au cœur de l'Histoire. Sur d'autres routes, des prisonniers par milliers semblent honteux de n'avoir sauvé du désastre que leurs carcasses.

Ceux-là regardent vers la terre, leurs chaussures en loques et les chiffons de leurs pieds meurtris. Je les plains dans leur dénuement et dans leur défaite qui est aussi la nôtre.

Je me mis à trembler. A l'heure de la température je sus que j'avais de la fièvre. Déjà M. Lucas délirait. Il le faisait à voix douce. Je prêtai l'oreille. Il appelait ses princesses. Il eut un sourire qui lui ouvrit les yeux. Il les regarda longuement avant de les presser sur sa poitrine.

Marcel Saint-Pierre paraissait comprendre ce qu'il disait aux fillettes avec les larmes qui lui glissaient le long des joues. Olivier, comme pétrifié, oubliait de maudire sa jambe. Sœur Amédée fut là qui mit un baume sur les lèvres du mourant. Comme il pépiait dans les mains de Véronique, sa grande, et d'Isabelle aux boucles blondes, comme il s'étonnait que Perrine se cachât de lui, la religieuse se mit à genoux pour une prière, se releva et dit en nous quittant : « Cet homme méritait mieux que sa mort. »

Son agonie ne fit rire personne. Quand il exhala le dernier soupir il faisait nuit. On entendit la sirène d'un navire, quelques craillements de corneilles et nous suivîmes des yeux deux infirmiers qui enveloppèrent le cadavre dans un drap et l'emportèrent, comme s'il y avait urgence à le dissimuler à notre vue.

3

Après que le docteur Dénarié, aidé du docteur Arradon, eut pratiqué une « section de brides » afin de mieux resserrer mon poumon, je plongeai dans un sommeil opaque avec les brûlures de la fièvre. Je baignais dans des draps détrempés par la sueur et déambulais au rythme de mes rêves du Parc-Lann au moulin, et du golfe au cœur du vieux Vannes.

Rue des Halles, à l'encoignure d'une maison d'antiquailles, Vannes était là avec sa femme, magots des plus débonnaires. On les devinait, épaule contre épaule, à leur fenêtre, souriant au populaire, humant des odeurs de cuir et de crottin, de soupe de poissons et de tripes.

Ils ressemblent à leurs cousins flamands tels qu'on peut les voir dans les tableaux de Breughel. Ils ont tant fait, tant entendu, tant appris, qu'ils ont décidé de ne plus s'émouvoir des événements, des guerres et des guéguerres déclarées pour la possession d'un rocher, d'une île ou d'une pucelle.

Vannes est un gros bourgeois. On sent que ses arrières sont assurés. Son argent tout neuf lui permet déjà de prendre la parole au conseil et de la garder. S'il jure par son bas de laine, c'est que celui-ci représente une énorme somme de travail et beaucoup d'intelligence dans l'exploitation de ses biens. Il arrive que ses pairs, dans les réunions corporatives notamment, l'applaudissent pour sa prudence et le bien-fondé de ses raisonnements.

A côté de lui, son épouse n'est pas peu fière d'avoir mis de l'ordre dans ses armoires afin d'aller, l'esprit libre, prier à la cathédrale.

Tout à l'heure, elle quittera cette fenêtre qui la fige, et descendra donner des ordres à ses servantes. La voici entourée de guilloires, de jattes, de jacquelines, de chaudrons pour recevoir le sang de la gore que l'on doit égorger pour faire ripaille et remplir le saloir.

Elle va prendre son temps et son plaisir jusqu'au moment où elle verra surgir, du fond des âges elle aussi, Marie Lamare poussant devant elle la voiturette des chiffons, des os, des papiers et des peaux de lapins. Peaux de lapins, peaux !

En face de sa caricature, Mme de Vannes détournera la tête afin de n'avoir pas à rougir de la pauvresse qui pisse debout comme une poulinière. Poivresse et gueusarde, la chiffonnière jure plus haut que les charretiers et déclare à l'Occupation sa guerre définitive. Portée par sa hargne, poussée à plomb par le feu roulant du muscadet, Marie Lamare triait en plein jour à la hauteur de la rue de la Monnaie et notre père l'admirait d'avoir encore le cœur de séparer le grain de la balle, le blé de l'ivraie et les brebis d'avec les boucs, pour reprendre une image qui revenait souvent dans les prônes du recteur de Plescop.

Je me souviens... Marie Lamare investissait la ville. Par la puissance de son verbe qui effrayait les plus braves, elle grandissait sur le pavé. Les gens, M. de Vannes et sa femme aussi bien, s'arrangeaient pour n'avoir pas à regarder l'horrible créature sortie plus vive que vraie des mains de son

Créateur. Les mêmes se félicitaient au fond de leurs échoppes, de leurs boutiques, de leurs bureaux, de la politesse et de la correction allemandes. Tous attendaient que cette déchéance fût expédiée au diable vauvert. Le régime lacté des Walkyries allait avoir raison de sa triste bravoure.

Notre père me disait : « Regarde ! Regarde-la ! C'est la dernière image de la Liberté ! On dirait une vache qui aurait la fièvre aphteuse ! Si seulement elle pouvait la refiler aux Boches et à leurs domestiques, elle rendrait un grand service à tout le monde ! »

Je me réveille en riant. Olivier qui me guettait me dit que Marie est passée, qu'elle va revenir et que maman a été impressionnée de me voir à me débattre au milieu de mes démons.

Olivier porte une bouteille à sa bouche et me parle de ses arbres, de ses forêts, du plaisir qu'il prenait dans les cépées quand une niguenousse se perdait dans les parages. Ils se mettaient à trois ou quatre pour la mijaurer et quand, de confiance, elle les suivait sous la hutte, il fallait assister au spectacle ! « C'était chacun pour soi et chacun son tour ! Au début elle criait, elle appelait sa mère, après, elle nous remerciait de la bénir.

» Tu vois, l'étudiant, on se trouve toujours plus heureux quand on aime et qu'on est payé de retour. Mais l'amour je l'ai trop fait sous les feuillus et dans les bistrots pour n'avoir pas la nostalgie de ces jours heureux où tout, même le dépucelage d'une dévergondée, devenait fête. C'était autre chose quand j'enfourchais ma bicyclette et que je me rendais en ville ; à Locminé, à Ploërmel, à Lorient pour courir ma chance. A Lorient, sous les bombes alliées, on pouvait profiter du désarroi, du désespoir, et tout de suite on trouvait un lit dans une maison éventrée. Alors, la belle femme, toujours la même, me déboutonnait la culotte et moi je ne sais pas résister quand la femme fait semblant de me mépriser en me regardant dans les yeux. En prince consort, en bûcheron ou en cimentier, c'est la même chose. Même la musette avec du ciment dessus ne gêne pas trop la belle femme. Bien sûr, je préférais avoir le temps d'enlever la musette avant de faire le plaisir, mais il arrivait qu'elle voulût avec la musette, les genouillères et la boue des chemins sur la veste et le pantalon. Ah garçon, tu peux pas savoir quand elle se met à crier comme si tu la faisais souffrir, comme si tu lui flanquais une raclée, mais c'est tout le contraire ! Tout le contraire de la souffrance quand elle te prend avec la musette sur le dos ! Même si après elle pleure, c'est tout le contraire ! Demande aux syphilos d'à côté et surtout à Michel, qui a attrapé son mal avec une fille splendide que ta Marika Rok et ta Carletti en comparaison c'est du caoutchouc ! »

Je voudrais arrêter le discours de « Patte de pie » et garder mes illusions. Il me les faut toutes pour espérer guérir.

Quand Marie est là, Olivier fait l'ange et paraît occupé de rendre service à celui-ci, à celui-là. C'est de cette façon qu'il attire sur sa personne l'attention des « visites ». On dit : « Il est merveilleux ! » Maman me dit : « Fais comme Olivier, oublie tout et ne pense plus à ton mal ! » Ainsi, à dix-sept ans, je fus confronté à un autre monde d'où l'idéal paraissait banni. Ce n'étaient que dérisions, contorsions, parodies, grimaces, blasphèmes et plus encore quand il s'agissait de l'amour. Je n'osais en parler à Marie qui prenait la chaise de la ruelle et me couvrait d'un regard humide. J'avais souffert. J'avais été courageux. J'avais appris à regarder la mort de l'ami, dans un âge où cela laisse des traces. Elle faisait mon éloge à sœur Amédée et la religieuse la laissait aller à me regarder comme un ange.

Je ne l'étais pas. Je ne l'avais jamais été. Je ne cachais d'ailleurs pas mes imperfections, mais Marie semblait n'y accorder aucune importance.

Elle se mit à me parler d'un sanatorium où je finirais de guérir. Elle en connaissait d'excellents, à Hauteville, en Normandie, et même dans la région parisienne. Elle en parlerait à un ami qui pourrait m'aider en cette affaire. Elle pensait aussi à me confectionner un trousseau.

Je ne montrai aucun enthousiasme à la perspective de devoir la quitter et quitter maman si bonne, si affectueuse, si quotidienne.

« Il vous faut cependant vous éloigner, ne serait-ce que pendant quelques mois. Vous n'avez pas, rue de Séné, les conditions de vie qui vous permettraient de vous refaire une santé.

— Comment, rue de Séné ? Vous êtes allée chez nous ?

— J'avais à m'entretenir avec vos parents de vous, de vos soins, de la cure qui vous fera le plus grand bien. Votre père est un honnête homme, bien malheureux de ce qui vous arrive. Votre mère est d'un courage et d'une abnégation magnifiques. Que vous êtes heureux d'être pareillement entouré, aimé ! Votre famille mérite d'être aidée. Nous allons nous employer à lui trouver à se loger plus grandement. Je sais que ce ne sera pas facile, mais nous allons essayer en nous adressant à certaines administrations qui ne peuvent rester sourdes à tant de détresse. Ayez confiance. Gardez-vous pour l'amour des vôtres. »

Quand Olivier, Miguel et quelques autres parlaient de la belle femme, je savais qu'ils arrangeaient les choses et se mentaient à eux-mêmes.

Ils en rajoutaient pour se donner l'impression d'avoir vécu. Je les écoutais et les plaignais dans leurs jobardises. Il m'est arrivé de les voir, empressés, déférents, serviables et bien élevés. Seulement, quand la jambe fait mal et que le cafard est là qui vous taraude, on monte tous les étalons de la planète ; on emporte les moulins à la semelle de ses souliers ; on a gagné du galon dans toutes les batailles et l'on est entré chez le roi pour l'entendre faire votre éloge.

Il me suffisait de voir Olivier en dehors des visites pour mesurer son malheur. Ce n'était plus qu'un pauvre diable guetté par la vieillesse et qui, sans travail, sans pension, sans ressources, passerait de l'hôpital à l'hospice. Il avait, à mes yeux, toutes les raisons de faire le faraud devant son public. Quand, vers les quatre heures de relevée, celui-ci venait à manquer, bonjour tristesse, comme il sera dit bientôt.

Plus qu'Olivier, la situation de Marcel Saint-Pierre me paraissait préoccupante. Certes il avait une sœur et une grand-mère prêtes à le choyer et heureuses à l'idée de le voir revenir à la maison, mais pour avoir entendu le docteur entretenir sœur Amédée du mal dont il était atteint, je ne pouvais me bercer d'illusions. Pour lui, pas de pneumothorax, pas de sanatorium en vue... Dieu merci, il ne se posait guère de questions sur son état et paraissait heureux dans la compagnie d'un bon livre.

J'aurais voulu le prendre par la main et l'emmener non pas dans une maison de santé, mais du Parc-Lann au moulin et de Chanticoq à Loperhet. N'eût été sa surdité, que je lui aurais parlé de notre vieille tante et de notre grand-mère qui était née sous le second Empire et qui allait encore à ses journées pour le plaisir de se rendre utile. Qu'on aurait eu des choses à se dire de la classe de M. Blèvenec, de celle de Mme Féraud, de Marie et des siennes chez « les Frères Quatre-Bras » !

Il me posait des questions sur cette visiteuse si bien jolie et si gentille qui le caressait d'un sourire et me demandait de lui donner une part des gâteries qu'elle m'apportait. Il me fallait lui répondre par écrit qu'elle était la plus belle, la plus merveilleuse et, en dehors de maman, la seule. Il m'approuvait en souriant et nous battions les cartes, non pour jouer à la belote, mais pour faire des réussites.

L'hémoptysie qui avait décidé de mon hospitalisation, avait eu lieu le 7 mai et nous étions fin juin. Deux mois déjà que j'étais là avec trente compagnons de misère et, de l'autre côté de la cloison, autant de vénériens. Nous communiquions des uns aux autres pour tuer le temps ; commenter les nouvelles de la guerre ; dresser le procès des médecins et plus encore de l'économe qui, disait-on, n'avait pas le courage de nous venir demander si sa « bouffe » était bonne.

Pour la guerre qui faisait rage en Russie et dans l'Italie de Mussolini remplacé par le maréchal Badoglio, les avis étaient partagés. Certains prétendaient que les Allemands ne pouvaient être battus quand tous, ou presque tous, se moquaient des rodomontades anglo-saxonnes à vouloir tenter un débarquement.

Pour ceux qui l'avaient visité, le mur de l'Atlantique n'était pas une vue de l'esprit, mais une réalité formidable de béton et d'acier, avec canons à longue portée tournés vers le large, boyaux profonds reliant les casemates entre elles, troupes aguerries, caps, pointes, péninsules fortifiés, grèves et criques truffées de mines et protégées du coup de main par des chevaux de frise et des pièges sortis du cerveau de Belzéboul.

Je ne pouvais m'entretenir de ces choses avec Marcel Saint-Pierre plus curieux de ses illustrés et de ses romans que des palinodies politiques et des ensauvagements guerriers. Il me fallait d'ailleurs le préserver de tout ce qui bougeait dans un monde chaque jour plus hostile, plus menaçant, plus terrifiant. Il disait : « La guerre est loin... » quand l'Allemand était là et que nous espérions le voir décamper. « Ils s'en iront, disait Olivier, quand les Russes seront à Brest... » Il disait aussi en jouant sur sa dent d'or : « Hitler parti, nous aurons Staline. Gagnera-t-on au change ? That is the question... » Il riait, Olivier, de voir clair et d'être si fin stratège qu'il lui arrivait de nous expliquer ce qu'il faudrait faire pour mettre fin à une occupation.

Le Ny, l'extrémisé récidiviste, l'écoutait, goguenard, et retournait à son lit en disant : « Vaut mieux entendre ça que d'être sourd... Tiens, l'étudiant, apporte les cartes, je vais te montrer comment il nous faut tricher pour gagner et n'oublie jamais que ce qui est vrai aux cartes, l'est aussi dans les états-majors de Rommel et du grand Napoléon... »

J'étais — je ne l'oublie pas — très malheureux de devoir faire attention au soleil et de parler trop. Il me fallait me garder de tout et du moindre courant d'air plus encore. Notre mère me prêchait prudence. Marie me mettait en garde contre toute fatigue inutile, ce que faisait aussi notre sœur Marie-Jo quand elle pouvait s'échapper de son travail pour m'apporter un flan ou un far. Elle excellait dans la confection de ce dessert, au-dessus de tout éloge quand elle y ajoutait des pruneaux d'Agen.

Elle s'était séparée de son mari jaloux, vindicatif, atrabilaire. Ses hauts faits d'armes dans la résistance des bistrots, ses soupçons, ses délires d'ivrogne l'avaient lassée. Elle était à bout de patience ; d'amour plus un brin ; plus rien que la répugnante présence d'un homme qui saisissait le moindre prétexte pour crier sa colère, hurler sa haine et frapper.

Je comprenais qu'elle envisageât le divorce. Notre père l'y poussait. Seule maman qui n'avait pas oublié les objurgations et les prières de la vieille tante, lui demandait de temporiser et d'essayer de réparer une porcelaine en miettes. J'avais déjà horreur des rodomonts d'estaminets et celui dont je parle — mort aujourd'hui, Dieu ait son âme ! — en était le roi-guignol.

Ainsi, quoique mis à l'abri du monde, les bruits du monde me parvenaient qu'ils fussent du Pacifique avec MacArthur, d'Atlantique avec Churchill ou plus simplement de Vannes où la morosité faisait des ravages. Les ouvriers étaient sans travail, les bourgeois sans profit, les commerçants sans camelote. Les mercredis et les samedis, jours de marché, les Lices, à ce qui se rapportait, voyaient des chiens efflanqués à la recherche d'une pitance imaginaire. Nous étions au creux de la vague, au creux d'une guerre sans merci et sans pitié — tant pis pour le pléonasme ! — Dieu avait abandonné des hommes heureux de se livrer aux destructions séculaires par le double tranchant du fer et du feu.

Je ne cachais pas mon dégoût. Marie se montrait parfois choquée de ma révolte et maman m'interdisait de penser à autre chose qu'à guérir. J'en eus bientôt assez de cette guérison qui se faisait attendre et ce fut dans un de ces moments de désarroi que j'optai pour le sanatorium de la

Musse, près d'Evreux, où il fut entendu que je me rendrais début août.

« Si tu nous quittes, me dit Marcel Saint-Pierre, je vais aussi demander à partir. Je serai mieux chez nous, à la campagne, que dans ce trou de vérolés. Ma sœur m'a écrit qu'il fait beau sur le bord du canal et que les cerises n'ont jamais été plus succulentes ! Tu aimes les bigarreaux ? Ma grand-mère les fait cueillir par un vagabond et les vend sur le marché de Josselin. Tu connais Josselin ?

— Il y a un château. Rohan suis, ou quelque chose d'approchant...

— Il y a l'Oust et des maisons couvertes de roses comme on en trouve dans les contes de Perrault. Tu viendras me voir. Tu verras mes chèvres, mes lapins, mes pigeons. Tu aimes ça, le pigeonneau ? Avec du chou, il n'y a rien au-dessus. Pas comme ici avec les lentilles de l'économe ! »

Dans sa bouche, le mot « vérolés » m'avait fait froid. Son jeune âge et sa candeur ne l'avaient pas rendu aveugle. Sourd peut-être, mais pas aveugle, Dieu merci. Au cours de conversations que nous eûmes avant mon départ, il m'ouvrit son cœur d'orphelin et laissa planer un doute sur ses chances de guérison. Son souhait, sa suprême espérance : retourner chez lui et vivre un dernier été au milieu des bêtes familières, des arbres, des chemins qui, de l'école, conduisent aux buissons, aux genêtières, aux fougeraies, aux gîtes des lièvres, aux garennes des lapins, aux blés des bartavelles. Il avait pris le mot chez Daudet ou Giono, car il avait lu *Le Petit Chose, Tartarin, Colline* et *Un de Baumugnes*.

Mon frère et mes sœurs en colonie de vacances, je pouvais rentrer chez nous sans craindre de les contaminer. Il n'était d'ailleurs plus risqué de le faire puisque de *B rouge* j'étais devenu *B bleu*, ce qui signifiait que je n'avais plus de bacilles de Koch.

Mes derniers jours à Saint-François furent à l'image de mon impatience. J'avais hâte de revoir le port, la rue, le cachot. Oui, le cachot me paraissait encore préférable à cette maladrerie. Cette hâte à sortir, n'irait pas sans beaucoup de tristesse. Je souffrais de devoir les abandonner tous, et j'étais comme honteux de me rendre compte qu'ils enviaient mon sort.

« N'oublie pas les cartes postales, dit Olivier. On les transmettra à l'économe si tu dis du bien de sa cuisinière. Elle a pas dû perdre souvent son pucelage c'te putain de salope ! Regarde ce qu'on a ce soir à se mettre sous la dent : un œuf ! Tiens, voilà ce que je fais de l'œuf que monsieur l'économe a pondu ! »

Il lança l'œuf à travers la chambrée comme sœur Amédée nous venait voir. Elle se baissa pour éviter le projectile et dit sentencieusement :

« Je connais gens de toutes sortes, mais je n'ai jamais rencontré un si bas voyou ! Vous n'avez pas honte ?

— Si, ma sœur. J'ai honte et j'ai faim. Je crois que j'ai encore plus faim que honte. C'est bon signe chez les malades, la faim ?

— Mon pauvre garçon, si je pouvais...

— Mais vous ne pouvez pas, ma sœur. Personne peut ! Il nous faut crever de faim quand les grossiums que je dirai pas s'en mettent plein la panse et rigolent de nous voir caresser le fossoyeur.

— Allez, un peu de tenue ! Vous êtes moins mauvais qu'une puce. Vos discours, en revanche, sont pour la chaise électrique. Pensez aux enfants qui vous écoutent ! »

Olivier s'éloigna en lançant sa jambe de bois

devant lui. Il passerait un quart d'heure aux toilettes en ruminant ce qui venait d'arriver. Il savait ne pas avoir le droit d'être exigeant. Et si on le mettait dehors ? Où irait-il ? Il ne connaissait personne qui répondît de sa gueuse d'existence. Sans pension, sans ressources, sans ressources, sans pension ! Il martelait ces mots dans les affreux moments et, d'une voix de fausset, chantait *L'Internationale*.

Une Marie heureuse m'apporta un pantalon de golf, une veste à carreaux, un foulard et des souliers. Elle revint avec une chemise de coton et un tricot.

Il me fallut attendre que le docteur Dénarié voulût bien acquiescer à ma libération. Avant qu'il ne me lâchât dans la nature, je dus repasser une radio et accepter une « insufflation ». Cette opération consistait à introduire de l'air dans la plèvre de manière à garrotter davantage le poumon défaillant. Je me pliai aux ultimes contraintes et, après les adieux d'usage et une visite de remerciement à sœur Amédée, je m'en fus, au bras de maman, vers une vie nouvelle au point que je pus parler de seconde naissance.

III

1

Le domaine de la Musse, lors de mon arrivée en août 1943, était avant tout un immense parc entouré de grillage. En son centre, le manoir se voulait de style baroque. Je me souviens de la grille de fer forgé qui en permettait l'accès et, dans l'allée centrale, sous des arbres, du buste de M. Louis Martin, père de sainte Thérèse de l'Enfant-Jésus.

Ce fut au nom de la servante du Seigneur que je fus abordé par deux jocistes : René Vasseur et Henri Vérelst qui, salutations et civilités terminées, me menèrent à la chapelle dédiée à la carmélite. Elle accueillait ici le médecin et l'infirmière, le visiteur et le malade, des roses dans les bras.

« Je veux passer mon ciel à faire du bien sur la terre », avait-elle déclaré sur son lit de souffrance. Je savais qu'elle était morte à vingt-quatre ans, atteinte, comme moi, d'une caverne au sommet du poumon droit et sujette, elle aussi, à des crachements de sang.

J'ai déjà eu l'occasion de l'écrire : mes rapports avec sainte Thérèse de Lisieux sont d'amour. J'aime son sourire, son regard, la gracilité de ses doigts faits pour offrir. Ce jour-là, je l'invoquai pour triompher de l'angoisse qui me tenaillait depuis ma séparation d'avec maman en gare d'Evreux. Dieu merci, la mère de Maurice, prévenante, touchante, partageant notre immense chagrin, saurait la guider dans le métro de Paris jusqu'au train qui lui permettrait de rentrer chez nous.

Ce fut Henri Vérelst qui me conduisit à ma chambre. J'y trouvai en M. Duxin un Parisien taiseux qui — je le sus bientôt — ne pensait qu'à sa femme. Nos lits étaient séparés par celui du jociste, un jociste heureux d'accueillir un jeune chrétien dans un monde qui l'était si peu que, même le dimanche, la chapelle de la petite Thérèse restait vide ou presque. Sur six cents malades que nous étions, je n'ai jamais vu plus d'une cinquantaine à l'office cependant que le prône du père André, malade lui aussi, mais professeur à la catho d'Angers, tenait la comparaison avec les homélies de Lacordaire et les sermons de Bossuet. Je n'avais encore jamais entendu parler du bon Dieu de cette façon. L'élévation de l'Esprit marchait avec la tendresse du cœur. Nous étions dans les mains du Très-Haut pour reconnaître Sa royauté et entrevoir quelque chose de Son visage.

Certains dimanches, au sortir de la messe, j'étais bouleversé. Il me fallait sans doute peu de chose pour m'arracher des larmes. Le rappel de l'amour divin, celui de la sainte enfance, l'évocation des premiers matins dans les premiers jardins du monde, me rendaient à l'accordée des pastorales.

Quand le père parlait de Thérèse, de son rude combat contre l'obscur, de ses poésies, du don d'enfance qui était sien, des roses qu'elle effeuillait sur nous sans que nous nous en rendissions compte, je ne maîtrisais plus une émotion qui me gênait devant les autres.

Le dirai-je ?... Ce fut en lisant les strophes lumineuses et souvent brûlantes de la sainte que j'entrai gauchement dans un métier que je ne savais pas en être un. Non que la jeune carmélite me semblât de la force d'un Lamartine ou d'un Hugo, mes « dieux » d'alors, mais son chant exhalait un parfum si rare, si délicat qu'il me semblait digne de la plus haute prière.

Depuis, pour moi, poésie et prière ne font qu'un. A sa manière toute d'adoration et d'offrande, Thérèse berce son divin époux et s'abandonne dans ses bras miséricordieux. Ce sont des fiançailles célestielles. C'est un bonheur sans ride et sans retour. On ne revient jamais du pays de Cana quand les noces y ont été célébrées avec le meilleur vin !

Seigneur ! Seigneur ! Donnez-moi de ce nectar en éternité ! Donnez-moi la grâce de Vous regarder comme elle savait Vous voir et de Vous aimer ; comme elle rêvait, comme elle vivait en Vous !

Ma vie n'est qu'un instant, une heure passagère
Ma vie n'est qu'un seul jour qui m'échappe et qui fuit
Tu le sais, ô mon Dieu ! pour t'aimer sur la terre
Je n'ai rien qu'aujourd'hui

O Vierge immaculée ! C'est toi ma douce étoile
Qui me donnes Jésus et qui m'unis à Lui.
O mère ! Laisse-moi reposer sous ton voile
Rien que pour aujourd'hui.

Le fragile instrument qui pourrait se briser s'il n'était mouillé de larmes va, contre les lois de la prosodie, triompher des contre-chants lucifériens à la mode en ce temps-là et toujours en ce temps-ci, plus encore en ce temps-ci, pour peu qu'on y regarde de près.

Ce cri de pureté est un cristal si mince qu'il touche au cœur et sublimise les attaches humaines. C'est à genoux, dans le silence de sa cellule, que Thérèse écrit comme on chante. C'est à genoux qu'il faut la voir, pareille à Thérèse d'Avila à qui elle fait penser : tremblante, humiliée, blessée par sa nature, exultante et bientôt sauvée par amour, cet amour qui fait « qu'on meurt de ne pas mourir ».

Le docteur Bocquet assumait la direction du sanatorium Emile-Roux. On l'appelait Bill, car bilboquet. L'humour était à ce niveau. Son adjoint, pour notre pavillon, était le docteur Huon, un Annamite d'une quarantaine d'années, petit, mystérieux, doux et tranquille. A la consultation, sa voix à peine audible vous caressait l'épiderme. Il avait des manières d'une grande délicatesse et un diagnostic auquel chacun se plaisait à rendre justice.

En pleine pénurie, alors que nous étions condamnés aux purées de carottes et de pois chiches, l'humour du docteur Bocquet lui permettra de nous rassembler dans la salle des fêtes pour une conférence sur « Les méfaits de la suralimentation ». Ce fut un immense éclat de rire dans les trois pavillons et dans celui des femmes plus encore.

Entreprenantes dans la direction de leurs camarades masculins, elles se trouvaient parquées dans une sorte de camp retranché d'où elles ne pouvaient sortir qu'avec l'autorisation d'un administrateur.

Chaque semaine, pour la séance cinématographique qui avait lieu en soirée, elles siégeaient au balcon et, de là-haut, lançaient des boulettes de papier et de petits cerfs-volants vers les mâles. On avait à peine le loisir de les entrevoir. Certains n'allaient au cinéma que dans l'espoir d'une rencontre fortuite et d'un baiser volé. Les *Charlot* ayant été projetés plusieurs fois, le reste de la production, cependant pléthorique, paraissait dérisoire, même aux moins blasés. Au cinéma, beaucoup préféraient la promenade au clair de lune, les cartes, les échecs, les dames, la lecture, le courrier, la rêverie.

Pendant les interminables cures de silence, il m'arrivait de revenir par la pensée au pays de Plescop. J'aurais donné Paris, ses princes et ses pompes pour le revoir et assister, le dimanche, à la petite messe dans la pimpante église corsetée du cimetière. Il y avait une certaine griserie à atteler de bonne heure et à profiter du vent frais et de l'aubade de l'oisellerie. Au bourg, on prendrait place autour de tables sur lesquelles se liraient encore les soifs non satisfaites de ceux qui s'y étaient succédé depuis l'aube.

On parlerait de la pluie qui tardait à venir ; des vents qui s'obstinaient à ne vouloir pas tourner. On jurerait dans l'odeur des pipes et de l'eau-de-vie et l'on se dirait que rien ne vaudra jamais une bonne lambig pour chasser le mauvais temps.

La messe de certains se passait à l'auberge. Ils frappaient du poing sur le faux marbre des tables, s'en prenaient au maire, aux dirigeants de la coopérative, à la bigoterie de leurs bonnes femmes. D'autres se rendaient à l'église le temps d'un pater et de quelques mots de Dardanelles.

Le recteur allait fort sur le propre de l'office. De l'endroit d'où j'étais placé, je voyais saint Isidore, la faucille lui formant auréole, prendre son air réprobateur.

L'office terminé à grande pendouillerie de

cloches, Arthur Laigo, le bedeau, se hissait sur le mur du cimetière pour les annonces. Il n'en finissait pas de signaler les ventes par adjudication de fermes, de métairies, de chaumières, de maisons hantées par le vent depuis tant d'années qu'avant d'y pénétrer il eût été bon de solliciter les pouvoirs de l'exorciste.

Autre chose : Daniélou avait perdu sa femme. La lui ramener contre récompense. Un fantôme se manifestait sur la mi-nuit dans la prairie du Pourchasse. Un tonnelet de vif-ardent à qui lui mettrait le grappin dessus. Certains loustics de lancer leur chapeau en l'air et de demander qu'on leur apportât la futaille sans plus de délai. Le plus important : M. le recteur passerait dans tel et tel village pour le denier du culte. Il était vivement conseillé de le bien accueillir et de se défaire d'un peu d'argent plutôt que de beurre, de lard et de volaille. M. le recteur n'était pas un ogre et toute cette marchandise qui allait se perdre ! Avec du « liquide », le prêtre pourrait mettre de l'essence dans le moteur de sa voiture ce qui lui permettrait dans les cas extrêmes — et notamment d'extrême-onction — d'apporter à grande vitesse les consolations du bon Dieu aux agonisants.

Devant chez Poulain, il se trouvait qu'un homme à besace, barbu, chevelu, ridé comme une pomme de reinette et flanqué d'une guenon qui lui cherchait des poux sous le chapeau, exerçait contre une pièce de vingt sous le métier de prédire à qui la carriole et à qui la patache. Rien qu'à regarder la collerette au-dessous de la coiffe et la manière dont celle-ci était épinglée, il jetait la belle dans les félicités et les extases conjugales.

« Vingt sous l'avenir ! Seulement vingt sous l'avenir ! »

C'était son slogan. Avenir ou pas, on entrait dans

le jeu en feignant de se gausser du mage. Goby tenta sa chance non sans exiger qu'on lui parlât de son îlienne. Ils furent bientôt une bonne dizaine à se demander s'il fallait faire confiance à la divination ou si l'art de prédire n'était pas dans la main de Satann goz.

La guenon fit une horrible grimace et son maître, fermant les yeux, désigna Goby comme étant l'homme de la situation dans le présent et dans le futur. « Cré vingt dié, grogna le petit maçon, il ne faudrait pas te payer tes picherels à te moquer du monde ! »

L'augure maintint son propos. A l'entendre, un roi était en route et il n'y aurait personne, personne, pour rendre hommage à Sa Majesté. De là sortiraient malentendus et malheurs.

Que faire d'un fou quand le ton monte au cabaret où des veuves jouent du châle pour vous aguicher ? Elles étaient là, peintes, ourlées, fessières, positives. Avec des ondulations et des croupades, elles passaient d'une table plus accueillante à une table plus salée. On leur tapait sur le derrière sans interrompre le rire qui les renversait jusqu'à voir des étoiles entre les saucisses et les jambonneaux pendus au plafond.

A ruminer de ces vieilleries, le temps s'écoulait goutte à goutte. La cure de silence durait près de deux heures. Défense de parler, de lire, de s'occuper les mains. Même l'esprit ne devait pas fonctionner. Le mieux, l'idéal, c'était de dormir. De se glisser sous les couvertures de sa chaise longue et de laisser faire le soleil, le vent, la pluie et les oiseaux qui s'enhardissent de l'immobilité générale pour dévisager les gisants que nous sommes en se posant sur la rambarde métallique de notre abri ouvert à tous les ciels.

Avec un lever programmé à sept heures, nous

avions le temps de la toilette, du petit déjeuner, d'une promenade dans le parc ou d'une partie d'échecs. La première cure conduisait au déjeuner et la promenade qui suivait à la cure de silence. Celle-ci terminée, nous étions invités à un goûter avec ersatz de sucre et de café et parodie de mélasse. Une troisième cure et c'était le dîner, puis, après un court entracte, l'extinction des feux. Ce casernement très singulier exigeait une discipline qu'il était préférable de ne pas enfreindre. Qui était surpris dans les couloirs quand sa place était en cure, devait s'expliquer devant l'infirmière chef, une maîtresse femme des plus agréablement tournées qui n'admettait ni prétexte ni mensonge. Le prévenu recevait un blâme. Trois blâmes et c'était la porte. La direction et le corps médical vous priaient, sans plus de ménagement, d'aller vous faire purger au diable vauvert.

Au bout de deux semaines, j'eus parfaitement assimilé ce découpage horaire, ce qui me permettait de flâner du bois à la friche et de passer de la contemplation du l'Yton, affluent de l'Eure, à celle du clocher de Saint-Sébastien de Morsent où je n'ignorais pas que de rudes gaillards se rendaient en pleine nuit, histoire de chatouiller les filles.

A la salle de jeux et sur la cure, on s'adonnait à ses marottes. L'adjudant lissait des caravelles qu'il enclavait dans des bouteilles magiques. Il ne manquait pas un gréement à ses bateaux. Cette activité lui rapportant des sommes parfois rondelettes, lui permettait de passer commande de quelque panier chez le traiteur. Les enfileurs de perles l'enviaient dans son commerce. Jaladon, la grande gueule, le Parigot qui avait tout vu, qui savait tout et vous remouchait du haut de son aristocratie bellevilloise, tirait d'une rouelle de hêtre ou de châtaignier un Prométhée désenchaîné ou un Icare debout sur un cheval volant. Le docteur Bocquet se montrait très curieux de ces petits chefs-d'œuvre et mettait parfois la main à la poche pour faire plaisir à son épouse.

Moi, je n'avais aucun don si ce n'est celui d'écrire de belles lettres à maman et à Marie. Mon souci de me perfectionner en la matière était tel, que je me mis à fréquenter la bibliothèque riche de quelque deux mille ouvrages et à me renseigner sur le mot « musse » pas si loin de « muse ». Pour Littré, MUSSE est un passage étroit pour lièvres, lapins et autres gibiers. L'aumusse des chanoines et des chantres vient de là et le verbe « se musser », qui signifie se cacher, se dissimuler à des yeux trop curieux, y trouve ses origines. Pour Furetière, MUSSE vaut pour cache ou cachette. En vérité, nous y étions comme au secret en l'an de grâce 1943 où la tuberculose qui faisait peur, était encore regardée comme un fléau.

C'est à musse-pot et à nuit noire, que certains d'entre nous « faisaient le grillage » afin de courir s'ébattre dans les cabarets de Saint-Sébastien.

On avait beau réparer notre enclos de soixante hectares et vouer les fêtards à tous les enfers, on ne parvenait pas à faire entendre raison aux plus téméraires qui imaginaient toutes sortes de stratagèmes pour échapper à la garde et là-bas, s'envoyer en l'air avec des femmes.

Le dénommé Robert qui nettoyait le carrelage de notre chambre me dit un jour que la fièvre me retenait au lit : « Je te vois avec de la peine, petit. Chasse tout ça ! Ne crois plus à ton mal ! Ne le caresse plus ! Va faire un tour à Saint-Sébastien. C'est encore le meilleur moyen de se tirer d'affaire. Je te parle ainsi pour y être allé plusieurs fois avec des camarades. Si tu avais vu dans quel état on rentrait au bercail ! Il a bien fallu qu'on se fasse prendre. Convocation chez Bill qui me passe une radio avant de me lâcher pour de bon dans la nature. Eh quoi ? Je te le demande ?... Plus une goutte de merde à la base de mon poumon dolent. Plus rien ! Guéri ! Sauvé ! Miraculé ! J'ai dû quitter la cure pour les corridors et si tu me vois avec de l'eau savonneuse et une serpillière, c'est pour gagner le droit de rester ici. Plus sûr ici que dans les rues de Paris avec les Chleuhs ! Tu as compris la leçon ?... Il faut crâner ! Il faut s'en foutre ! On ne meurt qu'une fois et tant que possible se peut, il faut mourir après... »

Robert lavait les couloirs, nettoyait les toilettes et les chambres et jardinait un peu pour nos messieurs, ce qui lui permettait d'améliorer l'ordinaire de l'économe, digne émule de celui de l'hôpital de Vannes.

Ici, Olivier n'aurait pas eu d'œuf à lancer à travers le réfectoire. Comme toutes les poules de France et de Navarre, les poules normandes ne pondaient plus. Quand elles pondaient, c'était au marché noir, pour enrichir les trafiquants et régaler les nantis. Les autres pouvaient bien se musser sous leurs couvertures et crever, la belle affaire ! Quand il tombait tant et tant de soldats sur les champs de bataille, on n'allait pas se torturer l'esprit pour des vérolés, des pestiférés et des tubards !

Les lettres à ma mère étaient de tendresse et d'inquiétude. J'aimais ceux du cachot et le leur disais. Je tremblais pour eux et redoutais d'être appelé au bureau de l'infirmière chef pour m'entendre annoncer quelque accident domestique ou quelque malheur trop prévu. Je ne savais pas encore prier pour que cela ne fût pas. A la chapelle cependant, je demandais à Thérèse de Lisieux la grâce de pouvoir rentrer dans ma famille et que celle-ci marquât plaisir et joie de me retrouver.

Ces lettres ont été détruites par bêtise et par ignorance après le décès de maman qui les avait conservées toutes. Je ne me console pas d'être dans l'impossibilité d'en retranscrire quelques-unes ici.

Celles que j'adressais à Marie — détruites elles aussi par un mari ombrageux —, je les voulais à la limite du sentiment et de la confidence. Il y passait, j'en suis sûr, quelque chose de mon amour pour elle. J'en composais les parties essentielles pendant la cure de silence et, celle-ci terminée, je courais à la salle de jeux afin de me libérer d'un trop-plein de ferveur grâce à une plume d'encre sur un bout de papier. Le jour même ou le lendemain, je recopiais au propre et, sans attendre la réponse, je ruminais les grandes lignes d'une nouvelle missive.

Il m'arrivait de revoir ma copie, de retravailler mes phrases sans leur enlever, je crois, cette ardente spontanéité qui était alors ma marque.

Pour lui complaire, je me félicitais et je m'émerveillais de tout : de la petite Thérèse, sainte majeure ; de mes amis malades encore que je fisse très peu commerce avec eux ; du docteur Huon ; de mes flâneries dans le parc et sur le bord du l'Yton, du « château » Louis XIII où s'était éteint, le 29 juillet 1894, le père de la servante du Seigneur.

J'apprendrai bien plus tard, et notamment un soir, à Pontivy, lors d'une conférence que je fis dans cette ville, que Marie montrait de mes exercices à quelques amies pour le plaisir de leur parler de son élève non pas préféré, mais privilégié. Je devais cette touchante attention au « privilège » d'être séparé des miens et par là même très malheureux.

Il me souvient de lui avoir beaucoup écrit sur notre mère et le beau courage qui était le sien au Parc-Lann et au moulin quand, par tous les temps, elle allait battre son linge à la rivière et que ses mains à force de plonger dans le courant et de le ribouler, étaient crevassées d'engelures. Je lui ai raconté nos joies sauvages, nos désespoirs farouches, nos galopades de gueux dans la lande ; les jeux que nous inventions pour nous faire peur, comme de monter au sommet d'un arbre pour une guigne et cela, caressé par ce que je croyais être le beau style — il l'était peut-être —, la touchait infiniment.

Ce fut également au cours de ces interminables cures de silence que je me lançai dans une aventure verbale des plus extraordinaires. Comme je regardais un coq de bruyère se percher au sommet d'un sapin, les mots du premier paradis se mirent à musiquer, à chanter, à danser dans ma tête. Sur l'heure, je me crus appelé à les rapprocher, à les lier pour des noces. C'était une exultation infinie qui me brisait ! Pour y mettre un bémol, je me sauvais dans les bois et je chantais des chansons idiotes apprises en écoutant la T.S.F. de Marie-Jo. Rentré au pavillon II, seul le sourire de notre jeune et jolie infirmière était capable de m'apaiser.

Elle s'appelait Andrée Girod. Je m'en souviendrai plus tard, au moment où je croirai devoir choisir un pseudonyme. Je signerai en effet les exercices de *Vers et Drogue* Charles-André Girod, ce qui scandalisera Hervé Bazin, Robert Sabatier, Louis Le Cunff et d'autres encore. « Quand on s'appelle Le Quintrec, on ne signe pas Girod ! » Telle était l'antienne.

J'avoue que le nom était quelque peu plat,

quand la personne était grande, mince, profilée avec bonheur ; une chevelure de gitane ; des yeux comme on en peut rêver pour les interprètes de Carmen ; des jambes longues que la blouse blanche, fendue par coquetterie, faisait chanter.

Je n'étais pas seul à lui rendre hommage, mais je fus seul à lui faire passer un sonnet de ma composition. Il était maladroitement imité de Victor Hugo. De cet aigle au vermisseau que j'étais alors, que d'abîmes ! Pas assez profonds cependant pour me détourner de ce que j'appelais déjà : ma vocation.

Pour fortifier celle-ci et lui donner un sens, je ne sortais plus de la bibliothèque, curieusement riche de poètes. Nous devions cela — je l'apprendrai plus tard — à la munificence de Roger Martin du Gard qui sacrifia une part non négligeable de son prix Nobel pour doter les sanatoria de France d'ouvrages choisis pour leurs qualités littéraires et leur humanisme.

Les poètes qui seront, demain, ceux de ma chapelle ardente, s'y trouvaient tous et notamment Villon, Ronsard, du Bellay, Malherbe, Cyrano de Bergerac et le pauvre Scarron dont la veuve ornera les nuits du Roi-Soleil. Ce fut là, debout devant un pupitre en forme de lutrin, que je lus André Chénier, le poète assassiné et Alphonse de Lamartine qui me bouleversa par ses odes à Elvire, disparue au moment où l'amour lui faisait grâce. Lamartine, mais aussi Hugo, Vigny, Musset, Nerval qui me fut bientôt frère, Baudelaire dont les « Phares » ne parvenaient pas à m'éclairer de l'intérieur. En un mot, les romantiques y jouxtaient les parnassiens et les symbolistes les contemporains. On pouvait hésiter entre les damoiseaux et les dames du temps jadis ; les roses décloses et les neiges d'antan ; les acrostiches, les ronsardises, les rondels et les rondeaux. Je jetai mon dévolu sur toute la gamme avec une sorte de fureur sacrée et passai en quelques mois de Villon à Verlaine, Samain, Coppée, Charles Van Lerberghe, Georges Rodenbach, Emile Verhaeren, Francis Jammes et Charles Guérin.

O Jammes ta maison ressemble à ton visage[1].

La joie que je puisais chez ces chantres illustres, me changeait au regard de mes camarades d'infortune. Eux, lisaient Marcel Prévost, les frères Margueritte et Maurice Dekobra.

Marie était régulièrement informée de mes lectures. Je lui disais que mes poètes allaient m'aider à guérir. Qui ne sait que la poésie a des vertus thérapeutiques extraordinaires ? Il arrivait que mes découvertes fussent d'une telle richesse que je renonçais, par avance, à toute idée de carrière et méprisais l'argent avec tant de véhémence que j'étais sévèrement repris par ceux-là, qui, autour de moi, en connaissaient le sésame.

Les sceptiques de mon entourage, genre Jaladon, me demandaient avec des sarcasmes : « Ça sert à quoi la poésie ? Et toutes ces choses idiotes auxquelles personne ne comprend rien, tu y piges quelque chose ?... »

Je ne savais que répondre et me mussais dans ma coquille au point de devenir muet. Aujourd'hui, après tant et tant d'aventures au nom du Verbe Amour, je détiens, je crois, un bout de réponse.

La poésie, ça ne sert à rien. La musique pas davantage. On peut très bien vivre sans guitare, sans banjo, sans concert. La peinture, la sculpture,

1. Charles Guérin.

l'architecture elle-même, n'ont pas un commencement d'intérêt pour tous ces pauvres gens qui, de par le monde, sont condamnés à se battre pour survivre.

Dans bien des pays ravagés encore aujourd'hui par des guerres banales ou tribales et livrés aux turpitudes que les hommes inventent pour s'entre-déchirer, un sac de riz ou de farine fait mieux l'affaire qu'un chef-d'œuvre de César, Giacometti ou Picasso. Pourtant, voici qui est tout à fait inattendu : ce qui, apparemment, ne sert à rien est es-sen-tiel. Essentiel à notre vie individuelle et collective.

Quelle joie que de plonger dans Péguy et de passer des *Tapisseries* à la *Présentation de la Beauce à Notre-Dame de Chartres* ! Ces cadences-là, reprises interminablement, lavées, relavées au vent des étendards, ces strophes de chrétienté qu'André Gide trouve fades, je me les récitais en faisant semblant de me perdre au bout du parc.

Un homme de chez nous a fait ici jaillir
Depuis le ras du sol jusqu'au pied de la croix
Plus haut que tous les saints, plus haut que tous les rois,
La flèche irréprochable et qui ne peut faillir.

Tour de David, voici votre tour beauceronne
C'est le plus dur épi qui soit jamais monté
Dans un ciel de clémence et de sérénité
Et le plus beau fleuron dedans votre couronne.

Toute la vieille France, la « doulce France » m'était donnée à partir de ce ton-là, entre le parvis et la rosace de la cathédrale.

Je crois avoir lu *Eve* avec la passion du néophyte. Cette longue marche médiévale vers le merveilleux chrétien m'envoûta à la lettre. Je participai d'enthousiasme à ce long pèlerinage aux sources du Salut. Ce fut une période de très grand bonheur. J'accueillais avec gourmandise tout ce qui me tombait sous la main ; j'en relevais des phrases, des paragraphes entiers que j'adressais à Marie avec des commentaires qui, je m'en doute, la faisaient sourire. J'étais souvent dur, intransigeant et cette intransigeance allait jouer contre moi au point que je ne composai plus le moindre sonnet. Il fallut l'étonnement puis les encouragements de Marie pour me redonner le goût de la page blanche et des exercices vertigineux de la souvenance. Je me sentais par moments appelé à pénétrer les mystères de ma parentèle et à redonner aux miens, si modestes qu'ils fussent, si perdus qu'ils eussent été, cette dignité inhérente à la terre qui ne ment pas.

Je voulais dire mes bois, mes landes, les poules d'eau de l'étang, les peupliers de la Marle, les libellules, partout les ombelles, les frémissements du vent dans les trèfles et les frissons du ventre d'Elisabeth quand elle me permettait de la caresser. Il y avait une immense pureté dans ce désir de faire, de créer, de chanter, de « mourir de ne pas mourir », de vivre enfin !

2

Toutes les trois semaines environ, notre ami Vérelst nous gratifiait d'une crise d'épilepsie. La première fois que cela se produisit en ma présence, j'eus très peur. Il fallut cette grande gueule de Jaladon et trois comparses pour le calmer. Enfin Bill arriva avec des infirmiers et lui administra un sédatif qui le plongea dans la traversée d'une longue nuit. Le lendemain, au réveil, il nous disait avoir bien dormi et avoir fait de jolis rêves. M. Duxin clignait de l'œil dans ma direction. Nos sourires complices le portèrent à nous interroger. Avait-il encore… Il s'en voulait d'être si vulnérable, si misérable. Il lui arriva, son livre de prières en main, de nous demander pardon de tout le mal qu'il ne nous avait pas fait. Pour expier, il se privait d'aller boire quand il avait soif, pensait à se restreindre à table alors que nos menus se réduisaient à des purées avec un doigt de saucisse quand le cochon avait consenti à mourir pour nous. En cachette de M. Duxin qui réprouvait cette « barbarie », il me montra son cilice. Il le portait surtout la nuit. Le jour, crainte de se trouver mal et de scandaliser ceux qui lui viendraient en aide, il le rangeait dans son placard avec des images pieuses et un chapelet qui lui avait été offert, il y avait de cela plus d'un trimestre, le jour de son baptême. Sa foi de catéchumène était vibrante, mais il n'en disposait pas à sa guise et veillait à ne pas froisser ceux qui n'avaient que trop tendance à le regarder avec suspicion.

Il était né à Paris de parents originaires de la province. Son père travaillait au métropolitain. Sa mère faisait des ménages. Du côté de la rue aux Ours, ces gens-là vous élevaient à la dure. Jamais un mot de tendresse ; jamais un repas sanctifié par une courte méditation ; mais des taloches, des mornifles et la pénitence de laver le parquet et d'être désigné comme graine de bandit dans tout le voisinage. Jamais une parole de compassion ; jamais une lettre de ces gens-là, à peine l'acceptation de le recevoir trois jours — permission exceptionnelle ! — tous les six mois.

Lui si disert, avec une façon bien personnelle de nous conter des blagues innocentes et d'en rire, partageait souvent le silence de M. Duxin et regardait le bruit que je pouvais faire comme une incongruité. Je le compris bientôt, dans ces moments-là, à la manière d'un Max Jacob que j'allais découvrir, il entrait en méditation. Ce mot le réconfortait. Il méditait sur sa condition, sur celle de ses camarades, réfléchissait à ce qu'il pourrait faire pour prendre à son compte une partie de leur angoisse et de leurs souffrances. Dès qu'il avait cinq minutes, il courait au pavillon III voir son ami Goupil, un jeune homme, les yeux dilatés de fièvre, qui ne quittait plus son lit.

« Viens, me dit-il, je vais te présenter à mon petit renard. C'est un saint. Tu n'as pas peur des saints que je sache ? Celui que tu vas voir mettra longtemps à mourir car il veut épurer son âme et la présenter au bon Dieu comme une hostie... »

Pour me recevoir, Goupil s'était levé, puis

habillé, mais il n'avait pas eu la force et le courage de se raser. Il avait le triste privilège d'une chambre pour lui tout seul. Seuls les « condamnés à mort » et les chouchous de nos messieurs, pouvaient en avoir une. J'étais un animal trop solitaire pour ne pas fuir une telle solitude !

Parler fatiguait Goupil, ce qui fait que nous passâmes une heure à l'écouter. Sa nuit avait été traversée de cauchemars et ses draps à tordre lui collaient à la peau quand l'équipe de jour était venue. On l'avait mis nu comme un ver et l'on s'était scandalisé de sa maigreur. Il avait eu droit à un bain très chaud qui l'avait beaucoup réconforté. Il lui arrivait, histoire de passer le temps, d'enfiler des perles pour les couronnes mortuaires que l'économat vendait aux croque-morts d'Evreux.

« Et le bon Dieu, demanda Henri, quelles nouvelles ?

— La nouvelle de Sa crucifixion. Je me veux le témoin de Son agonie. La mienne suivra, que d'y penser j'en suis heureux.

— Avec René Vasseur et quelques autres, on pense à toi. Ma méditation de la matinée s'est d'elle-même dirigée vers tes épreuves. Dans ce vaste mouroir, il est bon de prier pour les vivants ! »

Goupil se mit à rire. Il savait son ami Henri incapable, par lui-même, de dire de ces choses qu'il disait cependant quand l'Esprit lui mettait chaque mot dans la bouche.

Il fut curieux de mon âge, de mes études interrompues, de ma provenance. Dieu merci, la Bretagne restait une terre de mission. Lui était picard et enrageait de la tiédeur, voire de l'indifférence de ses compatriotes.

« Tu as pensé à faire un prêtre ?

— Cela m'est arrivé, à ma mère plus encore.

— Quel amour de Jésus il faut pour se détourner des séductions du siècle ! Je n'aurais pas pu. Je suis trop prisonnier de mon enveloppe, je n'ose dire charnelle. »

Il eut un bon rire, se leva de son fauteuil, ouvrit un placard, en tira une bouteille de quinquina.

« J'attendais une occasion pour la déboucher. Je vais appeler notre charmante "gardienne" qu'elle apporte trois verres. »

Nous bûmes à sa santé comme il se tordait pour cracher dans l'évier. Ma mère aurait dit de lui ce qu'elle avait dit de Marcel Saint-Pierre : « C'est un petit oiseau tombé du nid... » J'en eus pitié et ce fut avec des larmes dans les yeux que je vis ses pauvres trésors sur sa table de chevet : ciseaux, photographies de proches, montre princière qui émettait un air de musique lorsqu'on en ouvrait le boîtier. Je pensai à ces vers de Nerval :

Il est un air pour qui je donnerais
Tout Rossini, tout Mozart et tout Weber...

Sur le chemin de la cure Henri me lança :

« Tu as vu comme il est brave ! Sans la communion qu'il reçoit chaque fois que l'aumônier est dans nos murs, il nous aurait quittés comme une chandelle qui s'éteint. Dieu merci, l'hostie lui remonte les bretelles ! »

Notre chambre n'était séparée de celle de Jaladon que par les lavabos. De ce fait, nous ne perdions rien des colères et des enthousiasmes de la grande gueule, car il lui arrivait de s'extasier sur ce qu'il appelait un « châssis » de star de cinéma guettée par un play-boy, comme on en voit dans les journaux et magazines pour midinettes.

Il disait avec un air d'en être capable :

« Je bande pour Darrieux et Suzy Delair ! »

Lévêque et Prichard qui partageaient sa « carrée » se tordaient quand il se mettait à énumérer ses bonnes fortunes à Montmartre, Montparnasse, et Ménilmuche. Des cousettes, des grisettes, des lorettes, des putes en veux-tu en voilà, et du meilleur choix, les potes !

Dans ces moments de grand déballage, M. Duxin se roulait une cigarette et s'en allait s'oxygéner l'esprit dans le parc. Il m'arrivait de faire comme lui, les frasques du sieur Jaladon m'étant tout à fait indifférentes.

Certain dimanche, Prichard qui affichait une santé métallique reçut la visite de sa femme. Elle était accompagnée d'une amie, les jambes gainées de résille, un renard autour du cou. Jaladon, ébloui, fit donner la foudre. Le quatuor composé, et ces dames ayant apporté ce qu'il fallait pour festoyer, on déjeuna à grand spectacle. Lévêque eut droit à une cuisse de poulet et à un verre de vin des Charentes. Comme nous montions en cure de silence, chez les Prichard on tapageait deux tons au-dessus du supportable. L'infirmière voulut intervenir. On la renvoya à ses réchauds. Lévêque ayant laissé les deux couples en tête à tête, vint nous rejoindre et, alourdi par ce qu'il n'avait plus l'habitude de boire et de manger, plongea à ronflements dans une sieste que personne n'osa interrompre. A l'heure du dîner, Andrée Girod dut le réveiller.

Après cet essai des plus concluants, Prichard obtint l'autorisation d'emmener sa femme déjeuner à Saint-Sébastien ou à Evreux. Il était entendu que Jaladon serait de la fête. C'étaient, en voiture, des virées plus lointaines, chez des hôtes qui satisfaisaient au savoir-vivre et mettaient à votre disposition et la table et la chambre. Généralement, nos voisins rentraient à une heure décente, dans un état des plus glorieux.

Fort avant dans la nuit, on les entendait qui se congratulaient de leur équipée, du repas plantureux, des vins très causants et des dames que la bonne chère ne comblait pas toujours. On passait à d'autres exercices avec la bénédiction de l'aubergiste qui savait à demi-mot ce que parler veut dire.

Le matin, à la toilette, ils s'ébrouaient et s'affrontaient à coups de sous-entendus égrillards, voire libidineux.

D'une semaine l'autre, la vie leur paraissait tellement belle qu'ils se préparaient aux dames en faisant des projets. Elles arrivaient sur des escarpins et se tordaient les pieds sur le gravillon, le col du manteau doublé de moumoute, maquillées, fardées comme on peut l'être à Paris dans certaines rues chaudes.

Duxin, le taiseux, laissait planer une sorte de mépris sur tant et tant de dérèglements tandis que notre jociste, de surcroît tertiaire dans l'ordre de saint François d'Assise, ouvrait *L'Imitation,* en lisait une page et entrait en prière. Moi, comme indifférent, je ne disais rien et ce fut à mon silence que s'en prit Jaladon. Mes airs d'étudier et d'écrire le blessaient. Il n'aimait ni ma voix ni ma politesse et lançait des paroles infamantes en direction de la Bretagne, pays de ploucs, d'attardés et d'alcooliques. Il me fallait le laisser dévider l'écheveau de sa haine. Il n'était pas question de l'affronter, M. Duxin me le déconseillait fortement. « Il n'attend qu'une chose, me disait-il, que vous perdiez votre sang-froid pour lui donner le plaisir de vous boxer. C'est une brute sortie des barrières. Suffit de l'entendre pour être édifié... »

Duxin et Vérelst m'avaient adopté. A leurs yeux,

ma jeunesse plaidait en ma faveur. Je n'avais d'ailleurs, en dehors de l'énergumène, que des amis à la cinquième section. A la salle de jeux, on me recherchait pour les dames et les échecs. Il me fut accordé de donner la réplique à des Russes qui avaient fui la révolution bolchevique et que nous appelions « les Russes blancs ». Pendant la partie, ils paraissaient plonger dans les profondeurs de l'âme. Que je leur prisse la tour et la reine ne les affolait pas outre mesure. Au moment où je croyais avoir gagné, ils disaient simplement « Mat » et s'en allaient vers d'autres adversaires incapables de les battre. Leur joie de gagner ne se lisait pas sur leur visage. Aucune parole inutile ne sortait de leur bouche. Pour avoir lu le théâtre de Tchekhov à la bibliothèque, je crus devoir leur en parler entre un fou et un cheval. Ils me regardèrent plus longuement et ce fut tout.

Les juifs, aux jeux, n'étaient guère plus loquaces. Salomon, parfois, faisait commerce d'une certaine jovialité, mais disparaissait, ainsi que ses coreligionnaires, dès qu'une visite protocolaire allemande était signalée.

Un matin que je l'appelais, l'infirmière me dit en riant qu'il était couché avec une très forte température. Je frappai à sa porte. Lui aussi avait droit à être seul dans une chambre. Je n'attendis pas qu'il me répondît pour entrer et le trouvai mussé à la diable sous ses couvertures et sa lourde pelisse. Un bonnet de coton dissimulait sa calvitie, sa barbe poivre et sel semblait en revanche offerte en trophée. Il avait très froid et affolait le mercure de son thermomètre.

« Qué cé ? Quoi ? Qué cé ?

— C'est moi, Simon. Veux-tu que je te fasse un peu de lecture ?

— La lectoure é mé fatigue. Yé veux rentrer

dans lé ventre de ma mère. Yé veux dormir. Ferme la porte é réviens démain ! »

Le soir même, après le passage de quelques officiers de la Wehrmacht flanqués de quelques gestapistes, il se promenait comme un vieil oiseau mélancolique allant d'un groupe l'autre son urinal à la main et marmonnant en yiddish.

Il était célèbre parmi nous pour ses histoires et ses peurs paniques. Un bruit, un souffle, un rien, tout lui donnait la fièvre. Jaladon disait finement qu'il redoutait « le Boche plus que le Koche ».

En ces jours-là, je reçus un colis de ma mère que j'ouvris loin des regards. J'y trouvai du lard, du beurre, de la saucisse fumée et des œufs. Cette manne fut partagée en trois parts d'inégale importance. J'en gardai la plus grosse et distribuai les deux autres à Vérelst et à Duxin. Ils firent des difficultés pour accepter mais j'insistai avec la dernière énergie et tout se serait passé le mieux du monde si je n'avais eu la folle idée d'améliorer l'ordinaire de l'économe en me rendant au réfectoire avec ce que mon ami Maurice eût appelé « un petit salé des familles ! ».

En un instant, plus un mot, plus un bruit de fourchette, le silence des cimes. Même à la table des infirmières on paraissait pétrifié. Mes « crève-la-faim » me regardaient, la bave à la bouche. Leur envie passait par une sorte de haine qui me fit peur. Je me levai et je lançai le « cochon » à Dubourg, un goinfre qui remontait chaque soir à sa chambre avec les restes des autres. Jaladon prétendait qu'il soupait aux chandelles dans la compagnie d'un hamster, du nom d'Adolphe, et d'une araignée tout à fait apprivoisée.

Je quittai les lieux sans hâte, sans me retourner, dans un silence de nécropole. La porte sur les talons, la volière reprit de sa dissonante follerie tandis que je courais à la salle de jeux écrire à Marie ce qui venait de se passer.

Ce qui devait arriver survint un dimanche soir comme les dames venaient de partir. On entendit Jaladon crier : « Jean ! Jean ! Fais pas le con ! Jean, nom des dieux, reste avec nous ! Au secours ! Au secours !... »

L'infirmière se précipita puis courut au téléphone prévenir Bill et le docteur Huon qui rappliquèrent. Prichard, plié en deux, la main sur l'estomac, crachait du sang. Sa santé métallique, dont il était si fier, n'avait pas résisté au régime semainier des festins et des sublimations sentimentales.

Nous le vîmes changer de couleur et manquer d'air. Il fallut le déshabiller, lui enfiler un pyjama, l'étendre, lui faire des piqûres. Il délirait. Il se revoyait à l'auberge des Trois Chênes mangeant, buvant et dansant la gigue. Il appelait une partenaire qui n'était pas sa femme. Il cessa de parler pour pleurer sur son infortune et plongea d'un coup, dans une sorte de coma.

Duxin qui n'avançait rien sans l'avoir pesé deux fois dit d'évidence : « Sonné comme il est, ils ne le garderont pas. Les grands malades sont dirigés sur les hôpitaux de la périphérie... »

Le lendemain, Prichard qui avait passé une nuit affreuse, fit appeler sa femme qui n'était pas chez elle. Il fallut beaucoup de patience à la petite Girod pour lui transmettre un message par le truchement d'un patron de bar où elle avait ses habitudes.

Alerté par Vérelst, l'abbé vint aux nouvelles et proposa de revenir avec le bon Dieu. Jaladon répondit à la place de Prichard que le bon Dieu était trop bon de vouloir perdre son temps à des vétilles. Que Jean se portait comme le Pont-Neuf et se porterait mieux encore si on ne venait pas le contrarier avec des sornettes dignes du Moyen Age. Le prêtre s'en fut, penaud, on eût dit, coupable. Je le vis dans le parc ouvrir son bréviaire et regarder le ciel.

« C'est à toi qu'on doit la visite du corbac ? demanda Jaladon sans plus d'aménité à Vérelst. Je reconnais bien là tes manières de jésuite. Tu sauras qu'ici on n'a pas besoin de soutane pour guérir et être heureux. L'bon Dieu et pourquoi pas le pape ! »

A la cure, la rechute de Prichard était sur toutes les lèvres et l'on se demandait s'il n'était pas préférable de partir dans les amours que de survivre comme un cloporte. La rude impolitesse de Jaladon fut jugée sévèrement par ceux-là qui, comme lui, ne mettaient jamais les pieds à la chapelle.

Quand l'ambulance arriva, il y eut des embrassements et des larmes. Jaladon était au four et au moulin, grand, solide, distributeur de conseils et de bons sentiments. Il fallait garder le moral, tenir bon la rampe. Mme Prichard, émue par tant de cordiale affection, lui laissa la bouteille de rhum du placard et toute la chocolaterie en tablettes et morceaux. On s'embrassa derechef et l'on promit de se revoir très bientôt.

Assis dans un chariot, un plaid sur les genoux, Prichard, livide, s'en fut suivi de son épouse, de Lévêque et de Jaladon qui revinrent sur leurs pas pour se dire des choses tendres et trinquer à l'infortuné qui n'aurait plus l'occasion ni le plaisir de le faire.

Sur ces entrefaites, Marie-Jo vint me voir avec une amie de son âge qui, comme elle, travaillait au métro. A bout de patience et menacée par un mari atrabilaire, ma sœur avait quitté Vannes pour Paris. Elle résidait rue d'Aboukir qui, dans mon esprit, rappelait une victoire et une défaite. Seule la victoire m'importait.

Elle m'avait apporté du sucre, du pain d'épice et deux ou trois boîtes de conserve. Nous passâmes notre après-midi dans le parc à nous entretenir de tout et de rien. La copine qui était brune avec de belles jambes et une gorge avantageuse, laissa en quelques mots passer le dégoût qu'elle éprouvait en présence des malades et des maladies. Marie-Jo lui fit honte de s'exprimer ainsi devant moi et elle n'eut pas trop de larmes pour implorer mon pardon. Ce pardon de suite accordé, il lui fallut déboutonner son chemisier pour me demander si ses seins étaient trop lourds pour une demoiselle de son âge. Je fus presque indigné de voir avec quelle légèreté elle se conduisait sans plus d'amour-propre. Quand elle s'alla cacher derrière un buisson, Marie-Jo me dit qu'il ne fallait pas faire attention, qu'elle avait eu une enfance très difficile entre des parents ivrognes et pas de religion du tout.

Je voulus raccompagner ma sœur jusqu'à Saint-Sébastien d'où elle prendrait le car pour Evreux. Je lui disais : « Tu vois, tu vois ce grand chêne ? Je n'irai pas plus loin car il me faudra penser au retour et m'expliquer peut-être à la grille... »

Arrivés près du grand chêne, je trouvai un autre repère et ainsi de suite pendant des kilomètres. Je n'avais plus le cœur de les quitter jamais.

De retour au pavillon, Jaladon m'insulta dans ma sœur qu'il avait à peine entrevue : pimbêche, aguicheuse, crâneuse ! Sur la cure, deux ou trois camarades lui demandèrent de se taire. « Tu ne vois pas, dit l'adjudant, que le gosse en a gros sur la patate ?...

— J'aime pas les Corentins !

— Qu'est-ce qu'ils t'ont fait du haut de Belleville ?

— Je t'emmerde et, si tu veux en découdre, je t'attends au grillage ! »

Je me glissai sous mes couvertures et dérivai lentement vers l'heureux temps du Parc-Lann où Marie-Jo apprenait à notre mère de monter à bicyclette. Maman guidonnait de travers, perdait les pédales et plus encore l'équilibre et se retrouvait dans les buissons avec des piquants dans les cheveux. Jamais autant ! On riait ! Mais qu'on riait de la pataudérie maternelle et comme on se moquait de ses craintes et du peu d'entrain qu'elle mettait à remonter en selle ! René de l'Assistance aurait bien voulu essayer la machine toute neuve avec des chromes étincelants, mais interdit aux enfants d'y toucher. A seize ans, Marie-Jo se voulait une grande personne :

« Non, René, notre mère n'est pas une sainte. Moins qu'une sainte ! Plus qu'une sainte ! Elle sait entendre les sandales de Dieu glisser sur des chaussées d'astres. Elle donnerait un baiser au lépreux le plus répugnant en se disant que Jésus peut prendre toutes les apparences afin de nous mettre à l'épreuve... »

« Ta mère est une sainte et ton père un cochon vautré dans tous les purins du monde... » Qui dit cela ? Goby ? Jaladon ? Je vais tuer celui qui ose dire cela, alors que bras dessus, bras dessous, mes parents s'en vont, heureux, entre terre et ciel. Arrière, pensées funestes ! Jaladon, tu ne me fais pas peur ! Ta grande gueule m'amuse plutôt. Tiens, regarde, vois notre père qui dresse des poulains de tout caractère qui partent en avant sur une simple pression des jambes et qui obéissent à la rêne d'ouverture et à la rêne d'appui. Regarde encore, et vois notre mère qui fait le tour de notre bonheur dans la compagnie de tante. Cette dernière offre des chocolats fumants à des personnes disparues depuis des siècles. Elle se réjouit du chant des grillons et n'ignore pas que les hirondelles qui tournent autour de nos poivrières, reconnaissent chaque année, les itinéraires des commencements du monde.

L'infirmière vint me dire qu'il était temps que je descende au réfectoire. La cure était terminée depuis plus d'une heure. Je lui en voulus de me tirer de mes rêves. Mêlés à ceux de Nerval et de Verlaine, je n'avais qu'eux pour plonger de l'espérance dans la lumière.

A la bibliothèque, le long du l'Yton, dans le parc, face au buste de M. Martin, je n'arrêtais plus de lire et de vibrer au plus haut. Ce que je lisais, ce n'était parfois que l'histoire d'un pauvre enfant né dans une crèche et parfois celle d'un jeune joueur de flûte qui n'avait d'autres amis que le vieux Vitalis, le chien Capi et le singe Joli-Cœur.

Celui qui était né dans une crèche se mêlait volontiers aux petits chevriers de son pays et, dans leur compagnie, avec un peu de terre et d'eau, s'amusait à donner forme à des colombes qu'il envolait vers les oliviers du ciel.

Celui qui n'avait que la compagnie du singe qu'il réchauffait sous sa tunique de laine, recherchait à la fois sa nourrice et sa mère. J'aurais voulu entrer dans leurs jeux et plus encore dans leurs errances. La nuit, l'un et l'autre m'accompagnaient dans d'interminables promenades et, le sommeil aidant, il m'arrivait de les perdre dans les bois du clair de lune.

Dans ces jours-là, à la place de Prichard, il y eut le père Fagot, un petit vieillard à moustaches grises et casquette à visière, que je vis cauteleux devant Jaladon. Il avait travaillé aux abattoirs de la Villette à laver des boyaux et des testicules de taureaux.

J'aurais voulu lui témoigner du respect, de la déférence, mais je le trouvai si crapuleusement bas devant notre grande gueule, que je le laissai à ses mines finaudes et à ses vantardises.

Dans le même temps — premiers frimas en vue —, je m'approchai de Radio-Bouillotte qui veillait à nous les bien chauffer sur une sorte de casier électrique. Il ne refusait ni la pièce ni la cigarette, cela fait, vous pouviez aller vous divertir dans la salle de jeux, personne ne viendrait mettre sa bouteille à la place de la vôtre.

Il nous la fallait très chaude, octobre venu, pour nous rendre à la cure. Les pieds dessus, il m'était facile de regarder monter le jour dans le matin brumeux quand les corbeaux, par bandes, s'éployaient juste au-dessus des arbres avec des croassements qui me frissonnaient.

Le nez d'un employé du gaz qui aurait trop bu des décennies durant, la bouche à la moue, des yeux de chien battu, un peu courbé dans une ample blouse grise, Radio-Bouillotte, comme Vérelst, mais d'autre façon, faisait le point pour ce qui le concernait et regardait la France et le monde. Il était au courant des derniers développements du conflit qui opposait Allemands et Japonais au reste de la planète. Il vaticinait. Quand un loustic essayait de lui faire perdre le fil d'un débit uniforme et d'un discours univoque, il laissait passer une sorte de silence et renvoyait le téméraire à ses chats. Dans les grands jours, quand les Allemands avaient oublié d'être les plus forts ou que les commandos alliés s'étaient montrés sublimes, il prophétisait et donnait à entendre que Staline les avait tous dans sa poche et que lui seul (le moment venu, quand la farce serait jouée, sinistre farce au demeurant), saurait tirer les marrons du feu et les faire danser entre ses mains de fer. Je croyais entendre Olivier.

Chaque matin, avant de monter en cure, on pouvait prendre une leçon d'histoire ancienne et contemporaine auprès d'un homme qui, parfois, s'en voulait de parler devant des ignorants et des abrutis.

Je l'aimais bien Radio-Bouillotte, surtout quand ma bouteille était chaude et que cela, sur la cure, mussé sur ma chaise longue, me permettait de lire et de rêver.

3

Vers la fin octobre, je fus abordé par un homme d'une rare distinction avec des manières et des paroles qui pouvaient passer pour précieuses. Son vêtement le distinguait aussi, encore qu'il fût celui de tous, mais du tricot à col roulé, jusqu'aux chaussures italiennes à boucles de cuivre, quelque chose s'en dégageait comme une légèreté des plus agréables.

Il se nomma : Jérôme Dangelo. Le teint mat, les yeux profonds, une calvitie naissante, en d'autres temps il eût évoqué un prince de la Renaissance. Sur le coup, je n'y pensai pas.

Je l'avais déjà vu se promenant dans le parc avec des amis de son bord. Ils formaient à la Musse une sorte d'aristocratie qui les tenait à l'écart.

Il me demanda si je voulais faire du théâtre. Du théâtre, grands dieux ! Je n'avais de ma vie caressé l'idée bouffonne de monter sur les planches ! Je n'avais ni le physique ni le goût de me donner en spectacle. C'était tout le contraire. Je demandai à réfléchir. Il reviendrait le lendemain chercher une réponse qu'il espérait positive.

Déjà à l'époque, le théâtre ne m'était pas inconnu. J'avais lu et relu *Iphigénie, Britannicus, Le Cid,* presque tout Molière et tout Coppée, sans oublier *Ruy Blas, Lucrèce Borgia, Chatterton, Lorenzaccio.* Je savais quelque chose de Claudel, de Salacrou et de Montherlant. Ce beau savoir cachait mal une ignorance que je ne cherchais d'ailleurs pas à dissimuler.

Je parlai à Vérelst et à M. Duxin de ce projet de pièce. Quelle pièce ? Ils m'encouragèrent à répondre favorablement à la proposition de ce M. Dangelo. « Vous êtes trop jeune pour accepter cette claustration qui devrait encore être bien longue, dit M. Duxin. Cette activité arrive au bon moment et pourrait vous aider à garder le moral et qui sait ?... Vous vous découvrirez peut-être des talents cachés. Un Jean Marais ou un Louis Jourdan peut sommeiller en vous. On en a vu d'autres !... »

Il eut un rire déconcertant qui infirmait ce qu'il venait de dire. Vérelst qui semblait avoir son idée sur ce qui se passait dans certaines coulisses, ouvrit *L'Imitation* et me laissa entendre qu'il allait prier pour moi.

Je n'eus pas le loisir de consulter Marie. Je lui écrivis pour l'informer de ce qui m'arrivait et en quelle aventure je me voyais lancé à mon corps défendant. Je pensai qu'elle serait heureuse de me savoir en cothurnes, mais je rêvais de tunique, de toge, de rondache, de pavois. Gaulois, je défendais ma hutte ; Romain, j'accompagnais Germanicus jusqu'au cœur des ténèbres dans les pays d'au-delà du Rhin. Mon esprit n'arrêtait plus de me sublimer dans mes rôles. Partant de rien, je serais Talma, Frédéric Lemaître, mieux encore je serais Poquelin avec une Armande Béjart des plus chatouilleuses au lit. La cure n'était plus assez longue, ni assez profonde pour me réduire à mes exploits.

Informé de la métamorphose qui allait être mienne, Jaladon penché sur une souche de châtaignier dont il voulait faire un Œdipe, se mit à ricaner et à se moquer de mes airs godiches. A l'entendre, je n'étais pas même bon à soulever les jupes d'une bougresse pour aller voir s'il y faisait beau temps. « T'aurais fait mieux de rester dans ton pays de cochons. Tiens, montre-moi ta carte d'étranger ! Ici tu n'es rien d'autre. Comme les Russes, comme les juifs, mais après eux, car eux n'ont rien à voir avec des bouseux de ton espèce ! Le joli spectacle que nous allons voir ! Ce Dangelo n'est qu'un pédé de bas étage et toute sa clique prétentieuse ne vaut pas un maravédis les soirs de guinche à Saint-Sébastien... »

Je fus de la réunion dite d'information. Il s'y trouvait une vingtaine de personnes, compte tenu de quelques infirmières qui n'avaient pas ôté leur voile.

M. Dangelo prit la parole. Nous étions à deux mois de Noël. Nous avions le temps de monter un vrai spectacle et d'en donner plusieurs représentations. Il avait pensé au *Pasteur* de Sacha Guitry et à une pièce de Cocteau. Il se trouvait que « Jean » fût un ami. Marcel Achard et Marcel Pagnol méritaient aussi l'Olympe. Son choix s'était cependant porté sur *L'Etrange Rêve de M. Belette,* de Raymond Souplex, une œuvre qui avait tenu la rampe pendant plus d'une année dans une salle parisienne. Par lettre, l'auteur souhaita plein succès à « La Comédie de la Musse » qui s'en trouva fort honorée. « Pas une raison, dit M. Dangelo, de nous afficher en amateurs. » La pièce serait lue devant tous les interprètes et cette lecture serait suivie de répétitions. Quelques premières mains viendraient prendre nos mesures pour les costumes. Les décors seraient confiés au dénommé Alexandre, un nez d'artichaut, de parti pris rigolard, qui étalait sa bohème et sa gouaille montmartroise pour complaire aux dames : secrétaires, infirmières, etc. qui le portaient aux nues.

Ce furent des journées de haute voltige. De cure, il n'en était plus question, exception faite de la cure de silence sacro-sainte et, parce que sainte, tenue d'obligation.

Au cœur d'une comédie burlesque qui ne me fit pas même rire tant elle fut répétée et, pour ainsi dire, récrite, j'étais le lutin Sans-Souci. Un autre lutin me donnait la réplique et, parfois, se moquait de mon justaucorps. Je lui renvoyais la balle de belle façon et nos disputes babillardes parvenaient heureusement aux oreilles de M. Dangelo. Nous avions à paraître sur le devant de la scène, rideau baissé, pour suggérer quelque chose de ce qui allait suivre, mais sans trop dévoiler la marche des événements.

Avec Luc, mon cadet de deux ans, on s'amusait comme des fous derrière et devant le rideau que M. Dangelo manœuvrait comme un personnage. L'hilarité fut énorme quand nous vîmes de nos camarades se déguiser en femmes et puiser au fond de leur gorge des intonations tour à tour aristocratiques et faubouriennes. On ne se contint plus à l'heure des oripeaux : chapeaux, jupons, robes, vertugadins. Pas de faux-culs, encore que M. Dangelo exigeât des rondeurs et des poitrines éloquentes et cependant vergogneuses ! Une guitare, deux ou trois banjos soulignaient quelques reparties et le passage d'un tableau à un autre. J'étais aux anges. J'avais laissé ma timidité au vestiaire.

Je donnais un avis qu'on ne me demandait pas. Luc qui avait du caractère, sorte de poulbot mal léché, se moquait des protagonistes et batifolait tout le temps. Comme je tâchais de ne pas être en reste, nous nous faisions rappeler à l'ordre par

M. Dangelo qui entendait que nous fussions exemplaires. « Sans-Souci, criait-il, vous n'êtes pas au Grand-Guignol ! Soyez moins drôle, mais plus crédible. Vous jouez à contresens. Quand aurez-vous compris que je veux du naturel ?... Du naturel avant toute chose ! »

Verlaine avait écrit : « De la musique avant toute chose. » Je faisais le rapprochement et je riais sous cape.

Il nous arrivait de déjeuner sur scène. Pour nous, l'ordinaire de l'économe se trouvait très amélioré. Nous avions droit à des frites, à une côtelette, à du cidre bouché et du pain complet. Nous dévorions à belles dents. Les farces de Souplex nous mettaient en appétit.

Luc profitait de ces repas en l'air pour tâcher d'en apprendre sur mon compte. Il voulait surtout savoir si, selon son expression, j'avais « dérouillé ». Lui, à douze ans, rue Ordener, sous un porche et encore à la hauteur de l'entresol, s'était fait déniaiser par une fille comme ça ! Il levait le pouce de Néron pour me faire comprendre qu'il avait eu affaire à une autre Poppée.

Je le laissais courir la campagne. Pour rien au monde je ne lui aurais parlé de Marie. J'avais mes pudeurs. Je les ai encore. Je me suis toujours tenu loin des fanfarons et des mufles qui se vantent de succès imaginaires. J'estime qu'une alcôve doit être secrète et il m'arrive de juger sévèrement les bélîtres — genre Jaladon — qui se donnent en spectacle avec des hétaïres.

Dangelo était parfaitement incurieux de qui nous étions, en revanche, il entendait que nous portions de notre mieux une œuvrette à peine digne des caves et des greniers de Montmartre.

Elle eut un énorme succès. Bill vint avec sa femme et des amis. Il fit un discours en préface à nos exploits. Au troisième rang, devinant mon trac, la jolie Girod me gratifia de son plus beau sourire.

Il me revenait de saluer la salle, donc de m'exprimer le premier. Je m'avançai sur le proscenium la tête vide. Dans mon dos, on me souffla quelques mots de mon exorde. Je fus sauvé et, Luc enchaînant dans une pirouette, nous fûmes magnifiques !

Nous ne le savions pas, mais on nous le fit savoir dans des estouffades. Bravo ! était le mot qui revenait sans cesse. Vérelst profita de mon triomphe pour piquer une crise. Eugénius et Tibi, lui, ancien légionnaire, lui, jeune gouape au parler parigot, furent surpris en route vers Sodome comme le brigadier frappait les trois coups. Bill leur ordonna de décamper et menaça notre ami Vérelst de devoir aussi prendre la porte en cas de récidive. Se tournant vers moi, il fut lyrique : « Vous avez été sensationnel ! Le petit Luc aussi ! Vous avez bien mérité qu'on vous dorlote un peu... »

Il eut un sourire de connivence et s'éclipsa tandis qu'on m'apportait un bon café avec du sucre, du lait, de la confiture et des croissants.

Je n'avais encore jamais été traité de la sorte. La jolie Girod me félicita et, comme M. Duxin lui demandait de m'embrasser, elle me prit dans ses bras et me colla le rouge de ses lèvres sur les joues ce qui la fit rire. J'étais aux anges et le serais resté si Jaladon ne s'était arrangé pour me ramener sur terre. « Ce que vous avez fait, s'exclama-t-il, était minable. Même au patronage de Belleville on n'en voudrait pas de votre merde. Et toi, ah toi ! Tu peux dire que tu m'as fait rigoler avec ton bonnet à corne et tes allures de gonzesse ! Ma parole, tu te prends pour la Miss !... »

La reprise des cures me fut pénible. Sorti du

rêve de M. Belette, je ne savais plus que rôder dans le parc. L'ennui jouant sa partie, je pensai très fortement à abréger mon séjour. Les nouvelles de Radio-Bouillotte encore que je ne leur accordasse pas grand crédit, me portaient à craindre le pire. Pour notre augure, les Alliés n'allaient plus tarder à débarquer. Nous serions coupés de nos bases. Il pensait à Paris. Il me fallait rentrer chez nous tant que les trains roulaient encore.

Le 1er janvier, l'ordinaire de l'économe ne nous permit aucune dissipation. Ce fut un jour comme les autres, gris, froid, funèbre. Sur la cure, on s'entendait parler, on se voyait à peine. Certains juraient de devoir enfiler leurs perles à l'aveuglette. D'autres laissaient retomber le journal plein d'accidents, de crimes et de « terroristes ».

Pour garder cœur, il m'arrivait de relire les lettres de Marie. Celle du 5 octobre 1943 contenait des phrases bien consolatrices. « Quelle joie m'a procurée votre dernière lettre. Je remercie la Providence qui veille sur vous... Ainsi, l'on vous reverrait au printemps ! Mais vous faites des prouesses ! Cela ne m'étonne nullement. Ne vous avais-je pas dit que vous seriez un très bon malade, comme vous étiez un très bon élève ? Toutes mes félicitations et bon courage pour cet hiver qui s'annonce frisquet.

» Votre lettre si alerte, si gentille, si bien tournée, m'a fait un vrai plaisir. J'ai vu votre maman qui va bien et qui ne souffre plus de ses rhumatismes. Oui, la gendarmerie allemande a eu l'occasion de se rendre dans la maison de votre beau-frère à propos des lumières trop voyantes de la rue. Elle a regardé si l'aiguille du poste de T.S.F. n'était pas sur la radio anglaise. Votre père, apparemment, ne s'y connaissait pas. Le lendemain, ces messieurs sont revenus. Il n'y avait personne et l'affaire en est restée là. Il y a d'autres chats à fouetter. Ne vous inquiétez surtout de rien !

» Prochainement je vous enverrai du papier à lettres. Quand il y aura du pain d'épice, il sera pour vous. Le beurre est invisible à Vannes, mais votre maman a eu la gentillesse de m'offrir deux fois du bon lait crémeux. C'était une fête !... »

Vannes, le 28 décembre 1943.

Je veux vous remercier de votre bonne lettre reçue pour la Noël et de vos vœux bien arrivés ce matin. Maman qui est toujours très sensible à votre souvenir me prie de vous dire qu'elle ne vous oublie pas et que cette année soit la grande année pour tous ceux qui attendent la paix.

Quant à moi, j'ai été charmée par votre délicate pensée et vos vers m'ont beaucoup plu dans leur simplicité. Je vous dis merci de tout cœur en souhaitant très fort que vous sentiez bientôt par vous-même le parfum de ces bruyères que vous chantez. Mes compliments pour vos talents de lutin.

J'ai rencontré votre maman jeudi soir et elle pense déjà à trouver deux ou trois pièces plus aérées pour recevoir son cher grand. Elle a bien raison et nous allons essayer de l'aider car ce sera dur.

Savez-vous que le docteur Arradon ne pouvait imaginer comme il avait raison de vous dire que votre hémoptysie vous avait sauvé. J'ai un jeune cousin de votre âge qui est revenu chez lui avec un peu de fièvre, soi-disant fièvre de Malte, et maintenant il est perdu et n'a plus que deux ou trois jours à vivre : granulie, c'est-à-dire tuberculose généralisée ou phtisie galopante comme l'on disait autrefois.

Vous pouvez remercier le bon Dieu de vous avoir protégé malgré tout et de continuer à le faire.

Le temps est ici exceptionnellement doux et l'on ne s'en plaint pas. Vous non plus, surtout si vous continuez à manquer de chauffage. Bonne année à vous...

Février 1944.

... Je comprends qu'avec un régime pareil, vous trouviez dur de rester à la Musse. Mais, comme vous l'avez compris, la question du logement est aussi très importante. *Il ne faut pas songer* à retourner rue de Séné où il n'y a *ni air ni soleil.* Il est déjà très regrettable que votre famille doive y rester.

Restez calme, car il serait *fou* de revenir rue de Séné. Si la solution de l'appartement de votre sœur ou d'une autre chambre (que je n'ai pas trouvée), se présente, étant donné le régime alimentaire que vous m'avez décrit, il ne serait pas déraisonnable de revenir, à condition d'être absolument décidé à vivre la vie que vous menez à la Musse, j'entends levers et couchers réguliers, cures et promenades à heures fixes et un suivi médical indispensable.

Voilà une lettre bien sérieuse et trop pleine de conseils. Mais la question logement est préoccupante.

Je vous laisse car il se fait tard. Je pense bien à vous et voudrais tant que tout se tourne au mieux. Je prie aussi bien pour vous la petite sainte Thérèse en qui j'ai tant confiance...

Ainsi, Marie était retournée au cachot. Elle avait pu se rendre mieux compte de notre dénuement et s'affoler de notre gueuserie. Sa phrase : « Il ne faut pas songer à retourner rue de Séné », sonnait à mes oreilles comme une interdiction majeure. Pourtant, j'étais décidé à m'échapper d'un lazaret dont j'éventais jour après jour les moyens dérisoires, la précarité et l'absurdité des soins.

Je n'en pouvais plus de purées de carottes et ne supportais plus les sarcasmes de Jaladon. Les bouillottes aussi se voulaient de moins en moins chaudes. Même le charmant sourire de l'infirmière ne parvenait plus à me redresser le moral.

Je demandai à être reçu par les docteurs Huon et Bocquet, mais avant que de me rendre à leur cabinet, je poussai la porte de la chapelle et m'abîmai devant la loupiote à clignotements d'huile de l'autel et demandai à Dieu de revenir aux sacrements et à la petite Thérèse, qui semblait me sourire, que l'hostie consacrée eût ce parfum de roses qu'elle effeuille interminablement.

Pour avoir lu l'*Histoire d'une âme,* j'avais appris à la mieux connaître. Cet ouvrage — je ne l'ai su que plus tard — n'était pas tronqué, mais amputé du meilleur. C'était encore le temps où l'on désirait plonger l'enfant des Buissonnets dans un bain de caramel. A Saint-Sulpice, par le livre notamment, on cherchait avant tout à édifier. Les roses de ces gens-là se voulaient sans épines. Il nous fallait une petite sœur aimante, souffrante, touchante, qui eût des baumes pour nous guérir le corps et l'âme. Dans cette perspective, nous nous en tenions à la douceur de son regard et de son sourire et aux sucreries d'une existence sans heurts, sans guerre, tout offerte à notre Père qui est au ciel. Cela paraissait alors de nature à nous apaiser, à nous aider à triompher de nos doutes et de nos angoisses.

Justement, le doute et l'angoisse furent le pain

partagé, le pain quotidien d'une recluse qui en arrivait à se demander ce qu'elle faisait dans sa clôture. Ce fut d'elle que j'appris à la voir différente de l'image que nous en donnaient ses hagiographes et ses thuriféraires. Je sus bientôt qu'elle avait aimé, d'un cœur innombrable, et souvent au milieu de la nuit et de la ténèbre, le Dieu d'amour, le Verbe Amour et qu'elle avait tourné son regard humide de larmes et de lumière vers la Vierge Marie, mère de Jésus et reine des Anges.

J'appris avec stupéfaction non seulement qu'elle avait douté, mais qu'elle avait perdu la foi. Six mois et plus de sa courte vie, elle tourmenta le trou noir de sa réclusion spirituelle jusqu'à le comparer à un tunnel dont on ne voit pas le bout.

Je doutai avec elle, je pleurai avec elle, et je m'émerveillai de la voir recouvrer sur son lit d'agonie le poignant bonheur des âmes exaucées.

Certain dimanche, porté par son livre et ses poésies, je m'avançai vers la Table sainte où je reçus le Christ, présence réelle, sous l'apparence d'un peu de pain. Comme j'avais demandé l'impossible, je le reçus et je respirai le parfum célestiel des roses en leurs remous. Je fus à ce point surpris, que je cherchai quelle main pieuse en avait orné le tabernacle, mais ne vis pas une fleur dans l'humble sanctuaire d'où je sortis une flamme dans les yeux.

Elle s'y trouve toujours. Certes, je ne prétends pas avoir suivi le droit chemin et m'avoir échappé au point d'être exemplaire. Mes colères, mes refus, mes enthousiasmes eux-mêmes, ont fait de moi quelqu'un qu'on aborde difficilement et qui passe pour n'être pas abordable. Mon intransigeance est totale. Ma volonté de me prouver à moi-même que je vaux mieux que moi-même, me conduit souvent aux excès. Mes paroles peuvent être méchantes et mes dédains blessants. Pourtant, je me rends cette justice, je n'ai vécu, je n'ai écrit que pour aimer. Mais que l'amour est un rude métier d'homme ! Comme sa pratique est laborieuse, balbutiante, déroutante et souvent caricaturale ! Il m'arrive d'être odieux dans les exercices de la charité même. Que serais-je devenu si je n'avais rencontré à la Musse une jeune carmélite morte du mal dont je souffrais et qui disait : « Je souffre beaucoup, mais est-ce que je souffre bien ? Voilà !... » Ce voilà sous-entend la part qu'il faut accorder à notre pauvre condition.

Si je n'avais rencontré Thérèse, non pas au carmel, mais au sana, je fusse devenu pareil à ceux qui faisaient le grillage pour aller s'esbaudir à Saint-Sébastien avec des filles qui n'avaient pas même la joie. Je me savais avec des dispositions pour la débauche, l'agitation et la médiocrité. C'est à ma foi que je dois d'être resté l'enfant du Parc-Lann à qui sa mère parle des pastorales évangéliques. Qu'elle était douce, maman, quand, à la manière de la Vierge, elle recevait le corps crucifié de Jésus sur ses genoux de paysanne ! Je n'ai jamais vu Pietà plus touchante. La vieille tante, dans ces moments-là, pouvait être fière de sa nièce qui savait devoir beaucoup prier pour ses enfants et surtout pour celui dont la couturière disait qu'il était sur une mauvaise pente.

Cette pente, j'ai mis une vie à la vouloir remonter. J'ai voulu construire ce bonheur dont Claudel dit qu'il est notre devoir et notre patrimoine. Comme on bâtit sa maison, je me suis essayé à me rendre heureux au milieu des miens. J'ai peut-être cherché la gloire. Dieu merci, je ne l'ai pas obtenue. Elle eût été plus difficile à porter que la couronne d'un roi.

Le docteur Huon, grave et mystérieux derrière

son bureau, me dit en préambule et sans m'avoir ausculté : « Vous n'êtes pas guéri. Il vous faut encore un an de soins. Ce serait une erreur de vous éloigner maintenant. Je m'y oppose, mais le docteur Bocquet sera peut-être d'un avis différent.

— Mes dernières radios, docteur ?

— Elles sont excellentes. Les différents examens auxquels nous avons procédé laissent percer un mieux. Ce mieux demande, exige, la poursuite du traitement... »

Avec la rondeur joviale d'un valet de comédie, le docteur Bocquet m'exprima sa satisfaction. A l'entendre, j'étais en bonne forme et apte à reprendre mes études dans un proche avenir. « Je ne m'oppose pas à ce que vous rentriez chez vous. Avec du repos et une bonne nourriture, dans deux ou trois mois vous serez tiré d'affaire... »

Pour une fois, je trouvai Bill plus compréhensif et, disons le mot : plus humain. Ma décision de partir aurait déjà été prise si Marie ne m'avait écrit de temporiser. D'une lettre de fin janvier 1944 j'extrais ces quelques lignes : « Voici que j'ai reçu à midi la visite de votre maman avec son beau costume de velours des dimanches. Nous avons bavardé. Il paraîtrait que vous songez à devancer le mois de mars pour "l'envol de l'oiseau". C'est tentant si le médecin vous y autorise et même vous le conseille, mais serait-ce raisonnable ? Nous avons parlé sérieusement avec votre mère. Deux questions se posent : celle du logement et celle des réquisitions d'hommes. Jeudi dernier, les soldats de police de l'occupation arrêtaient à Vannes tous ceux qui se trouvaient dans les rues. Furent retenus définitivement cent cinquante d'entre eux dont l'archiviste, quarante ans environ, marié et rachitique. Ils sont partis pour Groix, c'est-à-dire pour une île où le ravitaillement est à proprement parler impossible... L'émotion a été grande et l'atmosphère reste pesante à Vannes.

» Je comprends que vous préféreriez être auprès des vôtres en cas d'"événements", mais votre santé importe plus que tout et vous serez le premier à penser que pour rien au monde vous ne devez retourner dans une pièce sans air et sans soleil. Un peu de patience... Soyez assez raisonnable pour aller jusqu'au bout du traitement prescrit. Vous l'avez été tellement jusqu'ici... »

Ainsi, mon retour chez nous ne dépendait pas uniquement de mon état de santé, mais de l'insalubrité de notre taudis. J'enrageais d'autant plus que, lettre après lettre, Marie me laissait entendre que trouver un autre logement c'était aller vers d'étranges déconvenues.

Un grand hiver de neige s'abattit sur nous et m'incita à la patience. Sur la cure, on regardait interminablement descendre du ciel la laine blanche et légère des agneaux sans tache. Le pays tout entier retint ses bruits. On n'entendit plus, de quinze jours, le marteau sur l'enclume du forgeron de Saint-Sébastien. C'était, comme au commencement du monde, des chuchotis, des épeurements d'oiseaux, une trompe de brume invitant les êtres et les choses à la dérive glaciaire. Vérelst relevait des températures boréales. Le matin, au réveil, torse nu sur le bord de la fenêtre, il soignait son poumon malade en se passant sur le cou, la poitrine et les bras une « poudreuse » où piquaient des aiguilles de glace.

Il était bien triste de me voir avec cette idée de partir. Je lui fis le serment de lui trouver du travail à Vannes et de l'arracher à tous les Bill de la terre[1]. Dans cette perspective, il me fit parler de la Bretagne qu'il ne connaissait pas et se paya le culot de rabrouer Jaladon qui me cherchait. Pendant ce temps, comme mis entre parenthèses, M. Duxin, plus taiseux que jamais se roulait la cigarette de l'indifférence. Sa seule crainte : que je fusse remplacé par un énergumène.

La petite Girod se moqua de mes préparatifs et s'éclipsa au moment des adieux. Ils furent des plus brefs. Je montai dans un vieux gazogène et me fis une place au milieu d'une vingtaine de camarades sortants comme moi, ou permissionnaires. Tous parlaient de Paris, de femmes, du plaisir qui les attendait chez eux ou sous les porches et les escaliers de la capitale. En gare d'Evreux, entre les rails en perte de congères, j'eus enfin le sentiment que je venais de tourner une des pages les plus sombres de ma vie.

1. J'ai tenu parole. Henri Véralat est venu à Vannes, a travaillé au grand séminaire en tant qu'ouvrier d'entretien et s'est marié à Vannes en 1946. *(N.d.A.)*

IV

1

Je fus de retour au cachot pour mon dix-huitième anniversaire. On me reçut en fils prodigue. Notre père saigna le plus gros de ses lapins en mon honneur et rapporta de la coopérative assez de pommes de terre pour un bon ragoût. Maman se débrouilla pour obtenir un peu de beurre et du lait.

René, mon frère, m'apprit que la bonne Mathurine mettait toujours le peu qu'elle avait de côté à notre intention. Seulement, comme les vaches normandes, les vaches bretonnes se faisaient tirer le pis et rechignaient à vous remplir le seau. On eût dit que ces cabochardes désiraient travailler, elles aussi pour l'occupation.

Je retrouvai mon lit de coin et deux ou trois livres qui traînaient sur une planche. En mon absence, personne n'y avait touché. C'étaient *La Petite Fadette, Romain Kalbris* et *Robinson Crusoé.* Les relire fut l'affaire de deux ou trois jours. Ils me donnèrent faim d'autre chose que je ne pouvais m'offrir. Les libraires étaient d'ailleurs fâcheusement dépourvus. Chez l'un d'eux, je trouvai cependant un Sartre et *Terraqué,* de Guillevic. J'ignorais encore qu'un long compagnonnage allait me lier à l'enfant de Carnac. D'entrée de jeu, j'aimai les silex, les pierres pointues et tout le côté minéral de son inspiration. Il servit d'antidote à mes logorrhées personnelles.

Mes journées furent marquées par de longues siestes, des séances de lecture interminables et des promenades en ville ou vers la pointe des Emigrés. J'aimais l'odeur de notre golfe en ses salures incandescentes. Les mouettes criardes au-dessus des eaux ; les sinagots pêchant entre deux îles me faisaient rêver de partances fabuleuses.

Je me mussais dans les rochers pour n'effrayer pas même une mouche et j'étais récompensé de mon immobilité par la survenue d'un héron cendré ou d'un cormoran en capuchon noir que je savais être le plus habile pêcheur de l'endroit.

Les sternes jouaient de leurs ballets jusqu'à nidifier au milieu des vagues. Le flux recouvrait mes rêves ; le jusant les découvrait nus et l'étale m'endormait sur un sable roux, propriété de petits chèvres nacrés qui me venaient chatouiller l'oreille et s'épeuraient de ma rigidité.

Comme il me fallait trouver un logement pour ma convalescence, je rêvai d'un manoir perdu dans les bruyères, puis il me vint à l'esprit de résider en bord de mer, dans la bruyante compagnie des mouettes et des goélands.

Maman me dit qu'une simple habitation, des fleurs par-devant et un potager par-derrière, serait regardée comme miraculeuse du moment que j'y aurais de l'air, du soleil et ce peu de confort que Marie exigeait quand elle montait au cachot.

Quand le vent fraîchissait, je quittais à regret le silence de la grève et je retrouvais la route de Conleau avec le tohu-bohu des camions, des sidecars et les arbres de la Rabine avec ses promeneurs et ses jeux d'enfants.

Sur un banc de la promenade, un vieil homme

toujours plongé dans quelque lecture, m'intriguait. Je le saluai et lui demandai la permission de m'asseoir près de lui. Sa barbe blanche laissait voir un menton enfantin. Ses yeux bleus disaient la passion des grands espaces. Quand il me quitta, ce fut en poussant devant lui des béquilles qui lui dérangeaient les épaules autant que les jambes.

Je pris l'habitude de le saluer et de m'asseoir à son côté. En moins d'une semaine il voulut bien me dire qu'il avait fait plusieurs fois le tour du monde et que ses voyages lui avaient moins appris sur les hommes que ne l'avait fait Guez de Balzac dans ses *Lettres*.

Avec Balzac, son grand homme c'était l'entomologiste Fabre. Le reste de l'humanité lui était égale. Il vivait de belles pensées et de beaux insectes. Il mettait la fourmi très au-dessus de la tour Eiffel.

Il disait que dans la Création, seul, le mâle peut faire la roue.

« Pas chez les hommes, dis-je.

— Chez les hommes plus encore. Regardez un athlète ! Le Discobole ! Il faut être athénien ou scarabée. Les Germains qui nous aiment au point de vouloir nous défendre et nous protéger de nos amis anglo-américains, ont également fière allure. En tant qu'ancien officier mécanicien de la Royale, je ne mets rien au-dessus de l'*homo sapiens.* »

Il parlait ainsi, m'instruisait de ses goûts, portait Loti aux nues, tandis que je regardais passer des normaliennes que je n'osais aborder. Jeunes et jolies, elles me faisaient peur.

Après la trêve de Pâques, je retournai au collège histoire de serrer la main de quelques camarades et de m'entretenir avec quelques autres. A ma vue, la plupart d'entre eux s'éloignèrent ostensiblement — crainte des bacilles de Koch —, certains affichèrent une totale indifférence à mon endroit ; deux ou trois s'approchèrent et me demandèrent ce qui m'était arrivé. Ils se montrèrent à leur tour d'une raideur que je ne leur connaissais pas. J'étais sorti de leur sphère. A leurs yeux, je ne valais plus même la bagatelle de ma vie.

Je me fis la réflexion que pas un de ces messieurs, pas un seul, ne m'avais écrit pendant les trois longs trimestres que j'avais passés à la Musse. Ils m'avaient oublié, peut-être enterré. Ils étaient quittes de moi.

Que sont mes amis devenus
Que j'avais de si près tenus
Et tant aimés ?...

Ces vers de Rutebeuf me revinrent à l'esprit comme je déambulais dans les rues du vieux Vannes et que mes chères illusions s'en allaient au vent mauvais. Rues culottées comme des pipes ; le pavé glissant ; une haridelle au chariot du charbonnier ; une poissarde aux aguets dans un pertuis fangeux.

En marchant, il m'arrivait de composer des pièces tendres, élégiaques, dans la manière de Musset. Quand j'imitais Verlaine sans trop m'en rendre compte, je laissais passer de la solitude, du désenchantement et souvent du désespoir dans mes strophes. J'étais malheureux d'être jeune sans plus d'avenir. Qui me ferait confiance ? Qui m'engagerait fût-ce comme saute-ruisseau ? Allais-je comme Olivier traîner ma vie d'hôpital en maison de santé ?

Lorsque je revis Marie, tout, de nouveau, fut lumière dans mon âme. Sa bonté, ses délicatesses me touchaient au plus profond. Grâce à ses conseils, je repris mes études où je les avais laissées.

Je fus en butte à des tracasseries administratives de tous ordres. Le docteur Arradon dut plusieurs fois — en tant que médecin assermenté — me délivrer certificat sur certificat prouvant que je ne présentais aucun danger pour les autres. On eût dit que cela ne suffisait pas. On me parlait de loin. On ne recherchait pas ma compagnie. D'anciens condisciples rencontrés me tournaient le dos. La tuberculose faisait alors le vide autour du malade, même en voie de guérison, comme aujourd'hui le sida.

Je me retirai des groupes, puis je cessai de me rendre au collège pour rêver dans les bois de Limoges. Ils étaient peu profonds mais appareillés de manière à toujours ménager des surprises. C'était un calvaire dans les landes ; les ruines d'anciens domaines ; la découpure de la mer au bout d'une prairie. Je ramassais des pignes ; je rapportais des laiterons aux lapins de mon père ; surtout je rêvais ma vie, ma vie future, car je me savais appelé à vivre et à me battre sans passer par les lumières des grandes écoles.

Quand, de la bouche de sa mère, j'appris le mariage de Marie, je délaissai sieste et lecture pour rôder des journées entières. On me vit au Bondon, chez Françoise d'Amboise qu'on regarde comme une sainte ; au Parc-Lann où le bigarreautier jouait les vieux morts ; sur les bords de la Marle où je ne retrouvai ni les trois cailloux ni les trois libellules de mes anciens bonheurs. Le bonheur semblait à jamais évanoui. Marie partie au bras d'un époux riche et bien portant ! Qu'avais-je imaginé ? J'avais trop rêvé sur la cure de la Musse. Je m'étais bercé non de promesses, mais d'illusions. J'étais seul coupable. Marie, si bonne, si droite, si généreuse, si compatissante, ne m'avait jamais écrit un mot qui pût me laisser espérer quoi que ce fût. Il me fallait renoncer, la mort dans l'âme, aux extravagances de mon imaginaire.

Comme je passais par Plescop, je rencontrai Francis Mostade retour d'un séjour prolongé dans le maquis. Il m'apprit que le colonel Bourgoin et ses hommes se battaient à Saint-Marcel. Dans les bois de son héroïsme, lui n'avait rencontré que des gugusses.

Je lui rapportai ce qu'on disait en ville des maquisards et des miliciens farouchement opposés, mais pareillement cruels. Je lui narrai le tragique épisode de la mort d'une jeune fille, sous les yeux de ses parents, dans leur boutique de la rue Joseph-le-Brix. Elle n'avait jamais caché ses sentiments pronazis. Des inconnus sortis de quelque bois d'épines vinrent, en plein jour, l'abattre comme on tue une bête malfaisante. C'était à vous dégoûter d'être au monde. Un prêtre aussi, portant le bon Dieu à un moribond, fut drossé contre un talus et criblé de balles sous les yeux de son enfant de chœur.

De leur côté, les hommes de Darnand n'étaient pas en reste. Ils rapinaient, menaçaient, frappaient, violaient la mère et la fille, parfois la grand-mère et menaçaient de revenir pour le ravitaillement et la correction qu'on se doit d'infliger aux amis des Angles et des juifs. C'était comme au temps des grandes compagnies. Il suffisait d'avoir douze ou quinze énergumènes sous ses ordres pour se conduire avec l'impitoyable cruauté de qui « tombe de la médiocrité dans l'importance ».

Je ne cachai pas à Francis le dégoût que je portais à ces hommes pires que des loups qui, trop lâches pour s'en prendre aux Allemands, faisaient la guerre aux paysans, aux marchands, aux prêtres plus exposés par le ministère du sacerdoce, aux religieuses, recluses en leur état, mais compatissantes au point de donner refuge aux soldats blessés qu'elle que fût la couleur de leur uniforme. Même cette charité élémentaire n'était plus comprise. Tous ces gens de corde, je les voulais jeter à la mer dans le même sac !

Francis, qui poussait sa bicyclette par la selle, s'arrêtait pour allumer une cigarette et me regardait longuement comme pour me reconnaître.

« Le sana t'a changé, dit-il.

— Les bois me changeraient plus encore si j'avais la santé de me draper de feuillage. Oui, bien portant, je te suivrais de Camors à Colpo comme autrefois j'aurais accompagné Cadoudal et le roi de Bignan. Mais il me faut encore un lit pour dormir et mes nuits pour rêver. »

Il alla ranger son vélo chez l'institutrice, sa mère. J'entrevis de celle-ci l'auréole de cheveux gris par la fenêtre de la classe. Des voix d'enfants récitaient la litanie des tables de multiplication. Ces chiffres-là chantaient dans les bouches innocentes. Je pensai à Mme Le Boursicaut qui m'avait reçu, au même endroit, tout à fait effarée de mes cinq ans.

« Tu es trop jeune, mon petit bonhomme, me disait-elle. Ta maman va s'ennuyer de toi !

— Non, disait René de l'Assistance, il est costaud Marcel, il sait ses tables et il fait des *i* et des *o* aussi bien que moi !... »

Que de *i* triomphants je rapportai à ma mère en ces jours-là ! Comme cela était déjà loin ! Que de sang dans les sillons depuis cet âge tendre qui me permettait de voir la Vierge dans le ciel et des garous, partout les fourrés, à nuit tombante !

Au bout d'un moment Francis revint, son inséparable manteau de cuir négligemment jeté sur les épaules. Il avait la tête de quelqu'un qui ne veut voir que les belles choses de la vie. Ses yeux riaient et sa chevelure épaisse, d'un noir soutenu, le faisait ressembler à un prince italien de la Renaissance. Prince, il l'était. Jamais une attitude équivoque, jamais un mot blessant, rien qu'un immense amour de la vie !

Nous traversâmes le bourg à peu près désert. Un moutard jouait en pleine rue ; la femme Ropert rentrait ses vaches ; un chien traînait derrière les buissons et traversait la chaussée pour aller voir dans les jardins si la soupe de son cousin briard avait été tout avalée.

Dans sa forge, Emile battait son feu et décrochait du soufflet pour nous regarder passer. A croire qu'il voyait des revenants. Il répondit à notre salut le bras levé et s'en retourna à sa tâche.

Nous nous sommes assis sur le muretin de la chapelle de Saint-Amon. Nous admirâmes les grands ormes plus que le sanctuaire. Ici, pendant la retraite de confirmation, Juldas Laigo avait attrapé une grive têtue sur les œufs de son nid. Ici, mais à l'intérieur de l'oratoire, j'avais fumé ma première cigarette dans la compagnie de Corentin Loussouarn. Le paquet de gauloises, je l'avais volé chez Anna, ma marraine.

Francis rit aux éclats. Si gamin avec déjà tout ce vice ! Je lui avouai que j'avais remords de ce que j'avais fait et lui parlai de la Musse, et de Thérèse qui m'avait arraché à mes péchés.

Francis n'avait pas la foi. Il ne s'était jamais interrogé sur le mystère de l'Incarnation. Il avait grandi au milieu de ses frères, entre un père athée et une mère qui parlait du Créateur comme d'un horloger de génie. Avec Lui, l'hiver ou l'été, on était toujours à l'heure et il fallait l'être pour accueillir les écolières avec les pinsons du petit jour.

Je lui parlai de ma « conversion ». Mais ce n'en était pas une ! Je ne m'étais pas vraiment éloigné de l'Eglise. Comme il m'écoutait avec une sorte de fervente attention, je célébrai le Christ dans ses paraboles et dans sa Passion. Je fus impitoyable pour Caïphe et le Sanhédrin tout entier ; je rejetai Judas dans son forfait ; en revanche, je n'eus aucun blâme pour Ponce Pilate. Je m'étonnai qu'on fît dire dans le *Credo* : « A souffert sous Ponce Pilate... » C'est sous les principaux du Temple et par leur faute, qu'Il fut conduit au Golgotha !

Francis se mit à m'écouter passionnément. Je lui parlais de choses qu'il entendait pour la première fois. La salutation de l'ange à la Vierge lui arracha des larmes. Je le savais très sensible. J'eus bientôt dans l'idée de le vouloir convertir. J'y fusse sans doute parvenu si...

La route de Vannes s'ouvrit devant nous. Il décida de m'accompagner jusqu'au pont de Kerluherne. Il éprouvait le besoin d'entrer dans mon discours. Je me rends cette justice : dès cette époque, quand il était question de Dieu, il m'arrivait d'être éloquent. Aujourd'hui encore, j'irais jusqu'au blasphème (involontaire) pour amener un auditoire à partager mes visions cosmiques.

A Kerluherne, nous entrâmes dans le café des deux routes et fûmes accueillis sans empressement par une femme d'un certain âge qui nous demanda ce que nous faisions à vagabonder. Les Allemands arrêtaient pour moins que ça ! « C'est comme celui-ci », dit-elle. Elle désigna une sorte de vieux gamin qui gesticulait dans le coin le plus sombre du débit. « C'est chez moi qu'il vient boire sa pension. En huit jours c'est chose faite ! Plus d'argent, plus de vin ! Il retourne aux grands chemins comme les jacques et les pouilleux d'autrefois... Si c'est pas honteux... »

L'homme comprit qu'on parlait de lui. Il nous fit signe de le venir rejoindre et commanda une bouteille de rhum. La tenancière fit des difficultés pour l'aller chercher à la cave. L'inconnu de la plaindre et d'en rire. Elle n'avait plus d'homme pour la réconforter au lit et lui gagner son pain qu'elle mangeait sur le vin des autres. Aucun mal à ça, mais de la gaieté et du bon accueil, milledioux, et pas toujours cette tête d'enterrement pour le pape Benoît et Lucia, sa logeuse !

On but avec gravité. Josic, tel était le nom du ladre, fit des commentaires sur ce qu'il appela « le goût de la finition ». Il avait encore assez de pécule pour s'ivrogner trois ou quatre jours et retourner à sa brousse. Il y mignotait une gourgandine qui criait telle une truie dès qu'on lui chatouillait la châtaigne.

« Venez me voir dans mes ronces, je vous y ferai un château ! On vous y servira du marcassin, arrosé de cervoise. Ah, mes bourgeois, si vous me connaissiez un peu mieux, vous sauriez que je suis la Résistance à moi tout seul ! Les Chleuhs ont strangulé mes Guenièvres, mes Vivianes et toutes les salopes de leur suite, mais jamais, jamais, ils n'ont pu mettre la main sur Josic de la Serpe, qui tient quartiers de lune et de noblesse au large des combineries de ce siècle affreux ! Il m'arrive, du haut d'un chêne, de prendre le monde visible et invisible dans le tablier de notre débitante. J'ai joué les tours de Satann goz à tous les Allemands de la terre et pas mal d'autres tours à des girouettes qui m'ont tendu des pièges dans le Val-sans-Retour. Pas si bête ! Je les ai éventés, je les ai démunis. Tel que vous me voyez devant vous, jeunes gens de bonnes familles, j'ai tué plus d'hommes que de fourmis. A la vôtre de santé !... »

Francis riait comme d'une bonne blague. Le légendaire breton ne lui collant que modérément à la peau, il n'était que plus à l'aise pour se moquer de notre Merlin. Celui-ci, ayant bu, voulut boire. Après le rhum, il prétendit se faire servir de la « pisse de Belzéboul ». Elle arriva sous les apparences d'une piquette jaillissante comme du champagne.

« Ah, mes bourgeois ! Quand je prends la belle femme dans la chapelle de sa grange, il faut voir la bougie que j'allume ! Un cierge, oui ! En pleine nuit, on y voit très clair ! Je les allume toutes avec mon bambin ! Qu'elles se mettent à le vouloir cajoler ; à le caresser à la rebrousse ; à me le pourlécher d'importance d'une langue qui peut à la fois le bien et le mal. Quand la robe a été soulevée et que voici les fesses, quelle priapée, mes bourgeois, quelle sentence folle et quelles souquées ! Je suis des heures durant un homme à la dérive, quand brusquement, arrive le moment de la remontée à la surface et de la punition. Je leur en donne du bois vert en veux-tu en voilà et du bois d'autre sorte, qu'elles brament comme les biches au temps des chaleurs ! Faut avoir participé à ces jeux-là pour écarter la maldonne de la manille. Ah, jeunesse que vous êtes ! Jeunes qui ne savez rien de la culotte d'une bougresse et du panache qu'elle vous fait au clair de lune ! Quand donc vous réveillerez-vous à la fin ?... »

Nous étions sous le charme du fabulateur. Francis qui avait du pécule et qui voulait d'autres détails, se fit apporter une bouteille de muscadet. On porta des toasts à la rabouilleuse, aux éléphants d'Annibal, à la putain d'Holopherne et aux couilles du Grand Cyrus.

« Faut pas oublier nos précédents, disait Josic. Ils ont acquis le droit de nous occuper l'esprit nuit et jour. Moi qui vous parle, j'aime la veuve du pauvre Scarron et sa parcheminette ! Et la princesse de Lamballe. Pourquoi la stranguler parfaitement ? Il ne faut frapper une femme qu'après l'avoir souquée ! Que vos intentions soient pures, jeunes gens, quand vous vous mêlez de vouloir coucher avec la bonne du recteur. Celle-là n'a pas de culotte quand elle grimpe au cerisier du presbytère. Le brouteur de bréviaire finit par s'en apercevoir et lui fait pénitence dans un bénitier. »

Francis se tenait les côtes. Il se fit plus sérieux en prenant congé et, finalement, me raccompagna jusqu'à la Madeleine. Pour rentrer il passerait par le Bondon et Beaucoire.

Bien que l'ayant comparé à un prince de la Renaissance italienne, il me faisait plus encore penser à Meaulnes. Il y avait du grand élève un peu fugueur dans ses manières, et toujours plus d'audace dans les décisions qu'il voulait prendre. A défaut de carriole, il se glisserait dans un char de l'armée Leclerc et chercherait la jeune fille de ses rêves les plus fous chez la Lorelei des bords du Rhin.

Nous nous moquâmes une fois encore des fables de Josic et nous nous arrêtâmes pour nous dire au revoir. Au moment de notre séparation il m'embrassa et serra fortement mes deux mains dans les siennes.

Il était curieusement ému. Je ne l'étais pas moins. Pour faire diversion, il me dit préférer l'école buissonnière à celle des concours et des examens et rêver de mettre ses talents au service du Grand Horloger dont parlait sa mère. Sans l'arrivée des Allemands, il aurait fait un stage à Besançon pour s'initier aux mystères des mécanismes les plus délicats. A la fin des hostilités — et afin de ne pas perdre la main —, il se rabattrait sur la serrurerie et se mettrait à son compte.

« Avec une clef, dit-il, on ouvre tout, même ce que tu appelles les âmes. »

Il s'en fut et, d'un geste du bras, renouvela son au revoir. Ce fut un adieu. Dans les jours de la Libération j'apprendrai sa mort sous la torture, son corps enfoui dans une fosse.

C'est à son manteau de cuir qui ne le quittait jamais, que son père devra de l'identifier. Son frère Yves, passé maître dans l'art de faire dérailler les trains, disparut lui aussi dans les combats de notre délivrance. On en parla un peu entre les chars de Patton et les compagnons du colonel Bourgoin. Un peu, si peu que j'en pleure.

Les galons et les médailles allèrent aux grandes gueules, aux escrocs, aux « ouvriers » de la dernière heure qui prétendirent avoir supporté le plus grand soleil et n'avoir de leçons à recevoir de personne.

Des années plus tard, à Vannes, place de l'Hôtel-de-Ville, je reverrai leur admirable mère et je n'aurai pas trop de mon respect et de ma mémoire pour lui essuyer les larmes et, de nouveau, pleurer sur son épaule.

2

Dans les journées qui furent celles du débarquement des armées alliées sur les plages normandes à moins de vingt lieues de la Musse, je fis un rêve. J'étais avec Josic qui me parlait de Francis et des risques par lui encourus. Ce fut de nuit qu'il m'entraîna vers ses landes. Il me facilitait les choses, détournait une ronce, écartait une branche, appuyait sur les fils de fer barbelés afin de me permettre de passer d'une parcelle dans une autre. Lui, semblait se jouer des obstacles qui avaient été mis en place afin de séparer les terres de rapport de celles dont personne, jamais, ne revendiquera la propriété.

A un bruissement dans les buissons, à un glissement plus feutré dans les fougères, il reconnaissait un oiseau, une couleuvre, une fouine, une hermine — plutôt la mort que la souillure ! —, un de ces petits fauves qui redoutent les pièges des hommes et dorment dans l'espoir de mordre et la crainte d'être mordus.

Rien ne lui échappait de la qualité de l'air. De la lourdeur qui annonçait un orage. Ce serait un orage qui viendrait de la mer et déchaînerait de hautes houles dans les aulnes du bord de la rivière.

« Vois-tu, petit, ta mère a raison. La terre qui a

toujours été un état en dessous — celui de Caïn — est aujourd'hui un métier perdu. Le bon sens commanderait d'abandonner la charrue au bout du sillon et de prendre le train des putains pour Paris... »

Plus loin, plus tard — et sans que sa voix fût en contradiction avec elle-même —, il livrait la capitale aux marchands du Temple et riait des foules à fendre — pareilles à du bois mort —, qui y menaient des vies truquées.

« Dis-moi, petit, tu ne trouves pas que la nuit est heureuse dans les parages ? Si j'étais sûr qu'ils sauraient se débrouiller seuls, je lâcherais les marcassins pour te faire plaisir... Regarde la lune... On y voit la tête de ton ami...

— De Francis ?

— Si c'est là son nom, c'est lui ! Lui faudra faire très attention dans les bois où il n'y a jamais personne... »

Nous eûmes faim. Josic sortit une lampe de sa poche et des victuailles d'une musette de cuir qui pendait à son épaule. Sur un torchon de la grandeur d'un mouchoir et d'une propreté discutable, il étala du pain, du veau froid, de la saucisse. De son couteau à cran d'arrêt, il fit jaillir une lame à saigner une gore. Il signa — si l'on peut dire — la miche de pain de seigle, en coupa de larges tranches et m'invita à faire honneur au festin. La musette recelait encore une bouteille de vin. Ce fut à moi de lui remplir le verre, de lui servir d'échanson.

Comme il l'avait fait au pont de Kerluherne devant Francis, il parla de son « gazogène », de ses motos et surtout des princesses, druidesses et bougresses qui le suivaient en procession jusqu'à sa Joyeuseté. Il évoqua Brocéliande et les chemins que nous allions emprunter pour pénétrer, par la plus haute futaie, dans la clairière des enchantements où se réunissent, au solstice d'été, les saints et les héros.

De plus en plus disert, Josic m'entretint du roi Pêcheur et du château du Graal, bâtisse mystérieuse qui navigue au gré du temps et change d'aspect, soit qu'on y vienne en pèlerinage, soit qu'on y cherche un trésor qu'on sait enfoui entre deux étoiles.

Dans ce château brille une larme de la forme et de la profondeur d'un œil. Pour avoir le privilège de la contempler, il faut traverser des journées sèches, des saisons torrides avec des scarabées solaires en perte d'équilibre, et traverser d'immenses pièces désaffectées mais pleines d'embûches, où résonne encore le rire des idoles.

« Ecoute, petit...

— C'est l'orage qui se lève.

— Non, ce n'est pas l'orage. C'est le prince étranger qui promène sa meute et qui pleure ses morts. Celui-là ne nous perdra pas de vue et ne nous passera rien. Qu'il vienne de Germanie ou d'au-delà des mers, il voudra commander chez nous et nous asservir. Il a traversé toute notre histoire et, chaque fois que nous avons réussi à le bouter dehors, il est revenu moins intrépide, mais plus arrogant que jamais... »

Josic tranchait dans la tourte et sollicitait la bouteille. Plus d'échanson, mais une dame-jeanne inépuisable dont il ne voyait pas le fond.

« Regarde, petit.

— Je ne vois rien que la nuit. Rien d'autre que la pauvreté de mes parents. Je ne distingue même plus les aulnes du bord de la rivière.

— C'est par ta faute que tu es aveugle. Tu vas chercher dans les livres les secrets de la vie vivante. Ici, au royaume des fili[1], tu vas apprendre non plus à lire, mais à chanter. Il te faut entrer dans tes propres forces et boire de ton sang comme le fit Beaumanoir au combat des Trente. Il me faudrait t'adouber, mais je n'en ai pas le pouvoir. Défie-toi des fantômes flagellants et de cette femme qui t'appelle et qui sait ton nom. Elle lit ton nom dans les astres. Elle ne t'aime pas assez pour te fuir. Elle te fuit. Tu entends sa voix ? Elle sera à la fois ta perte et ton salut.

— Tu m'auras attiré dans un piège. Cette voix ne peut être que celle de maman. Ou bien encore celle de tante qui fut si malheureuse chez les petites sœurs.

— Rassure-toi, petit, calme-toi... Cette voix n'est que celle d'une célébrante qui organise des offices pour complaire au roi des aulnes et des débaucheries pour courtiser sa fille... »

Il revenait sans cesse à son appétit et, sans cesse, portait à sa bouche le vin de nos égarements.

Quand il me quitta, comme absorbé par la brume d'une aube inavouée, maman me dit que les Américains arrivaient et que la ville était sens dessus dessous. Je courus aux nouvelles. Elles étaient à la fois bonnes et affreuses. Elles me furent bonheur et honte. J'acclamai le premier G.I. entrevu et je vouai à la hache les justiciers de la dernière heure qui, jusqu'au bout, avaient courtisé l'occupant, courtisé et servi, et qui entendaient se refaire une virginité patriotique en dénonçant ici, en frappant là, en menaçant une population encore mal sortie des ténèbres.

Je reconnus plusieurs de mes anciens condisciples, vichyssois éhontés, admirateurs des forces hitlériennes, dans ce travail d'Apaches. Les plus

1. Apprentis poètes, chez les Celtes.

compromis étaient les plus zélés. Dans notre rue, les drapeaux tricolores qui se faisaient remarquer prenaient le vent des fenêtres les plus vassalement germanophiles.

Quand je vis maltraiter de vieux territoriaux qui s'étaient rendus sans combat, je crus bon d'intervenir. Je fus repoussé par la populace et traité de nazi. Une dame me toucha l'épaule et me dit : « Taisez-vous, pour l'amour de Dieu ! Ils seraient capables de vous lyncher !... »

Mon indignation fut à son comble lorsque je vis Lili, presque nue, aux mains de patriotes avinés qui la voulaient forcer devant une troupe d'enfants. Là encore je criai : Halte ! Là encore, je fus rappelé à l'ordre sans aménité.

Elles étaient des dizaines de femmes tondues, dépoitraillées, jetées en pâture aux petits fauves de la défaite qui retrouvaient de la témérité, quatre ans plus tard, en s'attaquant à des malheureuses. La phrase qui paraissait les vouloir condamner : « Elles ont vendu des patriotes aux Boches... » Cela était loin d'être prouvé. Dans l'affirmative, il eût été bon de les arrêter et de les déférer devant la justice. Cette Saint-Barthélemy suivie de journées dignes des septembriseurs ne me disait rien qui vaille. Les plus bas devant les maîtres d'hier se voulaient les redresseurs de torts d'aujourd'hui.

Dans notre rue, il y avait un dénommé Mahéo qui, jusqu'à la dernière heure, avait travaillé pour l'occupant. C'était une charogne infâme. Quand il vint demander des comptes à un brave homme qui valait mille fois mieux que lui, je lui lançai : « Des résistants comme toi, je leur crache à la gueule ! » Il ne cacha pas la joie que je venais de lui procurer. Il dit à la cantonade : « Ah, tu craches sur la Résistance ! Cela va te coûter très cher, mon petit monsieur !... »

Il s'en fut, des galons de lieutenant sur les épaules, suivi d'une garde populacière. Je le vouai à tous les diables.

Quelques heures plus tard, entouré de sa troupe, il frappa à la porte du cachot et me dit que j'étais arrêté et que je le devais suivre jusqu'à la place. Maman tint à m'accompagner. Nous fûmes reçus par des soldats de fraîche date et des officiers « qui savaient coudre ». On nous demanda d'attendre dans une sorte de salle de garde. Enfin, nous fûmes introduits auprès de celui qui détenait le pouvoir civil et militaire.

« On vous connaît, me dit-il, vous êtes une mauvaise tête. Vous auriez craché sur la Résistance...

— Comment l'aurais-je fait, mon commandant, quand elle incarne à mes yeux pour hier, espérance, pour aujourd'hui le salut. Je ne veux pas me donner le beau rôle, mais je n'ai pas attendu le débarquement allié pour être gaulliste. Déjà, en 1941...

— On ne vous demande pas d'être gaulliste, mais français. Le lieutenant Mahéo...

— Le sieur Mahéo travaillait avec les Boches il y a seulement trois jours. Il a joué la carte de la collaboration jusqu'à la fin. Il a profité de l'occupant, il s'est enrichi dans un commerce crapuleux. Je témoignerai contre cet homme si je suis dans l'obligation de le faire.

— Votre père...

— Mon père est un ancien combattant, trois fois blessé, médaillé militaire. Il n'a de leçons de patriotisme à recevoir de personne.

— Parlez-moi un ton au-dessous. Nous avons une lettre de dénonciation concernant votre sœur. Elle aurait vendu des patriotes.

— Cette lettre est sur votre bureau, mon commandant. J'en reconnais l'écriture et la reconnaîtrais parmi dix mille. Elle émane de mon beau-frère. De mon ex-beau-frère, devrais-je dire. Il est en divorce, ou divorcé d'avec notre Marie-Jo. Celui-là, mon commandant, vous pouvez le décorer. Il a fait une résistance très héroïque dans les bistrots de Vannes !

— Mais vous êtes le diable ?

— J'arrive du sanatorium, mon commandant. Là-bas, sur la cure, j'ai beaucoup pensé à ce jour. Je l'ai drapé de gloire et me voici devant vous comme un coupable. »

Se tournant vers ma mère, il dit d'un ton presque affable :

« Ce garçon est toujours comme ça ?

— Il est nerveux, monsieur l'officier, dit ma mère, mais il n'est pas méchant. Il a été très gravement malade. Il ne faut pas lui en vouloir car c'est un bon garçon et ce Mahéo qui nous fait du tort, je ne laverais pas sa chemise pour une fortune.

— Vous allez rentrer chez vous. On avisera. Cette affaire n'est pas terminée, mais... »

Nous fûmes dehors pour voir les pompiers barrer la rue du Roulage avec leurs autopompes. D'autres pompiers et policiers apportaient le drapeau à croix gammée dans la cour de la préfecture et hissaient le drapeau tricolore à sa place. On criait : « Vive de Gaulle ! » et plus encore : « Vive la France ! »

Des S.S.— uniforme noir et tête de mort — survinrent dans des camions précédés de chenillettes, armés jusqu'aux dents. L'officier qui commandait ce détachement, debout sur le marchepied du premier véhicule, cria dans un porte-voix :

« Je vous donne cinq minutes pour ouvrir le passage. Cinq minutes ! »

Alors les pompiers, les policiers et toutes les

âmes héroïques de notre bonne ville, de présenter les clefs de Calais. Le drapeau hitlérien fut de nouveau hissé au poteau d'infamie, les voitures rangées le long du trottoir et la route ouverte à tous ceux-là qui se débandaient.

Saoul d'héroïsme, je rentrai au cachot et m'allongeai pour une sieste qui n'a jamais pris fin. Je fus malade d'avoir été délivré par la chienlit. J'en voulais aux collabos-justiciers de leur volte-face et de l'aveuglement des nouveaux pouvoirs. Radio-Bouillotte n'avait pas tort quand il disait que la Libération ne serait pas Délivrance et Josic avait eu raison de dire à Francis de se défier des landes désertes.

Il s'ensuivit des bals sous la halle aux grains avec *La Marche de Souza* et les petits airs à la mode. Les jeunes filles des meilleures familles y coururent se faire dépuceler. Ce qui n'était pas permis avec l'occupant, fut encouragé avec l'Anglo-Américain. Après quatre longues années d'ordre moral, le temps semblait venu de jeter sa gourme et de s'étourdir à tue-fête. On y parvenait avec une telle facilité que je vis Lili au bras d'un Yankee, puis dans ceux d'un Néo-Zélandais. Après la tonte, la repousse des cheveux étant assurée, elle s'envola pour le Nevada avec sa dernière conquête.

Elisabeth aussi eut des ennuis et en aurait eu davantage, si des amis puissants, dont Pitche, n'étaient intervenus auprès des « patriotes ».

Justice immanente, le Mahéo crapulard faillit se tuer avec la moto qu'il avait « piquée » aux Chleuhs. Ce fut en unijambiste qu'il reparut dans notre rue toujours faraud, mais beaucoup moins flambard.

Un samedi, sur les Lices, je vis Josic tenant estrade. Il criait à ceux qui le voulaient bien écouter que les Allemands avaient violé et tué ses fiancées et qu'il réclamait des pouvoirs publics dommages-intérêts pour chacune d'elles. Il revint sur sa résistance en faits notoires. Il avait résisté au Poteau, au Pont-du-Loch, à Kerluherne, à Chanticoq, enfin partout où il se trouvait une bonne auberge pour l'accueillir.

On le regardait plus qu'on ne lui prêtait l'oreille. Il était impayable de verve, de comédie, de grimaceries. On goguenardisait de ses guenipes qu'il avait raccommodées dans les ajoncs, de sa tignasse roussâtre, de sa taille creuse et de ses longues jambes de sauterelle. Une âme charitable, comme il s'en trouve entre le tiers ordre et la congrégation, lui tendit une pièce de vingt sous. Elle fut rabrouée et renvoyée à ses bonnes œuvres et à son bon cœur avec des sarcasmes. Cet homme qui avait fait le Rif et qui avait été blessé par les Maures, ne tendait pas la main mais criait à l'opinion publique qu'il avait des droits sur elle et qu'il entendait qu'on ne passât pas ses femmes par pertes et profits.

M'ayant reconnu au milieu des badauds qui lui faisaient escorte, il voulut me payer une « lichette » que nous allâmes déguster dans un bistrot près de la poissonnerie. Une poissonnerie presque déserte. A croire que les sinagots ne sortaient plus leurs bateaux de rude écorce. Plus de homards, plus de langoustes, plus de rougets ni d'orphies, moins encore de tacauds, de bars, de lamproies ; rien que des crevettes grises, des anatifes, des bernicles et des moules pas seulement consommables, à ce que prétendaient les ménagères.

Josic commanda une bonne lambig, m'en offrit une autre, mais je me décidai pour un verre de cidre. Il manifesta sa surprise en m'enveloppant dans une sorte de compassion.

Ayant bu et rebu, la main posée sur mon épaule, il me jura à la vie à la mort jusqu'au Dernier Jugement. De manière à me conduire par la pensée à l'orée de Brocéliande, il s'étendit sur les lavandières de la Fontaine-au-Beurre qui clabaudaient comme des chiennes, mais interrompaient leurs querelles pour vous demander de leur venir en aide dans la tâche de mettre le linge à sécher sur les ronces.

Leurs bras nus et l'agrément d'un bijou de lune dans leur chevelure, ajoutaient une pointe d'insolite à leur terrible séduction. Bien qu'on sût à quoi s'en tenir sur leur commerce — en un tournemain ces *filgarces* d'un drap vous parfilaient un linceul ! — il arrivait cependant que des téméraires et des nigousses voulussent leur rendre service ou triompher de leurs enchantements. Le lendemain, à l'heure où l'alouette se bleuit d'azur et que le loriot jaune et noir dérange le sous-bois, on voyait au milieu d'une mare surnager le corps d'un malheureux, pansu, enflé, comme s'il avait passé la nuit à boire avec des ribaudes. Il fallait se mettre à plusieurs pour le sortir de ce mauvais pas, le déshabiller, le nettoyer et en faire un mort présentable à une famille plus surprise qu'éplorée et au recteur qui n'en finissait pas de faire des manières avant de donner sépulture chrétienne à la lamentable dépouille.

Josic riait entre les matrones et les anciens de la marine, sentencieux et bornés. Il était sans pitié pour les imbéciles qui font semblant de vivre au-dessus des doigts croisés et des sortilèges et de ne croire ni aux duz ni à leurs danseries. Quant à ceux qui prétendent que Merlin aurait été converti par saint Kado, il les aurait jetés aux molosses de la reine Guenièvre dont il reconnaissait la malice et la coquetterie.

En deux ou trois personnes, Merlin n'était pas mort, mais toujours chez lui dans son royaume de chênes et de fougères. S'il n'avait été là, les Allemands nous auraient tous pendus aux grands arbres.

Je le laissai à ses délires pour entrer à mon tour et à ma façon dans la forêt. Je n'arrêtais plus de noircir du papier. J'y puisais une grâce insigne et me défaisais de mes exercices avec une sorte d'entrain purificateur.

Je célébrais notre mère et le vieux pays — le très vieux pays de nos amours — dont Mme Féraud s'était tant et tant gaussée.

Dans la rue de ma chance brune
Il y a de l'herbe aux pavés
De l'encre de Chine à la lune
C'est un minable et vieux quartier
Où trône un marchand de fumée.

Je suis hilare en plein carême
J'ai trois amis mieux que des rois
J'ai trois amis pour mes trois peines
La solitude et le poème
Mon troisième ami n'est que moi.

Voici que me remonte à l'esprit quelque chose d'un chant que j'aurais voulu digne des amours de Ronsard ; des complaintes de Du Bellay ; des contemplations de Hugo ; des élégies de Lamartine ; des excentricités de Nerval ; des cabarets de Rimbaud et des estaminets de Verlaine. Ce dernier, je ne le séparais pas de Villon que j'avais « estudié » au sanatorium. Villon m'était frère. Il m'apparaissait comme un extraordinaire rhéteur avec le libre-aller, la tournure heureuse, le verbe vert, l'inspiration procédant de la rue et se gorgeant de ses sucs et de ses immondices. Je l'ai toujours regardé comme le premier et le plus grand poète français et si j'ai pleuré à ses misères, je me suis réjoui de ses exploits.

Frères humains qui après nous vivez
N'ayez les cœurs contre nous endurcis
Car si pitié de nous, pauvres avez
Dieu en aura plus tôt de vous, merci...

Il n'est pas question d'apprivoiser les loups qui « se vivent de vent » et le pôvre Villon tient sa place dans la horde, mais déjà quel beau parler français et qu'elle tinte magnifiquement notre langue dans l'œuvre de ce dévoyé qui s'arrache au bourreau et au gibet de Montfaucon par la grâce d'un rondeau et la beauté d'une ballade.

A trois siècles de distance, Verlaine lui est parent, cousin issu de germains, héritier sublime. Lélian, je l'ai tout de suite aimé jusque dans ses ivrogneries. Rue de Bel-Air, chez Mme Boulineau où j'avais pris une chambre, je m'essayais de l'imiter.

Verlaine ô vieux fou
Ton nom est si doux
Qu'il me fait pleurer...

Ils pouvaient toujours danser sous la halle et organiser des retraites aux flambeaux, chanter de leurs Marseillaises et jouer les pontifiants, j'étais entré dans la forêt gauloise sans esprit de retour. Tout m'y chuchotait plaisir, amour, ferveur. Je pris les arbres dans leur ensemble pour des compagnons. L'oisellerie en ses guilleris m'était musique. Les ruisselets et les rivières m'enchantaient et ce fut tout naturellement que je m'en retournai sur les bords de la Marle où j'avais laissé le meilleur de moi-même. Il me fallait redevenir l'enfant que j'avais été pour entendre la fée et lui voir le visage.

Je me lançai à la recherche d'un chêne porteur de gui. Je l'imaginais trapu de tronc avec des nœuds et des crevassures, des guirlandes de ronces vers le houppier et des liens de lierre du fourchon vers les hautes branches. Ce serait à son ombre et à son abri que je convoquerais les Muses car il me fallait bien passer par les poncifs de mon état pour y être à l'aise.

Je lus de mes exercices à ma mère et à quelques amis et les adressai à un certain Fernand d'Erèbe qui dirigeait une revue à Paris et qui, par une publicité dans *Les Nouvelles littéraires,* incitait les porte-lyre de France et de Navarre à lui faire tenir de leurs chefs-d'œuvre. Sa réponse me parvint en coup de foudre. Il aimait ma manière, mes audaces, ma liberté langagière, la musique de mes images. Il lui fallait me voir, me parler, et regrettait que je fusse breton, c'est-à-dire si éloigné de la capitale.

Après avoir sollicité quelque argent auprès de la mère d'un camarade, je sautai dans le train de Paris. Ma sœur Marie-Jo et ma sœur Geneviève m'attendaient à Montparnasse. Je fus heureux de les revoir. Nous nous embrassâmes pour le plaisir d'être ensemble et de penser aux parents.

Elles m'emmenèrent rue d'Aboukir où elles avaient une chambre que je partageai pendant trois ou quatre jours. Ce fut Geneviève qui me conduisit rue du Pont-Neuf, où Fernand d'Erèbe m'attendait.

C'était un petit homme réchappé par miracle des camps de la mort. Il avait tout du Levantin, y compris la faconde. Dès qu'il me vit, il s'empressa de me prendre les mains et de les serrer dans les siennes. Il paraissait me reconnaître et dit au bout d'un court laps de temps que j'étais bien l'homme de mes textes et que ceux-ci allaient être réunis et publiés par ses soins.

« Que je suis heureux de vous voir si jeune ! D'ordinaire, les jeunes poètes de province ont soixante ans et plus. Vous, pas davantage que...

— Je vais sur dix-neuf.

— A la bonne heure ! »

Il courut chercher sa femme, une opulente épouse des plus agréables, et me présenta avec des superlatifs. Au lieu d'être heureux, je fus gêné. Je savais ne pas mériter tant d'éloges. Je me repliai sans rompre le charme d'un entretien qui se poursuivit au restaurant.

Madame, dirigeant une maison de prêt-à-porter, fabriquait des canadiennes (imperméables, et fourrées de mouton). Je serais le représentant de la marque en Bretagne. Cela supposait du démarchage. Je promis de faire mon Tro-Breizh[1] et de donner satisfaction à la patronne.

D'Erèbe, n'était qu'un pseudonyme. Sous ce nom, l'homme que je jugeai providentiel, s'apprêtait à publier des « Contes idiots ». Ils l'étaient de toute évidence. J'en lus deux ou trois sur place, et abandonnai lâchement ma bouche au mensonge. Je fus déclaré compagnon de route. On allait publier un journal : *Volontés,* faire des conférences et monter ensemble, avec Pierre Hulin et quelques autres, à tous les créneaux culturels de Paris et de la France profonde.

Saoul de paroles et de promesses, je m'en fus avec ma sœur Geneviève au cimetière des Batignolles m'incliner sur la tombe de Verlaine. Il était là, pauvre Lélian plus que jamais, avec son fils

1. Autrefois, tour mystique des neuf évêchés bretons.

Georges qui avait fini chef de service au métropolitain.

Geneviève et moi déposâmes quelques violettes sur la tombe et je m'abîmai dans des prières qui me venaient du Père, du Fils, de l'Esprit et de la petite Thérèse de Lisieux. Je n'avais qu'une hâte : rentrer au cachot pour tenir Marie informée de la chance inouïe qui venait de m'être donnée.

Toujours la poésie a eu pour moi le visage abîmé de Verlaine, de cet homme qui s'en va vers son Dieu par la boue du chemin et le jurement du pavé. Valéry nous l'a dépeint farouche, fauchant d'une jambe récalcitrante et vacharde un trottoir trop étroit. Il y avait du forcené et du forçat dans ce prince qui entendait des violons parfois et parfois le chœur même des anges.

La poésie qui m'exaltait d'enthousiasme jusque dans ma vie la plus quotidienne, c'est ce souffle au-dessus des halliers, ce visage entrevu, ce cri qui pourrait aller percuter les étoiles. C'est cette faim qu'on ne peut satisfaire. C'est ce pain et c'est ce vin, cette communion sous les deux espèces, et c'est cette saoulerie, cette euphorie et cette souffrance qui vous permettent de rêver les yeux grands ouverts.

Plus qu'un art d'écrire des vers, c'est un art de vivre. C'est cette amitié, cette générosité, cette attention aux autres qui fait que nous allons vers eux avec ce que nous avons de meilleur en nous, étant entendu qu'ils nous offriront, par esprit de réciprocité, le plus authentique d'eux-mêmes. C'est une recherche exaspérante car jamais atteinte et une façon de regarder cette vieille terre comme si elle vibrait encore sous la salive monstrueuse de la Création.

Vouloir dire ce que c'est que la poésie est impossible. Certes, on ne manque pas de formules pour en évaluer la substance et en cerner le secret, mais force nous est de reconnaître qu'elle échappe à la formulation. C'est qu'il y a un mystère troublant et vieux comme le monde de la poésie. Soyons clair : après des siècles et des siècles de recherches, de spéculations, de travaux plus savants ou d'expériences plus avancées, on se demande toujours ce que le mot peut receler de ferveur, de grâce et de plénitude.

On ne s'interroge plus — si on l'a jamais fait — sur le roman, l'essai, l'histoire, la philosophie. Il y a des écoles et même des écoles supérieures qui dispensent un enseignement en ces matières. Il ne peut y avoir d'école de poésie car la chose en est si floue, si fluctuante que chercher à la définir serait prendre le risque de la réduire, à tout le moins de la mutiler.

En vérité, la poésie ne saurait être qu'un battement d'étoiles dans un ciel indéchiffrable.

3

La poésie nourrissant mal son homme et le placement des canadiennes se révélant des plus aléatoires, je dus chercher du travail. Au bout d'une attente de plusieurs semaines, je fus affecté au Service des réfugiés et des sinistrés qui fonctionnait rue de la Loi, dans les locaux que mes anciens condisciples avaient abandonnés pour réintégrer, rue Hoche, les bâtiments du collège Jules-Simon que la Kommandantur avait réquisitionnés en juin 1940.

Réfugiés et sinistrés de Lorient et de la périphérie étaient nombreux à Vannes, l'aviation alliée ayant dévasté la ville sans parvenir à détruire la base sous-marine, intacte sous sa carapace de béton.

J'entrai au bureau de Mme Bertic qui était une femme de caractère, ancienne directrice d'école, tout à fait au courant de ses compétences.

Elle m'accueillit sans chaleur excessive. Quand elle apprit que je m'adonnais au plaisir solitaire de la poésie, elle panacha à merveille moqueries et sarcasmes. Autour d'elle, on se mit à me regarder par-dessus l'épaule, comme quantité négligeable.

Cependant, dans ces jours-là, une certaine Denise, brunette d'une vingtaine d'années sut, par le velouté de son regard et la douceur de son sourire, ménager mon amour-propre. Ma reconnaissance fut telle, que je me mis à la contempler, à cristalliser à son sujet, à l'enchâsser dans le reliquaire que je savais avoir dans mon esprit.

Mon travail m'était indifférent. J'accomplissais sans plus de zèle, mais de mon mieux, ce qu'on me demandait de faire. Tant de bonne volonté plut à Mme Bertic qui en parla « au-dessus ». Mon malheur vint des vers que j'adressai à Denise qui en parla autour d'elle, et crut bon de faire circuler mon poulet. Ce fut un éclat de rire. Il est vrai que je comparais la pauvre fille à Clara d'Ellébeuse et à Cymodocée.

Encore qu'on ne sût pas qui était Clara d'Ellébeuse et qu'on n'eût que d'obscures lumières de Cymodocée, on me regarda comme un satyre et Mme Bertic releva, pour ma gouverne, des fautes de syntaxe et des hémistiches mal élidés dans mes strophes. Non seulement je chantais faux, mais je ne savais pas chanter. Je n'avais pas pris de cours de chant ! Je ne connaissais rien au métier des vers. Je n'étais qu'un petit prétentieux sans plus d'importance qu'une guigne.

Pour oublier ces gens-là, j'écrivis à Marie, à Fernand d'Erèbe qui manifestait toujours le désir de me publier et, enfourchant mon vélo, je retournai au pont de Kerluherne où Josic paraissait m'attendre. Nous bûmes et marchâmes longtemps dans une nuit saoule de ténèbres. Elle semblait refuser toute tendresse et se bloquait, par endroits, comme pour nous inciter à rebrousser chemin. Dieu merci, le ciel changea de cap et nous eûmes la récompense de quelques lueurs au levant.

Josic mit deux doigts dans sa bouche et siffla à

quatre reprises ainsi qu'on fait pour rappeler les chiens dépistés.

Une cornemuse sortit d'un fourré et une bombarbe suivit bientôt à la guillerette. Les deux musiciens se rejoignirent au milieu du sentier et Josic dit : « Ces lascars-là, je les connais !... »

Pendant quelques minutes le biniou étudia sa poche d'air, la fit tenir toute raidie sous son bras gauche et donna, à l'innocence, la mesure d'un jibidi. Un motif banal. Pas de quoi faire danser l'îlienne de Goby et les druidesses de mon mentor. Le talabardeur ne l'entendit pas de cette oreille et se mit à travailler le motif, à l'enrichir, à sonner au-dessus, toujours au-dessus, pour émoustiller la belle femme d'Olivier et de tous les vérolés de ma connaissance. Un air juste, ne demandant que deux doigts sur les canons de l'instrument ; un air rapide, plus rapide encore, à croire que Hans, le Chleuh, tourbillonnait dans les bras de Lili.

Josic me disait : « Ecoute ! » Il me disait aussi : « Regarde ! » Je ne voyais que le talabardeur qui nous entraînait vers une métairie et de là, vers une ferme, assise sur son fumier, dont je savais le sol de terre battue et la baratte auréolée de mouches.

« Vois-tu, petit, c'est ici que j'ai rencontré ta mère pour la première fois. Je la savais exacte à son travail et à l'office. J'aurais tant voulu qu'elle accepte de me regarder, de me sourire, mais dès que je m'approchais, elle s'envolait comme une fauvette. Petite qu'elle était, elle abattait un terrible ouvrage entre un maître toujours saoul qui cherchait à la pincer et une patronne qui, en cachette, lui payait ses coiffes et ses socques et lui octroyait bien trente francs par an pour le travail accompli et les services rendus... »

Il délirait, ce pauvre Josic. « Ta mère était belle et pure. A seize ans, c'était une petite personne accomplie. Belle et pure, et cet ivrogne toujours à essayer de la coincer entre la paille et la poutre ; croyant la tenir et la chiffonner ; mais elle, pure et vive, et toujours inspirée, primesautière et plus encore, d'enlever l'échelle du grenier à foin ou de passer à travers la muraille pour échapper à cette limace — cours toujours, mon bonhomme ! — et de courir au puits, au bûcher, aux étables ; jetant du grain à la volaille, mesurant l'avoine des chevaux ; ravaudant entre nuit et sommeil ; vive encore, preste aussi, le fuseau remplaçant l'aiguille ; filant une laine grasse, drue, presque pesante ; baissant la tête devant l'homme qui avait de la lambig dans les yeux et qui la désirait jusque dans le feu de la cheminée, même devant sa femme qui la soupçonnait — qui sait ? qui peut le dire ? — de provocation et de coquetterie. Vive et pure !... Au ruisseau dès l'aurore pour laver les chemises de celui-là qui n'aura jamais pris un bain. Dès l'aube, savonnant le ciel et le tordant et le rinçant et le mettant à bleuir au fond d'une lessiveuse... Si tu savais, petit, qui est ta mère ! Si nous savions seulement qui est notre mère, nos apprentissages de la vie seraient moins, beaucoup moins douloureux... »

Josic dérangea des canards qui sommeillaient sous un semoir et délogea d'une herse, qui faisait office de perchoir, des dindons qui partirent en allongeant le cou.

« Cette nuit, petit, commence par le commencement. Ta mère qui t'aime, qui t'a donné plus que la vie, tu ne sais rien d'elle. Tu dis : Maman ! et elle accourt. Tu dis : Maman ! et déjà elle tremble qu'il ne te soit arrivé quelque chose. Tu pleures pour qu'elle te caresse, pour qu'elle te prenne dans ses bras et pleure avec toi, mais entre nous, tu ne sais pas à qui tu as affaire. Tu ne sais rien ! Tu n'as aucune imagination lorsqu'il s'agit de ta mère. Tu ne sais pas à quelles épreuves, à quels stratagèmes une jeune servante de ce temps-là devait échapper pour que son garçon, vingt ans après, pût lui dire : Maman, ô maman !... »

A vouloir m'entretenir de maman avant qu'elle ne fût devenue ma mère, Josic perdait le souffle. Il me regardait de côté.

Pareille à du plomb fondu, l'aube sur la rivière me permettait d'apprécier son manège et de penser à mes devoirs. Je courais pour n'être jamais à l'heure aux rendez-vous de Mme Bertic. Celle-ci lasse de mes retards et de mes prétentions à la poésie, me céda à Mme Harel, jeune encore avec de belles jambes qu'elle croisait haut pour mon édification. Elle ouvrait grand la bouche pour que je pusse admirer ses canines d'or et cherchait les mots de la plus rare distinction pour les employer souvent à contresens. « Ainsi, me dit-elle, vous êtes poète ?... Qui vous a mis au rang des poètes ?... »

Le rang des poètes !... Je crus défuncter de honte et gardai le silence.

« Vous ne dites rien. Vous avez raison de ne rien dire. Voyez-vous, à votre âge, poète, on l'est tous ! Un de mes cousins qui n'a pas quinze ans, écrit comme un ange et la fille d'une amie qui vient juste d'entrer chez les sœurs du Mené, stupéfie ses maîtresses par les jolis vers qu'elle compose à propos de tout : l'anniversaire de la supérieure, la naissance d'un enfant dans une famille qu'elle connaît. Elle n'en tire, ma foi, aucune vanité. Je vous montrerai de sa manière... En attendant, voici des dossiers. Il y manque des pièces qu'il vous faut chercher dans les autres services et principalement dans celui de M. Bézard qui nous coiffe tous. Il vous faut être bien convenable avec lui. Il peut décider de votre avenir. »

Mon avenir ? Dans les mains du père Bézard ! Tout cela était d'une bouffonnerie à pleurer. Je passai la matinée à ne rien faire et, comme elle m'en faisait la remarque, je lui présentai ma démission. Elle se récria devant Mlle Le Scouézec qui avait un bon regard et Mlle Daniel qui, je le voyais bien, me prenait en pitié. Seule la jeune Jéhanno eut l'air de me dire : bon débarras !

« Mon petit Charles, me dit Mme Harel, il va falloir que vous acceptiez de n'être qu'un garçon de votre âge à qui l'on peut faire la leçon. Laissez-moi de côté toute cette gloire littéraire, et au travail ! »

Le père Bézard ne me vit pas fouiller dans ses paperasses sans agacement. C'était un homme grand, le front dégarni, le nez crochu, cerné de lunettes d'écaille, la bouche occupée d'un mégot, les oreilles larges et poilues. Il avait son franc-parler. Cela plaisait à ses amis quand ses adversaires se demandaient dans l'ombre ce qu'il avait bien pu fricoter à Paris sous l'occupation pour nous tomber dessus avec la victoire en chantant.

Il n'était pas là pour raconter sa vie, encore moins pour se justifier, mais pour envoyer de grands coups de gueule de droite et de gauche afin de réveiller ses gens et de faire aller les choses. On lui passait sa verve, sa verdeur, sa façon d'attraper la taille des filles et de leur frapper sur les fesses ; en revanche, on se demandait comment il pouvait tenir table ouverte dans les meilleurs restaurants de la ville de par les vertus de son traitement.

Il entendait fort bien ce qui se chuchotait dans son dos. Il y avait aussi des « mouches » qui le venaient renseigner. Il les écartait d'un geste péremptoire pour les écouter avec reconnaissance.

Ma jeunesse, ma politesse, ma réputation de soi-disant poète, l'indisposèrent à mon endroit. Pour m'impressionner sans doute, il ouvrait un dossier, le refermait avec fureur, jurait de n'avoir pas le temps, de n'avoir pas les pièces, de devoir faire des cabrioles pour voler au secours de gens qui avaient tout perdu par faute de guerre.

« Tu diras à la mère Harel de se manier l'cul. J'ai besoin de meubles dans les huit jours. Qu'elle ne vienne pas me dire qu'il y aura des retards de livraison. Les gens dont je m'occupe en ont marre de devoir dormir par terre avec les araignées et les rats. Si elle n'a pas ce qu'il faut, je lui en donnerai, moi, ce qu'il faut, qu'elle ira se plaindre au-dessus ! »

Les collègues de rire. Ah, ce Bézard, quel lapin, et qu'il était drôle dans ses simulées colères ! On applaudissait en catiminois.

« A propos, tu ne serais pas un peu le fils du grand Totor ? On me dit que tu fais rimer amours et toujours... A ton âge, j'étais plus dégourdi ! C'était pas dans le dictionnaire de rimes que j'allais chercher l'inspiration. Pas de danger ! Je sautais la pucelle, consentante ou pas, comme on ouvre son parapluie. J't'en foutrai, moi, du grand Totor ! »

Un matin, je fus appelé au-dessus et introduit dans un bureau derrière lequel se tenait un homme de grave sévérité. Il ôta ses lunettes pour me dévisager.

« Je viens d'être informé, me dit-il, de votre état de santé. Il n'y a pas même un an, vous étiez au sanatorium. J'aurais besoin d'être renseigné sur vous afin de pouvoir, le cas échéant, rassurer vos collègues. Je regrette que vous fassiez partie de notre personnel. Certains de ceux qui sont venus me voir à votre sujet ont peur de vous, de vous approcher. Beaucoup redoutent la contamination.

— Monsieur le directeur, je me permettrai de vous faire remarquer que dans les hôpitaux et les sanatoria, les docteurs et les infirmières échappent à toute contagion sans jamais fuir leurs malades. Mais je comprends vos craintes et vous ferai tenir un certificat médical du docteur Arradon.

— Ah, c'est le docteur Arradon qui vous soigne ?... Vous êtes en bonnes mains. C'est un excellent médecin de mes amis. Retournez à votre poste et ne dites rien de ceci à personne. »

Je n'en parlai qu'à Mme Harel qui m'indiqua la coupable dans la personne de la jeune Jéhanno qui m'accablait de gentillesse et de compliments et qui, parfois, m'offrait un fruit du jardin de ses parents et, parfois, une part de gâteau sorti de ses mains.

Ma joie, en fin de mois, était de pouvoir remettre un peu de mon pauvre argent à notre mère souvent bien démunie. Elle savait que j'aurais voulu continuer mes études mais des cœurs compatissants l'avaient mise en garde : « Tout donner à l'aîné qui, plus tard, ne regardera plus ses cadets ! Madame, il faut ce qu'il faut, mais pas trop n'en faut ! Cet enfant, aussi doué qu'il puisse être, doit rester dans sa famille et ne pas briguer une condition qui, de toute façon, n'est pas la sienne... »

Je me consolais du bureau et des avanies chaque jour plus nombreuses à mon endroit, le soir, chez Mme Boulineau, dans le silence d'une chambre qui permettait au chant de la remplir toute. Mon hôtesse, vieille dame très distinguée, m'apportait des fleurs de son jardin, des fleurs et des fruits, et s'émerveillait de me voir si studieux.

Quand je lui dis que j'allais publier un livre à Paris, elle prit un fauteuil pour me marquer une très grande satisfaction. Elle me demanda le titre de mon ouvrage. Je répondis : *Vers et Drogue.* Elle s'éloigna, satisfaite, et me bénissant.

J'étais très heureux chez Mme Boulineau. « Dans le silence du cabinet », comme dit Flaubert, je choisissais les mots comme le menuisier une planche et le maçon une pierre, je les appareillais, je les accordais moins pour leur signification que pour leur « signifiance ». Il me fallait obtenir de la magie et de la musique. Notre langue met à disposition des mots de très grande vertu. Ceux que je préférais alors — et encore aujourd'hui —, sont d'une simplicité charmante et d'une vibration vertigineuse : Dieu, ciel, terre, étoile, rivière (rivière plus que fleuve et ruisseau autant que rivière).

Ces monosyllabes dont Victor Hugo dit qu'ils sont à même de nous plonger dans les immensités, en appellent à d'autres vocables comme : femme, fleur, brise, neige, navire, nuage, visage, étant entendu que parmi les mots de la tribu, je n'en mets aucun au-dessus de *joie* et de *lumière.*

J'ai toujours écrit comme si j'avais mal au monde, comme si j'avais mal à ce monde qui se défigure dans chacun de ses enfants. Je sais qu'il y a des chants qui remontent à la Genèse et qui n'ont pas fini de vibrer très intensément dans les espaces. Il arrive qu'un Mozart, qu'un Dante, en saisisse quelque chose. On dit communément que c'est l'inspiration.

Beaucoup niée en cette fin de siècle, l'inspiration participe du Commencement. Sans l'Esprit qui nous souffle le froid et le chaud, le clown le plus désopilant tombe à plat, ce qu'avait très bien compris Max Jacob, orfèvre en la matière. En fait, tout poète digne de ce nom prétend écrire sous une dictée. « Ce que je fais de mieux, me dit un jour Guillevic, c'est quelqu'un qui le fait à ma place. » Agnon, l'écrivain israélien, répondait à ceux qui le venaient féliciter de son prix Nobel : « Gardez vos louanges pour l'Esprit qui a mis chaque mot dans ma bouche. »

Il m'arrivait aussi de me sentir dépassé par l'étranger qui travaillait en moi et qui, du paysan que j'étais, en faisait un prince. « Un prince en galoches », dira Xavier Grall.

Je n'éprouvais que plus de répugnance à replonger dans la bureaucratie du père Bézard. Il avait un acolyte au magasin (pièce immense et sombre, tapissée des denrées les plus rarissimes : chocolat, café, sucre, chicorée, savon, boîtes de conserve) qui s'appelait André Béjon. Un jour que Mme Harel par mon truchement, lui faisait demander je ne sais plus trop quoi, le téléphone sonna de l'autre côté de la cour. Il y courut en me disant : « Surveille tout ça, je te fouillerai à mon retour... » Il revint au bout d'un quart d'heure mais n'osa pas me faire les poches.

Quelques semaines plus tard, il fut arrêté. On trouva à son domicile ce qui avait complètement disparu des magasins vannetais.

Dans ces jours-là, je reçus deux cents exemplaires de *Vers et Drogue*. J'en déposai dans deux ou trois librairies et j'en offris, avec envois flatteurs, à Mme Bertic, Mme Harel, à Marie bien sûr, installée sur le bord du lac d'Annecy avec son époux.

D'un format très inattendu, l'ouvrage ne me plut guère, mais je pris un grand plaisir à me relire imprimé. C'était comme un second baptême, comme une nouvelle naissance. Je remerciai Fernand d'Erèbe qui me proposa d'organiser une conférence sur les poètes symbolistes et sur le plus célèbre d'entre eux : Paul Verlaine. Il viendrait à Vannes avec Pierre Hulin et, du même coup, me ferait connaître à mes compatriotes.

J'allai voir M. Loréal au collège Jules-Simon et j'obtins que les classes bachelières pussent assister à notre matinée littéraire. Même succès chez les filles. J'étais sûr d'avoir un auditoire nombreux. Il le fut au-delà de toute espérance. Nous nous retrouvâmes une bonne centaine dans le grand salon de l'hôtel de Bretagne. D'Erèbe étant en retard, Pierre Hulin et moi dûmes « meubler ». Il le fit en parlant de quelques célébrités parisiennes et moi en disant de mes vers. Nous obtînmes un joli succès que n'eut pas d'Erèbe qui se mit à vitrioler Zaporogues et pédagogues et à ne voir dans l'école que la fosse aux oubliettes de toute grande idée humaniste. C'est en faisant table rase de ce qu'enseignaient ces gens-là, que les poètes et les artistes de tout poil s'étaient toujours manifestés. Il en appela à Molière, La Fontaine, Hugo, Rimbaud. En fin de compte, il parla très peu de Verlaine et n'apprit rien à personne sur ce qu'on savait déjà du bonhomme. Il préférait nettement le bohème perdu de boisson à l'auteur de *Sagesse.* Il tint cependant à dire d'une voix nasale, assez désagréable, la complainte du pauvre Gaspard. Je ne l'ai pas oubliée.

Je suis venu, calme orphelin,
Riche de mes seuls yeux tranquilles,
Vers les hommes des grandes villes :
Ils ne m'ont pas trouvé malin.

A vingt ans un trouble nouveau,
Sous le nom d'amoureuses flammes,
M'a fait trouver belles les femmes :
Elles ne m'ont pas trouvé beau.

Bien que sans patrie et sans roi
Et très brave ne l'étant guère,
J'ai voulu mourir à la guerre :
La mort n'a pas voulu de moi.

Suis-je né trop tôt ou trop tard
Qu'est-ce que je fais en ce monde ?
O vous tous, ma peine est profonde :
Priez pour le pauvre Gaspard !

Ma réputation de soi-disant poète étant faite, le père Bézard me fit appeler. Quand je poussai la porte de son bureau, je vis mon livre sur sa table. J'attendis qu'il me demandât de prendre une chaise ce qu'il ne fit pas. Il me toisa, posa la main sur l'ouvrage et dit :

« C'est à ça que tu passes ton temps ? Alors, comme le sous-préfet aux champs, tu fais des vers ?... Et quels !... J'ai jeté un coup d'œil sur tes petites crottes... Pas même dignes d'un gosse du certificat d'études, mais avec des prétentions à l'obscurité qui seraient risibles si cela ne s'écrivait aux dépens du travail. Il te faut changer de manière ou prendre la porte. Il n'y a pas de place ici pour les trublions.

— Je n'ai rien troublé du tout. J'écris chez moi. Dès que j'ai quitté ces bureaux de merde, je suis libre !

— Bureaux de merde ?... Tu oses employer ce langage devant quelqu'un qui a plaidé ta cause au-dessus ? Tu n'es qu'un cafard de la dernière espèce. Ton compte est bon, tu vas monter dans la charrette.

— Je serai bien débarrassé de votre répugnante personne de collabo.

— Que veux-tu dire ?

— Que votre passé parisien...
— Tu vas me foutre le camp ! »
Je fus dehors. J'allai chercher mes affaires chez Mme Boulineau et rentrai au cachot de la rue de Séné.
Quelques semaines après ce triste exploit, je vis sur les Lices le père Bézard entre deux gendarmes. Il était convaincu de corruption et de détournement de fonds publics. Il allait écoper de plusieurs années de prison.

V

1

Désormais livré à moi-même et libre de mon temps, j'en profitai pour entrer dans de « vastes » lectures. Je passai en quelques mois de *Corinne* à *La Chartreuse de Parme* et du *Père Goriot* à *Madame Bovary,* sans parler des chefs-d'œuvre ordinaires qui me tombèrent sous la main.

Cette façon de lire à table, dans mon lit, à la promenade inquiétait notre père qui, dans ses mauvais jours, me traitait de faignant. Notre mère soupirait. Que j'eusse perdu mon emploi par ma faute ou celle de mes employeurs, l'assombrissait. Qu'allais-je faire de mon avenir dans une ville qui n'offrait aux jeunes aucun débouché ? Je ne le savais pas moi-même et, trouvant le gîte et le couvert au cachot, ne m'en inquiétais pas outre mesure.

J'étais bien. Disponible. A la pointe des Emigrés, il y avait des mouettes rieuses qui venaient se percher au sommet du rocher auquel j'étais adossé. Je leur parlais de mes rêves, de mes chimères, et toujours j'accompagnais Meaulnes vers l'amour — ah nos carriolées ! — et toujours Josic m'attendait dans le débit du pont de Kerluherne pour des escapades qui, à mes yeux, passaient pour des expéditions.

Dès qu'il avait bu, il urinait face au vent, reconnaissait le monde à une certaine lumière, disons, à une lumière de colline visitée par l'orage et l'arc-en-ciel.

Jamais en peine sur la direction à prendre, il m'entraînait vers une maison derrière laquelle une femme battait du linge dans un bac.

Avec une sorte de haute politesse, il demanda à la personne la permission de boire au puits et de rompre son pain sur la mousse de la margelle. Permission accordée.

Notre barde de déclarer qu'il mangeait peu, par esprit de pénitence, et ne buvait que pour garder salive. Cela dit, il possédait un breuvage qui permet d'avoir des enfants et de les mettre au monde dans les meilleures conditions. L'hôtesse voulut aussitôt goûter à ce goulot-là. Pas si vite, petite ! Je vous ferai donner des héritiers à votre époux si...

Nous fûmes invités à franchir le seuil de la maison. A peine à table, Josic s'y comporta en maître. Il fallut à notre pécore sortir le pain et le lard et jeter six œufs battus à bave dans une poêle.

Au cidre, Josic préférait le vin. Il me fut demandé d'en aller quérir — et du meilleur ! — derrière des fagots à l'abri des paillons. Rassasiés, nous présentâmes notre remède : glauque liquide dans une fiasque biscornue où d'aucuns auraient entrevu les prunelles de Belzéboul.

Cela coûta cinq francs à notre commère, pièce qu'elle prit comme à la dérobée, dans sa propre bourse. Pour autant, nos affaires n'étaient pas terminées. Qui veut avoir un fils doit affoler son homme avec des jarretelles multicolores et des ajours dans la chemise. Il ne fallait pas négliger les culottes et les dessous affriolants.

La femme s'en tint prudemment à l'élixir et nous

chassa assez haut de chez elle de manière que le voisinage pût l'entendre. Nous nous laissâmes mettre dehors sans histoire et nous nous assîmes, le ventre plein, sur le muretin du cimetière.

« Sois bien sage à la messe, disait notre vieille tante, Dieu est dans la bouche du prêtre. » Julien de Bomangoro disait de son côté : « Dès que le recteur aura terminé son prezegamant — il voulait parler du prône — tu viens me rejoindre chez Marianne. Pas un mot à la marquise, c'est une affaire entre hommes... »

La jument chauvissait en cadence et les blés rayonnaient des deux côtés du char à bancs. La patronne s'était mise sur son trente et un et Julien avait passé une cravate dans le col de la chemise. Moi, je savais qu'après la cérémonie, je verrais maman.

Du village de Bomangoro au bourg, il faut compter une demi-heure de route qui présente des ornières et des nids-de-poule. N'oublions pas les prés, les champs, les bois de pins, les landes et la double escorte des haies et des talus sommés de têtards, de lierre et de ronces.

Un cycliste nous dépassait, la lanterne vénitienne de son garde-boue avant, battant la brocante. Effarouchés par notre équipage, des broutards couraient en désordre vers une clôture. Julien riait, puis arrêtait l'attelage pour permettre à une ancienne de monter dans notre carriole. La vieille qui portait le barbichet, prétendait que les hommes étaient fous de vouloir aller toujours plus vite comme pour rattraper le retard d'une nouvelle guerre.

L'église était pleine. On priait en breton, on commentait les Ecritures en français, quand le propre de l'office exigeait le latin. On se serait cru à Jérusalem le jour de la Pentecôte, dans l'anti-Babel des apôtres.

Graves, réfléchies, dévotes, les femmes occupaient le côté gauche de la nef. De l'autre côté, dans un bruit de bancs qu'on dérange, prenaient place des hommes aux épaules larges, aux oreilles décollées. Décontenancés de n'avoir plus à jurer après leurs chevaux, ils offraient le spectacle de l'ennui.

S'inspirant d'une parole de saint Luc, mais s'exprimant dans la langue des bardes, le recteur disait que *l'œil est la lampe du corps.* « Que si l'œil est saint, le corps aussi est éclairé ; que si l'œil est malade, le corps aussi est dans les ténèbres. »

Comme je lui rapportais la parole évangélique et les commentaires du prêtre, Julien qui buvait du picherel voulut m'en offrir un verre. Je refusai pour retourner sous le porche avec les retardataires et les marmiteux.

La messe dite, je retrouvai notre mère, parmi les tombes, dans la familiarité des morts. Huit jours que je ne l'avais vue. Quelle émotion ! Quelle envie de répandre des larmes contre sa robe et de l'obliger à me presser sur son cœur. Je me retenais non sans héroïsme, et je crois qu'elle en était heureuse.

Portée par sa manie d'appartenir à tous et aux défunts plus encore, De Profundis se déhanchait d'un bout à l'autre du cimetière. Passait un oiseau. Un rouge-gorge se posait sur les perles en toc d'une couronne ; des corneilles craillaient autour du clocher ; le surplis ample sur son costume des dimanches, Alcyme courait chez les religieuses du pensionnat quérir les hosties de la grand-messe.

J'avais onze ans. Je ne parlais pas encore d'écrire. Je ne connaissais pas encore Marie, mais tante était déjà seule dans la compassion des petites sœurs.

Depuis notre muretin, j'interrogeais l'espace et je me disais que la lumière c'est l'efficace de Dieu dans le cœur. J'étais dans l'ignorance des trois ou quatre cents mots dont les miens s'étaient toujours servis pour dire qu'il y aurait encore de beaux jours et de belles nuits et assez d'aventures en ce monde pour se laisser conduire par elles.

De retour à Bomangoro, Julienne disait à son homme : « J'ai vu ta messe avec des ivrognes. Tu n'as pas honte ?

— J'étais avec le gamin sous le porche.

— Alors, avec les mendiants !

— Le prêtre a parlé de son œil... Là, tu es contente ? Je pourrais te refaire le sermon. »

Ces vieux dimanches dont il me fallait tuer la vêprée pendant que le couple se réconciliait dans l'alcôve, me revinrent en mémoire avec une précision poignante. Abandonné pendant des heures dans une campagne bourdonnante de guêpes, je pleurais ma mère envolée sans trop m'éloigner de la ferme tant l'inconnu, sous les apparences d'une bigulesse ou d'un journalier, me faisait peur. Il m'arrivait déjà de me dissimuler dans les ronces, comme je le fais vers Conleau entre deux rochers, et de naviguer vers une terre qui ne serait plus celle de tous les jours même si elle était ou devait être celle de tout le monde. J'appelais Dieu de toutes mes forces. Ce Dieu qui marche entre toi et ton frère lorsque vous êtes sur une route et qu'une ombre vient à se glisser entre vous. L'amour de Dieu, je l'imaginais si puissant que d'un énergumène Il faisait un élu.

Oui, mère ! Oui, tante ! Il y aura encore de beaux jours et de belles nuits et des enlacements de lumières dans les arbres, des complaintes dans le ciel blessé, et des oiseaux apprivoisés sur les eaux de la Genèse. Le monde ne va pas se défaire pour donner raison aux Cassandres, mais se fendre, se fendiller, se faire justice dans l'injustice, et amener les hommes à plus de joie par plus de contraintes. Il nous faut apprendre à regarder ce monde qui n'a pas été créé pour nous perdre.

Toutes ces idées remuées jour après jour m'aigrissaient le caractère. J'étais honteux de ma vie ratée et du cachot où je devais vivre. Notre mère avait beau me prêcher patience, je ne l'écoutais plus. Je me défaisais de mes poèmes comme on se sépare d'une livrée malfaisante.

Sans emploi, sans argent, sans abri où me garrotter de silence, j'entrai dans toutes les révoltes. Je fus ce que les Britanniques allaient appeler une dizaine d'années plus tard « un jeune homme en colère ».

J'ai perdu la colère, j'ai gardé la révolte. Le monde comme il va, non seulement me déçoit, mais me dégoûte. J'ai écrit vingt livres pour le dire.

Ne pas confondre révolte et révolution. Je hais la révolution de quelque côté qu'elle vienne, et plus encore quand elle nous est imposée par les nantis, les privilégiés et les parvenus. Je n'aime les révolutions qu'à titre individuel. L'individu est tellement malmené, nié, renié, rabaissé, que les Droits de l'homme n'y suffisent plus. *Homo homini lupus...*

Par les rues du vieux Vannes et les chemins de Kergrist, par les ciels coutumiers et les longues marches face au large, je ruminais des idées de vengeance et cherchais les mauvais coups que je n'avais pas le courage de commettre. Fernand d'Erèbe n'ayant pas livré les canadiennes que je lui avais vendues et ne m'ayant pas versé d'honoraires, je lui écrivis une lettre de rupture. Il y répondit par des sarcasmes.

En ville, personne ne me parlait de mes conférences, de mes poèmes, de mon livre. On eût dit que j'avais commis une mauvaise action.

Désespéré, à bout de nerfs, je cherchai à me perdre et, pour ce faire, je pensai à l'alcool. Guillaume Apollinaire en avait distillé dans un alambic incomparable. J'ai passionnément aimé Guillaume de Kostrowitsky couronné d'assonances, de dissonances et soulevé par les audaces non ponctuées de ses octosyllabes. C'est un vrai et grand bonheur de mélancolie.

Ce fut pour en parler que je me rendis ce soir-là à La Crêperie quimpéroise. Il y avait là des garçons et des filles de mon âge et beaucoup de soldats. On y faisait de la musique par le truchement d'un phonographe qui nasillait lamentablement. Nous reprenions en chœur le *Pigalle* de Georges Ulmer et *Les Sanglots longs* du pauvre Lélian.

Personne ne savait que le poème était de Verlaine puisque c'était par la voix de Charles Trenet qu'il nous parvenait, mutilé. J'en voulais au chanteur à la mode d'avoir trahi le poète. Là où Verlaine avait écrit : *Blessent mon cœur / D'une langueur / Monotone,* le fou chantant serinait : *Berce mon cœur...* A vingt ans, j'avais déjà horreur de ce ton-là.

Cette crêperie se trouvait au fond d'une impasse, dans une cour qui avait été pavée du temps des diligences et des lampes à pétrole. Loin des vivants, on pouvait y faire la noce jusqu'à une heure avancée de la nuit. Il arrivait cependant que la police fît une ronde et embarquât pour vérification d'identité tel consommateur de passage ou tel habitué convaincu. Le plus souvent nous étions entre nous. Nous avions nos tables, nos manies, nos manières de le prendre de haut avec les clients d'un soir qui prétendaient danser avec nos sylphides.

Je me souviens... Nous abusions de lambig, de cognac, de bière boiteuse — qui vous fait boiter — et de cidre plus doux ou plus tordu qui pouvait vous mal gouverner les entrailles. Sur les deux ou trois heures du matin, nous exigions du champagne. Qui payait ? Pour ce qui me concerne, je ne l'ai jamais su.

Dans cette boutique où Vautrin se fût amusé à faire banquette pour le compte de Lucien de Rubempré, je rencontrai un personnage long, mince, les cheveux lui battant les oreilles, le regard mobile, on eût dit apeuré, la cigarette blonde entre deux doigts nicotinisés. Il m'intriguait par la qualité de ses accoutrements et de ses silences. Il pouvait rester des heures devant une consommation sans dire un mot. A ce moment-là, j'en faisais la remarque à mes amis, il ne voyait rien de nos extravagances, n'entendait rien de nos jeux d'Apaches. Il était comme abîmé, comme emmuré en lui-même.

Pendant des semaines, des mois peut-être, je ne l'entendis pas ouvrir la bouche, puis un soir, je le vis avec une femme que je savais être professeur d'espagnol au cours secondaire. Elle fit les présentations et nous causâmes.

Il adorait Gide, Lafcadio. L'acte gratuit le fascinait. Les ouvrages de cet auteur, il les possédait en éditions originales. Il devait cela à son père, le docteur, qui était connu de toute la ville comme un praticien de mérite et un avisé collectionneur.

Avec Gide, il avait une sorte de dilection pour Montherlant, Cocteau et Valéry. Il vénérait Machado et Lorca.

Je lui parlai de Valéry. J'essayais alors de percer le mystère de *La Jeune Parque.*

Qui pleure là sinon le vent simple à cette heure
Seule avec diamants extrêmes... Mais qui pleure
Si proche de moi-même au moment de pleurer...

Ces vers, que je trouvais admirables, étaient à mes yeux gâtés par : *Seule avec diamants extrêmes,* qui me paraissait la cheville de la préciosité même.

Mon interlocuteur était ou n'était pas de cet avis. Ce dont je me rappelle, c'est de son intelligence ; les mille feux d'une parole sourde et comme atténuée ; la tension de son ironie et les gageures de son humour qui hésitait entre provocation et paradoxe.

A Vannes, le paradoxe n'était pas de mise. On ne savait pas le cultiver. Le long des remparts et dans le parc à la française du château de l'Hermine, on n'avait pas de jardinier en la matière.

Pour parler de Gide et de Valéry, pour avoir l'occasion d'évoquer leur personne et leur œuvre, j'eusse fait n'importe quoi. J'avais lu et relu en une journée *Les Nourritures terrestres* et je savais par cœur des pièces de *Charmes* comme « Les pas ».

Tes pas, enfant de mon silence
Saintement, lentement placés,
Vers le lit de ma vigilance
Procèdent muets et glacés.

Personne pure, ombre divine
Qu'ils sont doux tes pas retenus
Dieux, tous les dons que je devine
Viennent à moi sur ces pieds nus.

Quand de tes lèvres avancées
Tu prépares pour l'apaiser
A l'habitant de mes pensées
La nourriture d'un baiser

Ne hâte pas cet acte tendre
Douceur d'être et de n'être pas
Car j'ai vécu de vous attendre
Et mon cœur n'était que vos pas.

Pour dire cela ou pour l'entendre dans une bouche autorisée, je me rendais presque chaque soir à la crêperie avec un besoin toujours plus impérieux de mêler la littérature, objet de tous mes songes, à mon existence que je jugeais — et pour cause ! — sans aucun intérêt.

En ce temps-là, il ne m'aurait pas déplu de mourir à vingt ans — je les avais à peine —, mais à condition que ce fût dans la peau d'un poète célèbre ou mieux encore : dans celle d'un poète maudit.

Mon mentor — mais nous devînmes des amis —, m'attendait à mon ignorance et se moquait de mes enthousiasmes. Il disait en riant à la femme qui buvait dans son verre qu'il me fallait mûrir.

Un soir, histoire de pousser les choses, il m'entretint d'Apollinaire, mon Dieu ! et se mit à dire avec des gloussements moqueurs :

Vous y dansiez petite fille
Y danserez-vous mère-grand ?
C'est la maclotte qui sautille
Toutes les cloches sonneront
Quand donc reviendrez-vous Marie ?

Qu'on pût se gausser de telles cadences m'était

insupportable. Je ne lui cachai pas ma colère qu'il balaya dans une sorte de crise de folie. Pour se faire pardonner — tandis que les officiers de l'armée américaine interrogeaient l'hôtesse du regard —, il me demanda de boire et, parce que soi-disant poète, d'entrer dans tous les dérèglements, dans toutes les audaces, de forcer ma nature en quelque sorte. Je me souviens : le rhum avait alors excellente réputation. Nous le faisions flamber et le jetions à la tête de nos dieux noirs.

Nous nous mîmes à cultiver le blasphème. Nous nous lancions des horreurs au visage. Nous balbutiâmes des messes basses, noires de préférence, qui paraissaient nous grandir.

Nous envoûtions, nous désenvoûtions à volonté, nous grimpions au haut des clochers afin de faire valoir devant la ville bourgeoise des mensurations dignes de Gargantua. Nous riions comme je ne savais pas que l'on pût rire. Parfois, afin d'être en désaccord avec notre libido par trop envahissante, nous nous allongions sur une poutre et demandions à être pendus. Le bourreau, incapable, écouillé, nous manquait à la lettre. Il nous arrivait de préférer Abaylard, très amoindri, au marquis de Sade et de plonger, du haut du Pont-Neuf, dans les exploits de Restif de La Bretonne.

A ce jeu, mon ami faisait merveille. Il avait une façon bien à lui de se donner la fête avec un air de la dédier aux autres par dérision. Son masque tenait à même la peau de son visage. Il ne changeait pas d'expression, mais de regard. Quelque chose comme une lame d'acier passait parfois dans ses yeux et, parfois, s'y fixait. Même lorsqu'il mettait de ses longs cheveux sous son nez en guise de moustaches et que, de pitre, il prenait des airs de voyou, il m'en imposait encore et il m'arrivait de me réclamer de lui et de me perdre en lui jusque dans mes rêves.

J'avais cependant remarqué que lorsqu'il m'était donné de le rencontrer en ville, il me regardait à peine et se retournait tous les dix pas, comme pour se rendre compte qu'il n'avait pas une saignée de vers blancs pendus à ses basques. Des mégères qui le voyaient passer, le vouaient à toutes les fourches patibulaires. On le montrait du doigt ; on lui jetait de terribles accusations au visage ; on lui tendait le poing et l'on me criait que de fréquenter un tel individu j'étais une belle canaille et que ma mère pouvait se flatter de mes relations.

Il me faisait un signe de la main et partait comme sur la pointe des pieds, en funambule.

La feuille du parti des fusillés l'accablait chaque semaine et le boutait sans rémission dans la vallée de la Géhenne. Je n'osais comprendre ce qu'on lui reprochait. Malgré moi, je me mis à écouter la rumeur qu'il soulevait sur son passage. Je me mis à douter des gens, des braves gens plus encore, et de leur sens commun. Fallait-il qu'ils fussent mal informés pour colporter autant de vilenies que de ragots sur un garçon qui les dominait tous ! Je les méprisais ! La jeunesse a le mépris facile. Le mien se voulait d'autant plus définitif qu'il se parait des couleurs de l'intransigeance.

Le dirai-je ? Je savais mes compatriotes peu doués pour le bonheur. Toujours en porte-à-faux avec eux-mêmes, sans imagination comme sans noblesse. De là, qu'ils pussent prendre à leur compte l'air tant rebattu de la calomnie, jusqu'à en faire un tambour qui résonne et un airain qui retentit !...

Excédé des propos que j'entendais et des menaces à mon endroit, j'allai me renseigner auprès de l'abbé Guillaume, prêtre dont ma mère m'avait parlé comme d'un homme de grand mérite.

Avec des ménagements et des euphémismes, des soupirs et des litotes, cet ecclésiastique m'apprit que mon ami avait tué ses deux enfants et qu'après avoir séjourné quelques mois à l'asile de Lesvellec, il avait été remis en liberté au grand scandale d'une opinion publique qui le prétendait protégé jusque dans les bureaux de l'évêché et les salons de la préfecture.

Je crus l'abbé devenu fou. Comme je lui demandais sans plus d'aménité des précisions, il m'invita à le retrouver face au port, sur l'un des bancs de la Rabine. Dans notre dos, la cloche du Père éternel rappelait, par des tintements brefs, toute la communauté à la prière. Près de nous, le vieil homme dont j'ai parlé, cochait au crayon de couleur les pages d'un livre à tranche rouge. Des mouettes s'éployaient à la proue des sabliers et jetaient leurs cris sur l'eau du ciel qui les répercutait jusqu'au Pont-Vert. Il me fallait bien cette paix pour m'armer de courage.

« Ce fut un drame affreux, commença l'abbé, mais vous étiez trop jeune pour vous en souvenir. Les journaux furent aussi d'une rare discrétion. Il est vrai qu'il s'agissait de toute une famille des plus honorables plongée dans la douleur, que dis-je ? dans l'indignité.

» Malheur à l'homme par qui le scandale arrive... Le docteur n'est plus que l'ombre de lui-même. Sa clientèle — une clientèle de plus de trente années ! — lui a tourné le dos. Sa bru a demandé le divorce. Voyez-vous, dans notre monde exposé aux bavardages et aux tabous, rien de bon ne peut sortir d'amours ancillaires. C'était aussi l'idée du bon docteur qui avait tout tenté pour empêcher ce mariage. N'y étant pas parvenu, il avait de son mieux, aplani le chemin des époux et ceux-ci, dans un premier temps, donnèrent à toute la ville l'impression de vivre un conte de fées. La naissance, à un an d'intervalle d'un garçon et d'une fille, renforça encore les liens qui paraissaient unir le couple. Des langues accusèrent alors la jeune femme de jouer à la bourgeoise. Elle avait oublié son écuelle ! disaient les matrones en cheveux.

» Et puis ce fut l'incroyable, la formidable nouvelle : les enfants étouffés dans leur berceau, la mère comme folle, le père chez les fous ! Apparemment, les coupables n'ont pas de remords. Celui-ci avait été chercher dans la littérature la plus dépravée les tristes pouvoirs de la destruction et de l'horreur. Oui, c'est chez les soi-disant poètes et chez les soi-disant philosophes de la nuit, qu'il a été prendre le courage de devenir un assassin. Et moi qui n'avais qu'à me louer de sa gentillesse et de sa transparence du temps qu'il me venait voir au catéchisme !... »

Je retournai à la crêperie. Mon ami était là, près de cette femme charmante — aujourd'hui perverse —, qui trempait une pierre de sucre dans son cognac. Lui ayant refusé la main, il se rendit compte qu'il s'était passé quelque chose.

« Ils t'auront parlé de mon accident, dit-il. Comme d'habitude, ils t'auront menti à mon sujet. Si j'étais Lafcadio et surtout si j'avais de l'argent, je quitterais tout, même toi, mon cœur (et ses yeux plongeaient dans ceux de la femme qui lui souriait). Un Stendhal à la main, je partirais pour Rome, Venise, Florence. Il me faut la ville des Médicis, à moi ! Je suis un homme de la Renaissance, moi ! Je suis d'une autre époque ! D'un temps où l'on ne perdait pas son temps à juger de peccadilles. Vois-tu, je n'ai que faire des gens d'ici.

Ils sont sans art et sans âme. Ils s'agenouillent sans croix ; ils adorent sans dieux ; ils sont incapables d'un élan qui soit sans calcul. Ils sont indignes de pitié.

— Comme tes...

— Tais-toi ! Tu ne sais pas ce que tu vas dire. Ils m'ont acculé au suicide.

— Ce sont tes enfants qui sont morts.

— A force de vouloir me réduire à la banalité, ces gens-là m'ont jeté dans le désordre. C'est leur faute. Je leur en veux de leurs préjugés, de leur sottise. Après avoir fait de moi ce que je suis devenu, ils m'ont mis chez les fous et parlent de m'arrêter derechef et de me juger. Me juger de quel droit ?... Juge-t-on la liberté ? Juge-t-on Dieu ? Juge-t-on la liberté de donner la vie et la mort ?... Ce sont eux, eux tous qu'il faudrait condamner parce qu'ils n'ont pas même l'audace de leurs crimes !... »

Il mit ses lèvres contre l'oreille de sa compagne et lui susurra en bouffonnant quelques mots que je ne pus entendre.

Je ne remis plus les pieds à La Crêperie quimpéroise et retrouvai le souvenir de Marie, de Francis et de Josic pour me refaire une âme. Quand, des mois plus tard, je pris le train de Paris, les journaux de la capitale m'apprirent que ses protecteurs l'avaient abandonné à la justice et que celle-ci, curieusement, venait de le condamner à dix ans de réclusion criminelle.

2

Au collège, Marie nous entretenait de la poésie, mais sans nous dire ce que le mot exprime de désir, de volonté de faire. Je pensai que c'est là ce qui reste du dialogue Créateur-créature du paradis terrestre. Nous n'en percevons plus que des bribes puisque nous ne sommes plus en correspondance que par intervalles.

Il s'agissait bien de poésie ! Ayant tourné le dos à la crêperie comme on sort de prison, j'entrai dans le Songe. Je fus tout imprégné de lui. Tout pétri de douleur. En avance pour ce qui concerne la douleur de par le drame de notre tante et le souvenir attendri de la petite Thérèse de Lisieux qui m'avait été si proche lors de mon séjour à la Musse.

Josic qui ne me quittait plus, évoqua le temps des épreuves. Elles seraient nombreuses sur le chemin de sa Joyeuseté, mais nous triompherions de la plupart d'entre elles de par notre application à n'être rien d'autre que les vagabonds du Seigneur. L'amour se faisant itinérant, les châteaux où les baladins du ciel aiment à se retrouver, ne sont rien d'autre qu'une plus longue marche.

Une nuit que le vent essuyait la lune, je passai

le cou dans le losange d'une lucarne et je vis tante étendue pareille à une enfant.

On l'avait attifée telle une poupée. Quelqu'un avait eu l'idée saugrenue d'ajouter des rubans à son capot. Autour du lit funèbre, trois ou quatre femmes priaient au milieu desquelles je crus reconnaître notre mère. A genoux, durcie par la douleur, elle me fixait de trop loin pour me reconnaître.

« Viens, dit Josic, laissons les morts à leur avenir... »

Nous partîmes comme à la traque lorsqu'on essaie de rabattre le gibier vers les chasseurs. Nous prîmes des travers-champs, marchâmes le long de talus où la vipérine s'arrange de pierres triangulaires pareilles à des haches gauloises. Armé de son couteau, il faisait sauter comme bernicles, des pissenlits dont nous ferions une salade à l'auberge du Bas-Poteau.

Je lui montrai la ciguë de Socrate, ombellifère sauvage qui vous arrive à la poitrine. Il m'apprit que les cailles en font leur régal. Je pensai aux cailles empoisonneuses de la Bible qui intoxiquèrent les Hébreux dans le désert du Sinaï.

A ma façon, j'étais dans le désert. Le cachot ne me retenait plus. Il me fallait les arbres qui nous faisaient cortège au milieu desquels je croyais voir les âmes non fixées que les chênes dissimulaient et transformaient sans qu'il y parût.

La forêt n'était plus un mythe, mais une réalité oppressante, une mer de verdure roulant et déroulant des houles de feuillages.

Et toujours je me disais que la morte étendue sur son lit de poupée, ne pouvait être notre tante. Jamais notre mère n'aurait toléré qu'elle se quittât en mon absence. J'avais promis de prendre de la main droite l'empreinte de son dernier sourire.

Non, tante n'était pas tout à fait morte. Relevant les braises du bout de sa canne ou tisonnant jusqu'aux cendres, elle attendait de moi, lorsque je lui fermerais les yeux, de voir pour elle. Elle me demanderait de lui rapporter dans un autre monde les événements qui n'allaient pas manquer de se produire dans celui-ci. Déjà, elle avait entrevu la fin de la guerre. Elle disait que les hommes reconnaîtraient leurs erreurs et entreraient dans une sorte de fraternité à moins que les signes ne se multipliassent dans le ciel et que les prophètes ne missent à leur actif des déserts de fennecs, d'onagres, de sauterelles et de nèfles sauvages.

« Fais attention, petit ! Ils te diront qu'Il est dans l'eau du Jourdain à prier son Père ; puis ils te feront croire qu'Il se trouve dans la caillasse du Thabor, à essayer de voir la face cachée du Seigneur. Ne les écoute pas, mais regarde vers l'église de ton baptême et vers Sainte-Anne où la Bretagne se trouve agenouillée depuis plus de dix siècles. »

Toujours, je revenais à l'enfance qui s'éloignait, comme à une patrie perdue dont j'avais mal fait le tour. Le Parc-Lann, le moulin, René Delannée, Francis Mostade, Corentin Loussouarn mort lui aussi, tout vint cruellement à me manquer. René n'était pas mort, mais il ne donnait plus signe de vie. Il avait oublié nos rêves, nos équipées, nos équipages, les grands arrois de nos festins dans les châteaux de nos prairies. Il y avait une reine, elle était née de moi. La fée, je l'abandonnais à mon compagnon et ce n'était parfois qu'une Carabosse. Il était le premier à en rire et à la vouloir noyer dans la rivière. Qu'on était heureux quand l'averse nous surprenait avec notre vache entre Kerluherne et Kerchopine et qu'on devait courir se mettre à l'abri sous un chêne ! Les ruisselets de la route empierrée charriant de petits cailloux et les boues du Déluge, nous émerveillaient. Parfois limoneux, parfois clairs, ils prenaient tous, comme s'étant donné le mot, la direction du fossé. Celui-ci paraissait encore vouloir dormir entre les ombelles et les ronces quand une pluie plus lourde, plus compacte, souvent interminable, l'obligeait à se gonfler le ventre et à déborder.

C'était le moment choisi par René pour danser dans les flaques et les faire gicler au point que nous en recevions les gouttelettes ocrées sur le visage et le sarrau. Maman, on le savait, ne serait pas contente, mais le plaisir de chanter et de cabrioler dans la bourbe, l'emportait sur tout le reste, et nous étions largement payés dans notre inconscience, lorsque nous voyions l'arc-en-ciel se manifester à bout de branches.

« Où avez-vous été vous mettre dans cet état ?

— C'est la vache qui a couru, man ! »

René n'était jamais pris de court et il m'apprenait joyeusement à mentir, encore que sur ce plan-là, je fusse un élève bien difficile. Il me répugnait déjà de travestir la vérité et d'affirmer en déraison. J'avais l'impression que mon ange gardien lisait sur mes lèvres et se détournait de moi. Et sans ange gardien, je n'étais plus qu'un petit garçon épouvanté de ses étourderies, de ses audaces, de ses chapardages et de fautes plus graves qu'il est difficile de confier même à sa sainte mère.

C'était si loin, si beau, si gravement scellé dans mon esprit que l'envie me prenait d'en confier au papier le menu de mes enchantements. Je m'y exerçais, maladroitement je dois le dire, lorsque je fus abordé, place du Port, en face des fenêtres de Marie, par un homme qui m'appela Girod[1] et me

1. *Vers et Drogue* était signé Girod.

demanda de l'aller voir chez lui. Il désirait s'entretenir avec l'auteur de *Vers et Drogue*. Il habitait non loin de l'usine à gaz, mais de sa fenêtre, le feuillage épais des tilleuls l'empêchait de voir le chenal. Il devait s'y pencher pour apercevoir la préface du golfe au-delà du Pont-Vert.

Je me souviens de cela, car ce fut de la mer qu'il me parla d'abord. Elle était toute sa vie. Né à Quistinic dans un foyer d'instituteurs, il avait grandi sur les quais et les docks de Lorient. Plus que la mer qui l'emportait sans retour, il aimait les bateaux et « pâlissait au nom de Vancouver ». Le titre d'un livre qu'il enrichissait sans jamais le grossir depuis des années : *Lever l'Ancre* le délivrait de tout.

Il aurait tant voulu rompre avec la vie étriquée, minablement bourgeoise, que son épouse lui imposait entre le bureau des Ponts et Chaussées et le coin de table qui lui permettait, chez lui, de naviguer plein sud, dans la poche, des étoiles de mer pour boussoles.

Tout un parler maritime, un vocabulaire curieux, scintillaient dans les pages de son manuscrit qu'il me permit de feuilleter, ce que je fis avec la componction requise. Je ne pouvais qu'admirer. Qu'on me parlât de proue, de poupe, d'étambot, de coursive, de roof, de cale et de fond de cale où sont les rats, les flibustiers et les forçats évadés, me jetait dans un monde inconnu, bronzé, tanné par les embruns et rompu aux aventures les plus extraordinaires. C'étaient les Galapagos, d'autres archipels, l'île de Pâques ; des dérives vers des lagons poulpeux ; des prières à la Stella Maris quand, sur les bois des naufrages, il n'y avait plus même l'espoir d'échapper aux requins.

Ce n'était plus le Parc-Lann, mais des îles blondes avec des filles brunes ; des rochers, des icebergs, des chants du haut des vergues ; des matelots crachant la chique et la dent avec un souverain mépris pour toutes les vaches de la terre ; c'était la mer, quoi ! « La mer toujours recommencée », comme l'avait vue Valéry.

Au nom de Valéry, mon hôte en vint à ce qui faisait l'objet de notre rencontre : mon livre qu'il avait lu et relu afin de pouvoir m'en parler sans exagération d'aucune sorte.

Pour Paul-Alexis Robic — c'était son nom —, j'étais non pas un soi-disant poète, mais un vrai de vrai, encore que je ne susse pas entrer dans le chant profond. Il m'aiderait, si je le voulais bien, à voir plus clair en moi.

C'était un homme grand, osseux, voûté, les épaules tombantes, les genoux cagneux — on les devinait tels —, de larges lunettes d'écaille supportées par le crochu du nez, et des oreilles en pavillon de poil, comme on en voit aux bouvillons dans les pâturages.

En toute saison, il portait sur la lavallière, ainsi cachée au profane, un foulard et ne se défaisait presque jamais du manteau ou de l'imperméable.

Cet accoutrement qui était sien, qui le désignait dans la foule, il n'y pensait pas, il ne le voyait plus, ne voulait pas le voir. Son chapeau était d'un peintre qui doit se protéger les yeux pour voyager aux horizons.

Chez lui, il était à peine moins couvert et Jeannette, sa femme, faisait attention qu'il n'attrapât pas froid. Sa hantise : la bronchite, la fluxion de poitrine et autres fariboles réjouissantes.

Il ne trompait tant d'attention à sa personne qu'avec le tabac. Ses cigarettes, il les roulait avec une science peu commune et les allumait à un briquet qui lui pesait à la poche et sentait le pétrole.

Ils avaient un fils — Paulo — qui demandait

sagement la permission de faire de la bicyclette vers la pointe des Emigrés. Non ! C'était trop dangereux ! Qu'il pédalât sous les arbres de la Rabine entre les nourrissons qui jijoutaient au sein de leur nourrice et les vieux de la marine toujours fidèles au boujaron. « Voyez-vous, Girod, me disait-il, votre ouvrage est un livre de jeunesse qu'il vous faut oublier. Vos alexandrins ont quatorze ou quinze pieds, vos rimes n'en sont pas. Je comprends que vous puissiez vous séparer de la prosodie, encore faudrait-il que vous le fassiez en sachant pourquoi. »

Ce discours m'écorchait l'amour-propre et me plaisait. J'avais enfin trouvé un homme qui savait ce que parler veut dire. J'allai à son école avec confiance, puis avec enthousiasme. Il m'accueillait le plus souvent avec plaisir. Il me faisait aussi répondre, par Jeannette ou par Paulo, qu'il était souffrant.

Il s'établit une sorte de rite entre nous. Quand il me recevait et me tendait une chaise, c'était pour m'entendre narrer ce qui m'était arrivé depuis notre dernière entrevue. Je lui parlais de notre mère, rarement des autres membres de la famille, jamais de Josic, voué aux vanteries et aux landes païennes.

Il me fallait lui raconter par le détail mes études interrompues, Mme Féraud, Marie Audic, l'hôpital dans une aile du collège Saint-François-Xavier, mon séjour à la Musse. Je lui parlai longuement de Marcel Saint-Pierre, de son amour des livres, de la blessure qui fut mienne, à mon retour du sana, de le voir mourir avec des sanglots. Sœur agonie, priez pour nous !

Il m'écoutait gravement, croisait ses longues jambes, se roulait une cigarette et m'interrompait sans qu'il y parût pour me parler de Milosz, de

Jouve, de Jules Supervielle. Il me lut *La Berline arrêtée dans la nuit ; Le Cimetière des Lofoten ; Sueur de sang ; La Fable du monde...* Cela fait, il acceptait de se pencher sur mes exercices. Il y découvrait des étincelles. Il les soulignait d'une plume assurée et vouait le gros œuvre aux feux d'écobue.

« Il vous faut être vous-même. Laissez de côté ce que vous avez pris dans les livres. Vous n'êtes pas Musset, vous n'êtes pas Verlaine. Vous êtes vous ! C'est le jeune Girod avec ses crises, ses doutes, ses joies, ses peines, ses humeurs, qu'il me faut trouver dans ce que vous faites. Il vous arrive de mettre le doigt dessus et puis vous déviez et devenez littéraire. »

Je croyais que le fin du fin c'était justement de le devenir et voici que mon mentor me mettait en garde non seulement contre les imitations et les pastiches, mais contre la substance même du poétique. Il me fallait me dégager du poétique. Plus encore de la sensiblerie poétique. Je me devais d'être dur comme un caillou de Guillevic ou de Jouve. Sans attenter jamais à ma personne, aux lois naturelles de mes cadences et de ma musique.

Je sortais de ces visites, rue de Conleau, avec l'envie de me jeter dans le chenal et de me laisser couler sans lever les bras.

Le meilleur de ces leçons, je le prenais dans ce que me disait mon maître de la prosodie servante et non maîtresse ; de la prose poétique et du poème en prose. Il avait une dilection profonde pour Aloysius Bertrand, l'auteur de *Gaspard de la nuit* et portait aux nues *Le Cornet à dés* de Max Jacob.

En imitant un peu le premier et en tenant compte du second il me fit lire, puis m'offrit ses *Lucarnes*.

Il m'arrive encore aujourd'hui d'ouvrir cette plaquette publiée aux éditions du Prisme, à Paris, en 1934, et d'en être charmé. Voici « Truandaille au jeu » :

Cornes perdues par quel cornard ?

— Par vous, beau sire. Battez franc !

— Hé, l'ami, n'est-ce plutôt le bicorne de ce gens d'armes qui, l'autre nuit, vous rafla vos dés et vous botta d'autant de coups qu'ils marquaient de points ?

— Je coupe à cœur, et maître à pique, du dix : un champ de champignons noirs.

— Quinquet du diable ! pesta un quatrième.

Et la lune, glissant par la lucarne entre deux toiles d'araignées, projeta sur le mur de la méchante mansarde l'ombre fantastique des joueurs accroupis et de Maritorne qui explorait les poches du plus fin tricheur de la bande.

Voici « Les lunettes » :

Dans le tiroir du maître d'école il y a un livre, et ce livre est la Bible.

Quand les portes se sont refermées avec un bruit de vitres et que le galop des sabots s'est éteint dans la rue, seul dans le silence retombé de la salle de classe, M. le maître d'école ouvre son tiroir et chausse ses lunettes pour voir Dieu.

Il m'avait offert son petit livre, il ne me demanda pas de le commenter. J'en aurais été incapable. Je le lus et relus et lui trouvai une sorte de grâce qui vous pouvait échapper à la légère, mais si prenante, si juste en vérité, qu'on était heureux d'avoir vécu pour en connaître.

Pour moi, le poème en prose, avec Aloysius Bertrand, c'est lui ! Tout ce que j'ai lu dans le genre — exception faite de Max Jacob — me paraît artificiel, mal ficelé, triste et pincé.

Ce jour-là, je lus à Josic « Retour de foire » et nous fringuâmes à pisser de rire de Chanticoq jusqu'au Poteau.

— Holà ! ma bourrique, holà !

Et dans la claire après-midi d'avril, tirant par la corde une jument à l'échine plus usée que ses sabots, tout joyeux, l'homme trottait.

— Holà ! ma bourrique, holà !

Et comme il n'avait pas refusé le coup de vin pour amorcer l'affaire, celui d'eau-de-vie pour faire le prix, le verre de cidre pour n'entendre plus les cris furieux de la vieille restée à la ferme, celui de rhum pour conclure le marché et la bolée pour trinquer une dernière fois avec le maquignon,

— Holà ! ma bourrique, holà !

s'en allaient joyeux aussi, et la route et les talus et les champs derrière et les chaumes plus loin et les bois à l'horizon et le ciel par-dessus tout.

Quand je rencontrais cet homme, j'étais heureux, le cachot n'existait plus. Je me balançais dans mon avenir comme un rossignol sur une ramille. Mais il m'était parfois difficile d'avoir un rendez-vous. Pour l'obtenir, je le guettais à la sortie des Ponts et devais rabattre de mon rêve quand il était de compagnie et qu'il affectait de ne point me voir. Je sus bientôt qu'il se rendait chaque dimanche à la messe d'onze heures et demie non pas à la cathédrale, mais à Saint-Patern où le prône de l'abbé Le Dugue attirait les foules. Je me mis à le guetter au sortir de l'église. Dans l'église aussi, je ne le perdais pas de vue, Jeannette à sa droite en tailleur strict et voilette ; Paulo à sa gauche, comme un catéchumène grandi trop vite.

Certain dimanche, m'apercevant de loin, il me faisait signe, marchait à ma rencontre, me serrait longuement les mains dans les siennes, m'invitait à le venir voir dans l'après-midi. Il arrivait aussi que, m'ayant vu, il m'ignorât. J'en étais d'autant plus déçu que j'avais des œuvres nouvelles à lui soumettre. Il me souffla ainsi le froid et le chaud pendant plus d'une année.

Et ce que Marie avait prévu arriva. Je fis une rechute. Le cachot décidément ne me réussissait pas alors que mon frère et mes sœurs paraissaient s'y épanouir. Ma vie dissolue, de la crêperie aux équipées de Josic, y était aussi pour quelque chose.

Le docteur Arradon ordonna du repos, encore du repos et une bonne nourriture. Il repasserait sous huitaine et me ferait hospitaliser si la température ne tombait pas.

J'étais dans mon lit de coin, sous l'escalier. Je lisais *Varouna,* de Julien Green. Je ne parvins pas vraiment à bout de cet ouvrage. Je n'en avais ni les lumières ni l'impérieux besoin. Notre mère courut aux Ponts voir mon bienfaiteur et lui demanda de me prêter certains volumes que j'avais vus dans sa bibliothèque. Il prétendit ne les posséder point.

Jamais plus grande solitude. Hors l'amour de maman, je n'avais plus rien que le rêve. Je me laissais aller au fil de l'eau comme le torchon qui échappe à la lavandière. Pas une racine, pas une ronce pour le retenir. Plus de poèmes, plus que les allées et venues de maman préparant le repas et le thermomètre au plafond. Je crois qu'il m'est arrivé de pleurer comme le faisait Marcel sur son lit de souffrance, mais je cachais mes larmes à cette femme capable de lessiver les nuages pour me permettre l'espérance de l'azur.

Dans l'escalier sous lequel je dormais ou me reposais, j'entendais chahuter les gosses du voisinage. Ils se moquaient de mes chansons, car j'avais encore le courage de chanter. Je passais volontiers d'un cantique dont j'ignore le titre, d'une merveilleuse beauté au *Chant du départ,* de Marie-Joseph Chénier que je me mis à aimer pour l'amour de son frère.

Lisette vint me voir. C'était une belle jeune fille plus ou moins fiancée à un parachutiste. Elle m'apprit qu'elle avait vu Elisabeth avec mon ami Maurice. Elle avait des yeux admirables qui lui ressortaient des orbites et des cheveux de jais qui lui tombaient aux reins. Elle se savait désirable car désirée jusque dans son travail de secrétariat.

Joubel, le mari de sa mère, m'aimait et lui faisait honte d'être bien portante alors que je m'en allais. Rue de Séné, on était sûr de ma fin prochaine. De porte à fenêtre, les commères se disaient : « Ce sera pour la chute des feuilles... Un si bon garçon... Quelle peine pour les malheureux parents... »

Il m'arrivait d'entendre ce beau discours de mon lit. Il est vrai que je n'étais séparé de la rue que par une étroite cloison et un vitrage d'ancienne épicerie derrière lequel s'empoussiéraient de mes livres de classe et mes cahiers.

La température aidant, je revis Constance près de la chapelle de Saint-Amon. Elle gardait ses deux vaches et chassait d'une main terrible les mouches qu'elle n'avait pas autour du visage. Je la redoutais pour ses yeux érectiles et ses marmotteries. Je m'arrangeais pour lui chercher noise et je me moquais non pas de son infirmité, mais de ses guenipes. Elle faisait le geste de me jeter tout cru dans les bras de Lucifer.

Quand maman me demanda de l'aller voir, je la trouvai au fond de l'écurie à l'heure de la traite. Elle s'amusa comme une folle des araignées qui me couraient sur le crâne et des lucifous qu'elle commandait à la danse. Je dus danser avec eux sur des cordes pas plus larges que les cheveux de Morgane. Elle riait, Constance. Elle battait la mesure. Elle se moquait de mes mines pataudes. Le beau merle des routes et des chemins creux, si bien siffleur, n'était plus qu'un gourgandin sans importance ! Elle me boucla dans l'étable où je fus affronté à une gore pesante et pestilentielle. Je criai comme les pêcheurs de Tibériade que la tempête épouvantait.

« Tu as fait un cauchemar », me dit maman.

Lisette revint avec des fleurs. Elle me fit penser à Marie. Plus de nouvelles de la mariée envolée !

Mme Joubel, mère de Lisette, vint aussi. Je lui demandai si elle avait peur des microbes. Elle se tourna vers maman et dit :

« Ce gosse est en plein délire. »

J'aimais et je n'aimais pas cette femme. Sa bonté, sa compassion m'étaient réconfort, mais je lui en voulais de faire souffrir son homme. J'étais ainsi, tout d'une pièce, ne tolérant pour moi-même et les autres que la ligne de flottaison, hors laquelle, c'est le naufrage.

Le naufragé que j'étais dut entrer à l'hôpital. Je partageai une chambre avec Auguste et le père Perrin. Le premier était borgne et manchot avec dans l'esprit quelques grains d'hellébore, ce qui ne l'empêchait pas de faire risette à la religieuse et de laver le carrelage des chambres et des corridors pour un verre de vin et quelque gâterie qu'elle lui faisait servir à la cuisine.

Le bonhomme Perrin nous arrivait du pays gallo avec de la verve et du bon sens. Il me faisait penser à Josic, plus encore quand il se vantait, dans ses vingt ans — mais c'était loin ! —, de porter un seau à demi plein au fourchon du bas-ventre et de la queue.

Ces vanteries me rendaient le fou rire. Je les accueillais avec reconnaissance. Je prie pour le repos de son âme et je me divertis encore de ce qu'il pouvait inventer de farces pour me sortir du sombre.

« T'en fais pas, qu'il disait, t'auras la fille et la mère en prime. Mais fais bien attention de porter le seau comme un homme. Va-t'en pas jouer au bleubite ! »

Un matin, la religieuse qui était jeune et jolie lui venant faire la piqûre, le trouva portant le seau.

« Je reviendrai quand vous serez calmé », dit-elle.

Maman venait tous les jours, la côtelette entre deux assiettes au fond de la sacoche. Elle avait parfois une bouteille de vin que je partageais avec mes amis et du tabac que ces messieurs appréciaient par-dessus tout.

« Vous avez là un drôle de garçon, lui dit Perrin. Il prie tout le temps. L'autre jour que j'étais sorti dans le couloir, je l'ai entendu parler au bon Dieu comme à quelqu'un de connaissance. Il lui expliquait tout : sa vie, ce qu'il voulait en faire, sans parler du reste. Ah toui ! Jamais encore je n'avais entendu prezegamant de la sorte ! »

Ma mère marquait son plaisir de me savoir en affaire avec le ciel. Elle-même passait par Saint-Patern pour une prière d'action de grâce en m'apportant la soupe.

« Tu ne devrais pas la laisser venir tous les jours, me dit le manchot, tu vas la tuer, elle est si brave ! »

Je fis part à maman de la réflexion d'Auguste. Elle le regarda et dit :

« Je dois voir mon enfant et me rendre compte de son état. J'en ai perdu trois. Je ne veux pas laisser partir celui-ci. »

Le docteur Dénarié m'examinait avec soin et se rappelait m'avoir soigné quatre ans plus tôt. Mes radios ayant décelé une pleurésie purulente, il fallut ponctionner. L'opération eut lieu un matin en présence de l'interne, de la religieuse et deux infirmières qui me souriaient comme pour me dire : courage !

Ce fut au trocart, et sans m'avoir insensibilisé, que le docteur Dénarié alla chercher le pus de ma plèvre. Cela faisait plus d'une demi-bouteille d'un liquide opaque, d'un vert olivâtre.

« Nous allons analyser cela, dit-il. Je vous tiendrai au courant. »

A midi, maman me trouva régénéré. Plus de température. Un appétit féroce. Un miracle en quelque sorte ! Le père Perrin de lui dire que je n'avais pas bronché tout au long de l'extraction de la mauvaiseté.

« Il est bon vot'garçon, dit Auguste, mais il est fier !

— L'a toujours été », dit maman.

Ces quelques mots me sont restés comme une marque de fabrique. Pauvre, sûrement ; misérable, peut-être ; fier, toujours.

Il arriva qu'il fallût me ponctionner tous les trois jours. L'interne voulut y toucher en présence de la religieuse qui me tenait les bras et m'encourageait du regard.

Le trocart s'enfonça au-dessus, puis au-dessous, sans résultat. Je ne criai pas. Je ne fis aucun reproche. Je proposai qu'on attendît le docteur

Dénarié. Celui-ci, le lendemain matin, trouva la poche de pus et je fus, de nouveau, comme guéri.

Je demandai au bon docteur la permission de rentrer chez moi et d'y attendre son retour de congés. Contre toute attente, il voulut bien m'autoriser à regagner le cachot. Frère et sœurs étant en colonie de vacances, et le pus de ma plèvre ne contenant aucun bacille, je ne contaminerais personne.

Ce fut dans l'ambulance des pompiers que je retrouvai mon lit de coin et les rêves de Josic. Cependant je ne rêvais pas et, profitant du mieux reconnu, je descendis la rue de Séné jusqu'au port. Il me tardait de revoir les bateaux et de retrouver Paul-Alexis Robic.

Au bout d'une heure, il me fallut remonter vers mon lit. Toute la rue des portes et fenêtres me regarda passer. Un silence de mort. Je n'étais plus qu'un mort en sursis. Tout dans leur attitude, alors que nous n'étions que début août, me donnait rendez-vous à la chute des feuilles.

« C'est une imprudence que d'avoir été jusqu'au port, dit maman. Il te faut rester avec moi. Nous allons prier et souffrir ensemble. »

Nous priâmes si bien que j'eus l'éclair. La température étant remontée, je fis appeler un taxi qui me conduisit à deux pas de La Crêperie quimpéroise, chez le docteur Vicat.

Il me reçut, à mon tour, dans son cabinet, me fit expliquer mon affaire et dit qu'il allait me traiter à la pénicilline. Ce qu'il fit en prenant grand soin de me ponctionner avec une aiguille à coudre et non plus avec un poinçon. Le liquide, disons la mélasse recueillie, fut d'abord verdâtre, puis jaunâtre, ocrée, puis claire. Entre-temps, j'avais repris goût à la vie.

3

Rentré au cachot je ne pensai qu'à en sortir. Pour ce faire, tout bien pesé, il me fallait m'adresser aux hommes en place et plus encore à ceux ayant charges officielles. Dans cet esprit, j'écrivis au maire de Vannes. N'obtenant pas de réponse de sa part, je décidai de me rendre à l'hôtel de ville et de demander à être reçu.

D'entrée de jeu, l'huissier me prévint que le magistrat était en conférence et n'aurait pas deux minutes à m'accorder. Je fis semblant d'entrer dans ces bonnes raisons, mais demeurai sur place, pris un fauteuil, ouvris un journal et attendis. Je fis ainsi antichambre pendant plus d'une heure. Soudain la large et haute porte à deux battants s'ouvre et je marche sur l'homme que j'ai reconnu.

« Il vous faut m'écouter, monsieur le Maire. Je sors de l'hôpital Chubert et je dois encore soigner une pleurésie purulente. Le docteur Vicat vous en dira plus. Il est urgent que je sorte du cachot de la rue de Séné. Si j'y passe un autre hiver, je suis mort. Seulement, avant de mourir, je viendrai vous crier, ici même, tout le mal que vous me faites en ne faisant rien pour moi !

— Nous n'avons pas de logements disponibles pour une famille comme la vôtre.

— Qu'est-ce qu'elle a, ma famille ? S'agit-il d'honorabilité ? Mon père est un grand mutilé. Ma mère est une bonne chrétienne. S'agirait-il d'argent ?

— Je verrai ce que je peux faire.

— C'est ça, voyez et n'attendez pas trop car le scandale dont je suis capable vous ouvrirait les yeux ! »

Je fus dans la rue avec bonheur. Je m'étais conduit en homme. Pour la première fois, j'avais osé crier ma déplaisance à la coterie bourgeoise, aveugle et sourde et par bien des côtés malfaisante.

Rendu à mes rêves, le goût d'écrire me revint. Je fis une cure octosyllabique. Un chant m'habitait à la limite de la complainte. J'étais en lui comme nourriture ; il se manifestait en moi comme oxygène et c'était de bien respirer que j'avais le plus urgent besoin.

Ce fut encore au cachot que je trouvai la première strophe d'un poème que j'intitulai : « Traîne misère ». Elle me parut traduite de mes dernières tribulations. Je l'aurais pu dédier au souvenir de notre tante et de Marcel Saint-Pierre. Je la sais encore par le cœur.

Un petit mort s'en va sous terre
Et la cloche n'en a rien dit
Le corbillard creuse l'ornière
Le curé frileux et poli
Marmonne un latin prolétaire.

La deuxième strophe me fut donnée à l'esbroufe et le reste suivit.

Nous sortirons de ce jour fade
M'avait dit le marchand d'amis
— Marchand, je veux vingt camarades

Pour former le cortège et puis
Un festin pour la régalade !

Un petit mort s'en va sous terre
C'est un enter'ment sous la pluie
Quel est le matou grabataire
Qui fait ce boucan dans la nuit ?
Mon Dieu, le pauvre qu'on enterre !

Lazare n'était qu'endormi
Au lit des visites dernières
Un petit mort qui m'était cher
Brouille l'algèbre et l'infini[1].

J'attendis que l'inspiration me visitât derechef avant que de chercher à revoir Paul-Alexis Robic. Un jour que je m'ennuyais, prenant mon courage, je me rendis rue de Conleau. J'y fus reçu à bras ouverts. Ayant narré les aléas de mon hospitalisation et la démarche faite à la mairie, je tendis deux ou trois feuillets à mon censeur. Il y jeta un coup d'œil sans plus d'importance et soudain alerté :

« Quand avez-vous écrit ceci ? mais ceci est excellent ! Vous y êtes, mon cher Girod, vous y êtes ! »

Il lut encore et relut à haute voix avec une pointe de bonheur et d'émotion puis, se levant de son fauteuil à dossier de bois, il me donna l'accolade et demanda à Jeannette de mettre le vin au frais.

Nous attendîmes une demi-heure pour trinquer à la gloire des soi-disant poètes. Mon hôte me raccompagna et, comme il faisait bon sous les arbres de la Rabine, nous fîmes un bout de chemin de

1. *La Lumière et l'Argile,* Albin Michel, 1981.

compagnie en parlant de Jouve, de Milosz, de Supervielle, de Claudel et de Valéry.

Je rentrai au cachot avec une étoile au milieu du front. Personne aux portes et fenêtres pour la voir et m'en demander l'origine. Tous ceux-là qui me dévouaient à la chute des feuilles, paraissaient soudainement occupés de tâches subalternes. Moi, de par la grâce d'un verbe qui me visitait, j'étais enfin sorti, déjà sorti, de ces quotidiennes misères.

C'était tellement vrai que notre mère m'apprit en rentrant qu'il y avait du nouveau et que nous allions déménager. Cachot pour château !

Nous nous installâmes dans les jours qui suivirent au château de Limoges qui avait eu son heure de gloire sous Fallières, Loubet et autre Deschanel. On y avait mené vie princière avec laquais à perruques poudrées. On y logeait aujourd'hui des gens qui avaient tout perdu à la guerre ou qui étaient dans l'incapacité de perdre quelque chose n'ayant jamais rien possédé de valeur. Ce qui était notre cas.

Notre mère hérita d'une large cuisine, j'eus ma chambre et notre père un jardin. Merci, mon Dieu !

Je remerciai aussi le maire et recommençai de prêter l'oreille à cet air pour qui l'on « donnerait tout Rossini, tout Mozart et tout Weber ».

J'étais dans les transes. Je délirais d'amour. Les mots m'arrivaient en cousinages privilégiés. Je n'avais que le mal de les accueillir et de les coucher sur le papier.

Mon père s'étonnait de tant d'écriture et me venait chercher pour donner de l'herbe aux lapins. Il me faisait admirer ses projets de maraîcher. Il avait hâte au printemps pour bêcher, semer et fleurir son lopin de terre. Son bonheur était d'humus, de feux d'écobue et de fumure. Il préparait le terrain pour des récoltes fabuleuses.

Il mettait le même enthousiasme dans son travail que moi dans le mien. Je comptais aussi sur des récoltes abondantes et sur des ruissellements de grains dans mes greniers. Pour nourrir mon esprit, je passais de sainte Thérèse d'Avila à Nerval et toujours de Villon à Verlaine.

J'étais « le ténébreux, le veuf, l'inconsolé ». J'accompagnais Dickens dans les bas-fonds de Londres, mais c'est avec Apollinaire que je les chantais. Jamais plus heureux, plus léger, plus ardent, plus vainqueur ! Avec le peu d'argent que les assurances sociales voulaient bien m'accorder en attendant une guérison encore problématique, j'achetais des ouvrages qui m'ouvraient des fenêtres. Je lus Bloy, Jammes, Péguy, Marie Noël.

Péguy me rendait à ce pays de France que j'aime tant, m'en faisait toucher la noble étoffe, me roulait dedans. J'aimais la manducation de son amour pour Jeanne et plus encore pour Notre-Dame. Son exaltation de Geneviève me grisait. Qu'elle gardât les moutons à Nanterre et veillât sur tout le Parisis, m'embuait les yeux. C'était quelque chose que la sainteté d'une femme dans le monde de ce temps-là ! O que j'aimerais rencontrer de saintes femmes à l'abri du vent, sous un olivier ! Que je serais heureux de leur pleurer sur les genoux et de leur laver les pieds de la poussière de la route ! Qu'il m'aurait plu de mettre maman à l'abri d'un domaine, cousant et causant de Dieu avec les petites gens de son apanage ! Aurions-nous été heureux loin du bruit et de l'ambition, des carrières et des pignons sur rue ! Nous eussions honoré l'angélus et bu du vin de Cana servi dans des coupes d'argent par des anges, invisibles aux lourdauds et aux tricheurs.

Je faisais de ma poésie un château d'amour. Dans la liberté de la plus haute tour, dans la sainteté de l'endroit, il n'y avait place que pour la Sainte Vierge et maman. J'avais mes ogives, mes fenestrons, les baies donnant sur le lac aux cygnes, la porte à double battant pour accueillir le Roi et, dans la chapelle de rude granit, un tabernacle d'or pour abriter mon Dieu.

J'étais entré dans le chant comme d'autres au monastère. L'œuvre de Péguy, cette cathédrale de quatrains, m'envoûtait. Qu'il avançât laborieusement vers le finale, qu'il se blessât aux cailloux de la route, qu'il priât d'avoir mal prié, d'avoir mal aimé, d'avoir prêté l'oreille aux combats et aux loteries du siècle et qu'il ressassât indéfiniment ses malheurs d'homme aveugle et sourd, me le rendait fraternel et je n'en finissais plus de regarder vers Chartres et vers « la flèche irréprochable et qui ne peut faillir ».

En sortant de Limoges par le petit bois, les premières cadences d'une nouvelle prière sollicitaient mon esprit. Je devais les retenir par le cœur. Le plus souvent, je n'avais ni papier ni crayon pour les noter en musique.

Je ne suis pas né sans étoile
J'ai mon ourse et ma voie lactée
J'ai trois dieux dans ma cathédrale
Ce pluriel vaut un singulier.

Quand j'arrivais à la hauteur du séminaire où quatre ou cinq cents jeunes gens attendaient la tonsure, le poème était déjà à moitié écrit. Je le livrais au vent de la mer ; j'en pulpais les sonorités ; j'en précisais les images ; j'en caressais les métaphores et j'en aimais l'harmonie. Un poète qui n'a pas cela : cet « air pour qui je donnerais... », ne sera jamais qu'un malheureux infirme.

J'étais plus à l'aise dans l'octosyllabe que dans l'alexandrin, mais il m'arrivait d'en écrire de fort acceptables. Il me restait à les vouloir lire à quelqu'un. Je les lisais à ma mère qui s'arrachait le fichu pour m'écouter mieux. Rue de Conleau, je n'étais pas toujours le visiteur qu'on eût souhaité. Marie si lointaine, mal à l'aise dans un bonheur à l'image de l'époux — j'en jugeais ainsi —, ne m'encourageait plus, je veux dire, pas encore. Je manquais de public et j'en souffrais sans le savoir vraiment.

Un matin, comme je m'apprêtais à partir faire un tour en ville, on frappa à ma porte et je vis entrer un garçon de mon âge, plus jeune que moi peut-être, que j'avais remarqué dans la cour du collège. Me saluant sans me tendre la main, il me dit avoir feuilleté *Vers et Drogue* et d'en avoir lu des passages à sa mère qui me voulait connaître.

Comme j'avais déjà renié ces « vers de jeunesse », je voulus lui en dire de ma nouvelle manière. Il s'y montra peu curieux. J'en fus blessé.

Son grand homme c'était Jules Laforgue qu'alors je connaissais très mal. Sans jamais lever les yeux sur moi, il m'en récita des passages pleins de lunes amères moins amères, et de Pierrots crépusculâtres. Cela me fit penser au mime Debureau que j'avais vu dans *Les Enfants du paradis* de Marcel Carné, à mes yeux le chef-d'œuvre du cinéma universel.

Il savait tout de Laforgue, sa naissance à Montevideo, sa jeunesse à Tarbes, ses saisons allemandes, sa mort à vingt-sept ans. Chaque fois que j'essayais de faire diversion, il revenait aux *Complaintes* et me demandait d'admirer une trouvaille, un vers en l'air, l'insolence d'une fleur, la fine épine d'une rose à peine déclose.

Sa mère qui m'accueillit sur son lit de souffrance, rue Madame-Lagarde, était une dame souriante, vive d'esprit, cultivée, dont le frère Charles Martyne avait connu Verlaine. Elle partageait bien sûr les enthousiasmes de son fils, mais sa dilection allait à Nerval, à l'auteur des *Chimères* et de *Sylvie.* Sa ravissante fille entrevue dans le jardin avec une amie, portait ce prénom. On ne jurait ici que par Valois. On partait en carriole de Loisy à Dammartin et de Senlis à Ermenonville. Qu'on était bien sur les bords de l'Oise, dans le château d'Adrienne, tressant des couronnes de feuillages à des princes imaginaires qui finissaient par surgir entre chien et loup avec des capes tissées par les vierges du Temple pour les chevaliers du Saint-Sépulcre !

Où sont nos amoureuses ?
Elles sont au tombeau.
Elles sont plus heureuses
Dans un séjour plus beau.

Mme Debauve me sut gré de lui rappeler ces vers merveilleux et de partager avec elle l'amour d'un homme qui possédait assez de fortune et de séduction pour mourir misérable et seul, par une nuit de rude hiver, dans une rue sans étoile et sans lanterne.

La connais-tu, Daphné, cette ancienne romance
Au pied du sycomore ou sous les lauriers blancs,
Sous l'olivier, le myrte ou les saules tremblants,
Cette chanson d'amour qui toujours recommence ?...

Mme Debauve me fit servir du vin doux et du

gâteau breton, puis elle appela sa fille et je vis Sylvie qui parut effarouchée de ma rusticité.

Elle était brune avec de grands yeux ombrés et une taille à danser en robe de futaine. Je lui balbutiai quelques mots sans plus d'esprit qu'un loir, et elle s'éclipsa.

« Vous avez, me dit Mme Debauve, je crois ne me tromper pas, été visité dans votre berceau. De vos vers que Jean-Louis a bien voulu me soumettre, me sont restés dans la mémoire. Je n'oublierai jamais votre : *Verlaine ô vieux fou / Ton nom est si doux / Qu'il me fait pleurer...* Oui, oui, cher jeune ami, on peut pleurer à ce nom-là et regretter que l'existence lui fut cruelle et le guignon quotidien.

» Vous-mêmes, êtes appelé à beaucoup souffrir — mais je crois que vous avez commencé l'apprentissage de la douleur — cependant ne craignez rien, ne lâchez rien, ne renoncez jamais ! Il vous faudra du temps et beaucoup d'amour dans le cœur pour triompher des traverses du chemin. Il me semble que vous y parviendrez à condition de vous tenir dans la lumière. La Vierge vous aime et son Fils est Amour !... »

Cette dame, grabataire, de si haute distinction et dont le frère avait connu Verlaine, m'avait adoubé. Je pouvais rire, chanter, danser devant l'Arche sans insulter aux dieux ! J'avais été visité dans mon berceau et maman n'avait vu personne se pencher sur le frêle moïse. Mais alors, elle était aveugle ? Non, elle n'était pas aveugle, elle était à Kerfontaine, au lavoir, à me préparer un linge baptismal. Dans ces jours-là, c'était Marie-Jo, mon aînée d'onze ans, qui me gardait et qui m'exposait aux courants d'air d'un porche pour jouer à la marelle avec les polissonnes de son entourage.

Tout concordait. Cela s'était passé ainsi. Ainsi j'avais reçu le baiser de la reine et celui de la fée...

Dans la rue, je pensai à Sylvie, si belle, si charmante et qui m'avait à peine regardé. Que j'eusse aimé entrer dans sa cour et lui parler courtois. Il n'y fallait pas penser. Il y avait un si long détour du cachot au château et du château populaire à la grande propriété bourgeoise ! Pourtant, Nerval faisait encore semblant de croire aux princes épousant des bergères.

Des années plus tard, bien plus tard, Sylvie me dira que ce jour-là, au chevet de sa mère, je portais un foulard rouge. A ma honte, je l'avais oublié.

4

Je me mis à alterner mes visites. Une semaine j'allais rue de Conleau, la semaine suivante je me rendais rue Madame-Lagarde. Ici, on me parlait de Théophile Briant et là, de Francis Carco et de Philippe Chabaneix.

Paul-Alexis Robic manifestait une réelle admiration pour celui qu'on s'était mis à appeler « le saint Vincent de Paul des poètes ». Cet homme, depuis Paramé, chemin du Phare — pour que personne ne se perde ! —, publiait une feuille de poésie et d'art, *Le Goéland.* Dès le premier numéro de son journal il avait annoncé la couleur : « La poésie, y écrivait-il, est partout. La merveille est permanente. Personne à part quelques élus, ne semble s'en apercevoir. Rien n'est banal. Rien n'est vulgaire. L'anti-poète c'est l'homme avec son cerveau trituré par les marchands du Temple. L'homme, c'est le grand malfaiteur de la Création. La Création, la nature, la vie, voilà la poésie en vrac ! A nous poètes de l'ordonner. A nous de lui construire des palais dignes d'elle... »

Ces paroles eurent un grand retentissement dans mon esprit. La nature, la vie, m'avaient été données sur les bords d'une rivière heureuse. J'en aimais la lumière de ses eaux et son bruit blanc sur les pierres. Cette lumière, je le disais à Robic qui acquiesçait, inondait notre lande, blessait nos bruyères. J'en décelais les rosaces dans les bois et les fils de la Vierge entre les ajoncs. Quand elle s'arrêtait sur le visage de notre mère ou que je la surprenais au fond de ses yeux, j'en étais ému jusqu'aux larmes.

Je crus utile sur l'heure, d'adresser de mes textes à Théophile Briant et entrai dans une longue attente. Dieu merci, rue Madame-Lagarde on avait de bonnes nouvelles de Carco qui médaillait sa bohème avec des airs de mauvais garçon. Mme Debauve l'admirait pour l'accent villonnesque et verlainien de ses livres et parce qu'elle le savait occupé de Mortefontaine, autant dire de Nerval. Quant à Philippe Chabaneix, le plus élégiaque des fantaisistes, il épluchait les calendriers pour trouver des prénoms féminins susceptibles de donner rime à sa Muse.

C'est dans l'impasse des Trois-Anges
Qu'un matin gris j'ai rencontré
Après avoir longtemps erré
Le plus meurtri de tous mes songes...

Lorsque j'appris par le journal que le poète Hervé Bazin venait d'obtenir le prix Apollinaire, je voulus lui écrire pour le féliciter. Il me répondit par un mot aimable. Je crus encore de mon devoir et de ma curiosité de lui demander s'il appartenait à la famille de René Bazin, l'auteur bien-pensant des *Oberlé* et de *La Terre qui meurt*. C'était le grand-oncle ! Le pli de s'écrire était pris. Cette correspondance allait s'étendre sur un demi-siècle.

Mes premières lettres à l'auteur de *Jour* — aujourd'hui entre les mains de Mme Maubeuge, attachée culturelle à l'hôtel de ville de

Nancy — sont d'une insigne pauvreté. Pas de style, pas de vocabulaire, des fautes d'orthographe, des incorrections grammaticales et un ton de servilité qui me déplaît. J'ai appris à relever ma crête et à ne pas toujours me contenter du pauvre grain qu'on me jette.

Les réponses de mon correspondant ne manquaient pas d'assurance. Autant j'étais timide, timoré, autant je demandais qu'on voulût bien m'excuser d'oser avancer le pied, autant il sautait les obstacles et se préparait à les franchir tous à la manière d'un champion du cent dix mètres haies.

Je lui disais : « Cher monsieur Bazin ». Je lui écrivais que j'étais « dans l'estime de Paul-Alexis Robic et de Théophile Briant » et que j'étais « enfin arrivé à donner à mes poèmes une forme tout à fait définitive ». Il devait bien rire de ces enfantillages, mais il n'y paraissait pas dans ses missives. Voici la première qu'il m'ait adressée.

Paris, décembre 1947.

Mon cher ami,

Je n'ai fait en publiant votre poème dans *La Coquille* qu'obéir à un choix, car nous avons estimé à leur haute valeur les trouvailles qu'il contenait. Vous êtes marqué du sceau de la réussite. Nous sommes heureux de vous compter des nôtres désormais.

La Coquille c'est, vous le savez, un très petit groupe *d'excellence* qui ne choisit pas ses membres parmi les tyrans de la plume ou les enfants de chœur de l'esprit. Un jour, si tout va bien, on parlera de ce groupe au passé, comme de celui de la Pléiade ou de celui de Mallarmé. C'est tout ce que nous désirons : être le sel de cette génération. Ambition fort grande, je le sais, mais nettement délimitée. Nous ne faisons point de battage. Nous jetons sur le marché littéraire des ŒUVRES qui nous prouvent. Rien d'autre n'est sérieux... »

Au reçu de cette lettre, je voulus faire l'amour avec la poésie et me retrouvai, à Vannes, rue de la Tannerie chez les filles. Quelle erreur ! Quelle déception ! Celle qui m'entraîna jusqu'à sa chambre, Lolotte, avait tapissé les murs de sa cellule de photos de femmes nues d'un goût à vous rendre malade. Je ne lui permis pas de me toucher, mais je lui réglai ce qui avait été convenu, plus les coupes de champagne. Nous nous quittâmes bons amis.

Dans les bras de Maurice, Elisabeth roucoulait jusque dans mes quartiers réservés et gloussait d'aise en me voyant lui jeter un regard concupiscent. Maurice s'amusait de me voir « cocu ». Il s'était « envoyé » ma sylphide. Un long collage s'en était suivi. Il donnait parfois l'impression d'en être fatigué.

J'aurais voulu entrer dans une vie différente, saccager quelque collège de Navarre, jeter la pierre du diable dans la Marle et la faire rouler jusque dans la mer en dansant dessus. J'aurais voulu attacher un ruban rose au homard de mon souper et le traîner, tel un chien récalcitrant, par les salons de Mme de Paladines et de Ninon de Lenclos. Pas un coiffeur à Vannes pour m'affubler de cheveux verts. Je leur en voulais de n'être que des ignares et je me disais avec Montaigne : « C'est puer que de sentir bon. »

Il m'arrivait de penser au mariage. J'épousais la plus pauvre et la plus laide. Cela dit, je lui faisais des enfants dignes de Dieu. Autant d'enfants que de recueils de poèmes !

Vannes et sa femme et les minables qui me tournaient le dos en me disant : « Ma mère ne veut pas que je sorte avec des voyous », je les voulais pendre aux remparts de la tour de Nesle. J'admirais Baudelaire pour sa « Malabaresse », Hugo pour ses putains, Verlaine pour la Krantz et Villon pour la grosse Margot. Avec lui, j'aurais fait les quatre cents coups, me serais acoquiné à Régnier de Montigny et à Colin de Cayeux pour les dés pipés, les cartes louches, les triches et les algarades, et je serais revenu couvert de gloire au pays de la sainte enfance.

Bazin m'écrivait que nous étions les nouveaux « coquillards ». J'en tirais une satisfaction profonde. Cela valait mieux que tous les bachots que je n'avais pas obtenus.

La deuxième lettre de celui que je prenais déjà pour un ami était d'une éloquence folle, et me donnait totalement la marche à suivre. J'en veux transcrire les passages essentiels.

Paris, le 12 février 1948.

Je vous remercie de votre aimable lettre. J'ai été intéressé par votre poème en nette progression sur ce que je connaissais de vous jusqu'ici.

J'ai lu votre article sur le « Dolorisme ». Je ne suis absolument pas d'accord sur certains points. Votre éloignement de la capitale et l'habitude qu'ont les provinciaux (j'ai été ainsi), de juger telle ou telle doctrine, tel ou tel « isme » d'après ce qu'ils peuvent en connaître par des publications confidentielles (qu'ils ne savent pas être telles), vous a induit en erreur sur l'importance du « Dolorisme » QUE LA PRESSE SÉRIEUSE et ce que vous appelez LA

GRANDE CRITIQUE NE CONNAISSENT MÊME PAS ! ou très peu.

Je vous en prie, vous avez de l'étoffe, ne vous emballez pas ainsi. Dites-vous bien que l'avenir d'un écrivain ne se trouve jamais dans des revues secondaires du genre *Le Goéland*, *La Coquille*, *La Revue doloriste*...

« Si vous prenez au sérieux la *seconde zone* de la littérature, me disait le directeur de la maison Grasset (chez qui je suis entré il y a un mois, par contrat), vous êtes foutu, car vous vous enliserez dans les petits succès d'estime d'où l'on ne sort plus. »

Je vous parle très franchement, parce que j'estime la chose nécessaire, pour que vous ne fassiez pas la même blague que moi : j'ai perdu deux ans à m'occuper de la « seconde zone ».

Ce qui est important, c'est de préparer patiemment un ouvrage de « poids » : roman, essai, recueil. Surtout le roman. On estime de moins en moins le monsieur qui passe ici et là avec un petit papier, un poème ou un articulet. On demande une preuve péremptoire de puissance.

C'est ce que nous avons fini par comprendre à *La Coquille*. Nous ne cherchons absolument pas la diffusion de la « revue » qui n'est qu'un petit bulletin. Nous cherchons à améliorer le *groupe* et à faire entrer chacun de nous chez un grand éditeur, de classe nationale, en mettant en commun nos relations. Avec un contrat de Grasset ou de la N.R.F. en poche, un écrivain est à peu près sûr d'arriver. N'importe quelle maison lui prendra ultérieurement ses œuvres, sur cette seule référence. IL EST ENTRÉ DANS LA PREMIÈRE ZONE. Il ne sera pas forcément célèbre, mais il a le pied à l'étrier...

Plus qu'un ami, j'avais trouvé un maître. Un mentor exigeant et qui paraissait vouloir m'entraîner vers des cimes qui me faisaient peur. Sa « première zone » que je savais fréquentée par les Mauriac, Maurois, Montherlant, Giono, Colette, Marcel Aymé se voulait sûrement réservée aux grands noms et aux grands tirages. Qui me donnerait la force de regarder vers cette terre promise et d'y entrer par effraction ?... Bazin se savait sur le point d'y pénétrer. Sa confiance se voulait contagieuse. Je redoutais de le voir se détourner de moi quand sonnerait, au-dessus de sa tête, la cloche de la gloriette. Il se voulait l'égal des meilleurs et je le devinais sensible aux préséances. Je commençai à mesurer le fossé qui me séparait de lui. Chaque lettre l'approfondissait encore. Ainsi, dans celle du 12 avril 1948 je pouvais lire : « Deux mille exemplaires de *Vipère au poing* vendus avant même la parution. C'est une chance. Je vais peut-être pouvoir donner à croquer à ma femme et à mes enfants... »

Quelques jours plus tard, dans l'effervescence du succès qui pointe : « Si j'ai le prix des Lecteurs (je n'y compte guère, mais je suis en bonne posture, puisque classé premier sur 340), je gravirai l'échelon 2. Et l'échelon 3 pourrait être le Goncourt ou quelque chose dans ce goût-là. Tout cela sent bien le calcul... Malheureusement, soyons francs, il faut être de son temps. La lutte pour la notoriété est sans doute affaire de talent, mais aussi de diplomatie et d'habileté manœuvrière, car n'oublions pas que ce siècle est celui de la concurrence acharnée dans la surabondance littéraire (c'est la seule surabondance). Disons en outre que c'est moral, au fond. Il n'y a pas que le talent, il y a aussi la volonté d'esprit.

» Je voudrais ajouter ceci, entre nous, tout à fait

entre nous... S'il y a beaucoup de monde sur le marché littéraire *il n'y a pas foule d'excellence...* »

Qu'étais-je ? Qu'allais-je devenir dans cette foule imaginaire ?... Y avais-je seulement la dernière place près de la coulisse ?... Elle m'aurait fait plaisir car de là, j'aurais vu mon ami trôner parmi ses pairs sans rien sacrifier de ma timidité et de ma modestie, deux vertus qu'il me dit ne pas priser du tout.

Que Paul-Alexis Robic (de quelle zone ?) et que Jeanne Debauve m'étaient havres en face de cet ouragan qui menaçait de m'emporter vers les « merveilleux nuages ». Je n'osais plus écrire à Paris quand je reçus d'autres coups de massue. Le 23 juin, ce fut un bulletin de victoire : « Deux colonnes dans *Combat,* cinq colonnes à la 3 dans *Le Monde...* etc. *Vipère au poing* déchaîne la fureur bourgeoise... » Un mois plus tard, le 24 juillet, Bazin m'écrivait en courant : « D'attaque en rectificatif, de polémique en dithyrambe, *Vipère au poing* connaît un succès en librairie qui me laisse pantois. Le tirage est à peu près épuisé et l'on ne sait pas si l'on peut retirer[1]. Ça fait tout de même un arrosage de huit mille exemplaires sur la France et de la recette. Soixante coupures de journaux sur ma table. Propositions de l'Amérique et de l'Angleterre pour l'achat et adaptation probable au cinéma. Dis donc, mon petit père, je me sens des tibias fragiles cette année...

» En trente jours, je viens d'écrire les deux tiers de mon nouveau roman *La Tête contre les murs.* Je finirai pour le 15 août. Je reverrai le tout et je rentrerai à Paris à califourchon sur ce nouveau cheval de bataille.

» Ensuite, j'ai l'intention d'écrire, pour

1. Grasset était en liquidation judiciaire.

répondre à certaines critiques, une “contre-vipère”, c'est-à-dire un roman sur une mère admirable. Devant mes yeux, en ce moment, tricote le prototype ! C'est ma bien chère et bien douce maman... je veux dire ma belle-mère. Dieu n'a pas créé d'autre femme aussi chouette !... »

Je ne savais plus si je devais le féliciter d'un tel succès ou redouter pour lui les retombées de la gloire. L'admiration l'emportait sur tout et même sur le peu de goût que je pris à la lecture de son livre. Insulter sa mère, l'accabler, la jeter aux chiens et aux porcs et à toute la truanderie des officines de presse et de radio, cela me révoltait bien quelque part. Jules Renard l'avait déjà fait, mais en maniant la litote. Mme Lepic toute harpie qu'elle fût, n'était pas une Folcoche. Il y avait du poignard et du poison dans le sein d'Agrippine et Néron n'était que trop salaud pour regarder son forfait de sang-froid. Tout de même, les grandes familles... « Je suis le petit-neveu de René Bazin, m'écrivait mon mentor, dont la sœur, Marie Bazin (romancière Jacques Bret) était ma grand-mère, mariée à Ferdinand *Hervé,* dit Hervé-Bazin, romancier sous le pseudonyme de Charles Saint-Martin et secrétaire particulier du prétendant au trône, le comte de Chambord, puis député du Maine-et-Loire.

» La famille Bazin est un cas littéraire très rare. Elle peut dénombrer dix-huit écrivains (Ménage, René Bazin, Claudel pour les plus connus), deux académiciens, trois membres de l'Institut, etc.

» Tu comprendras ainsi dans quel milieu j'ai été élevé. Petit garçon, je dînais avec Bourget, Bordeaux, Baudrillart, le grand-oncle et bien d'autres grands noms. Ça ne m'a pas empêché d'être très malheureux et littéralement martyrisé par une mère-marâtre qui me haïssait... »

Ce déboutonnement fraternel d'un homme

chaque jour plus connu, m'entraînait dans une saga. J'avais des souliers de vair. Il n'était plus question de cachot, mais de manoirs. La gloire était là, bonne à prendre, dont je devais m'emparer sur-le-champ. « Au risque de me répéter, m'écrivait encore l'auteur de *Vipère au poing,* et dans ton seul intérêt, je te supplie de ne pas te confiner dans la poésie, genre mineur de la réussite. Genre mineur tout court depuis qu'elle n'a plus l'audience des masses. Mets ta tuberculose en équation, raconte ta pauvreté, raconte ta jeunesse, mais dis-nous autre chose que des confidences versifiées. *La poésie a l'avantage de donner une puissance d'expression remarquable à ceux qui la transportent dans le roman.* Réponds-moi à Paris... »

Ma réponse allait prendre un tour tout à fait inattendu. Voici ma lettre du 14 décembre 1948 :

Mon cher ami,

Un mot seulement pour te dire que je serai à Paris d'ici quelques jours. A titre définitif. A moins que la place de bureaucrate qui m'est promise ne m'échappe au dernier moment. Je prendrai en tout cas ce qui me tombera sous la main, quitte à changer ensuite. Je passerai te voir dimanche 19, dans l'après-midi, disons entre 14 et 18 heures. Je me fais une fête de te rencontrer. Je t'apporterai « Le Journal d'un enfant perdu » qui a maintenant deux cents pages. Il me déçoit beaucoup et pourtant il y a de l'intensité là-dedans. Mais seul ton jugement comptera. Quitte à recommencer si tu l'exiges. Guidé par toi (je ne t'ennuierai tout de même que le moins possible), je ferai de grandes choses, il y a tant d'élan en moi ! Je viens d'achever une nouvelle dont je suis assez fier. Ce genre me convient pour des raisons de brièveté. Je dois aussi bientôt publier à Nantes un recueil de vingt-huit poèmes intitulé : *La Lampe du corps,* titre trouvé dans saint Luc. Le poème « Toujours d'ici » qui t'avait plu, t'est dédié. Je te quitte en espérant te serrer la main très bientôt...

Ainsi, sur une sorte de coup de tête, j'avais décidé de faire le grand saut. Notre mère qui me voyait toujours malade, n'approuva pas ce projet qui, en revanche, plut à notre père. Il me disait : « Tu vas apprendre à vivre et puis, Marie-Jo, ta sœur, t'aidera à te perdre dans la capitale. » Il riait comme d'un bon tour à me jouer.

Je fis mes adieux rue de Conleau et rue Madame-Lagarde. Paul-Alexis Robic me donna toutes sortes de commissions à faire pour le cas où je verrais Pierre-Jean Jouve, Maurice Fombeure, Jean Rousselot, Jules Supervielle. Mme Jeanne Debauve me remit une médaille et se laissa aller à des souvenirs du temps qu'elle était bien portante et recevait rue Saint-Dominique, à cent pas du ministère de la Guerre, les Malraux, Carco, Chabaneix. Quand ces gens-là commençaient à chanter *Les Filles de La Rochelle,* il fallait éloigner les enfants et les voisins tapageaient vers les deux heures du matin afin d'obtenir la permission de dormir. Cela se passait avant que Franco ne frappât en Espagne. On croyait encore dans les traités de paix alors...

Jeanne Debauve aimait Paris jusque dans ses faubourgs. L'esprit de Paris lui était lumière. Il lui arrivait de conduire ses enfants au Louvre et de s'arrêter plus longuement devant une toile de Watteau. Watteau, elle le disait encore avec vivacité, c'est un elfe. Il est léger comme plume au vent d'hirondelles. Il annonce Banville et Musset et surtout *Les Fêtes galantes* de Verlaine. Il lui faut des hommes et des femmes, mais aussi des ciels, des arbres et des eaux. « Un frisson d'eau sur de la mousse. » C'est un bocager exemplaire et plus encore exquis.

Dès qu'il a fixé le paysage, s'avancent les baladins en marche vers l'île d'Aphrodite. On a l'impression d'une procession champêtre qui envolerait de la musique et dans laquelle on pourrait — par avance ! — reconnaître Sylvie, Adrienne, le Grand Frisé.

Je laissais Mme Debauve me parler d'une œuvre baignée de grâce, de pureté, de ferveur. Même si certains personnages paraissent sortir d'un conte libertin ou d'une fabulette licencieuse, la lumière qui en émane nous enchante et nous grise.

Chaque fois qu'il m'a été donné de voir Watteau au Louvre, au Grand-Palais, au musée d'Orsay, j'ai pensé à cette femme de cœur qui s'en est allée comme une âme qu'on libère.

Après elle — mais toujours avec elle — je me dis que Watteau a entrevu quelque chose de l'Eden, de la patrie perdue vers laquelle, en aveugles, nous marchons depuis le Commencement. Puissent nos yeux s'ouvrir à la beauté et ne plus insulter à sa magie. Watteau dans l'amour des barcarolles.

Ce dernier jour de Vannes, Jean-Louis à la demande de sa mère, m'accompagna jusqu'aux lavoirs de la Garenne. Des femmes y blanchissaient les bourgeoises entre deux prises et deux pintes de vin rouge. L'hiver leur bleuissait les mains mais les rires se répercutaient jusqu'à la tour du Connétable et jusqu'aux remparts.

C'était un paysage pour les complaintes de Jules Laforgue. Nerval aurait pu venir mourir ici.

Jean-Louis revint à son grand homme et, de mémoire, me dit « La Complainte du libre arbitre ». J'en retins deux vers qui ont, depuis lors, beaucoup voyagé dans mon esprit :

Rencontrant un jour le Christ
Pierrot, de loin, lui a fait psitt !

Nous nous séparâmes près de la Porte-Poterne. Il allait faire son droit. Il ne savait encore s'il serait avocat ou juge. Moi j'allais, à Paris, faire le poète.

Du même auteur
aux Editions Albin Michel :

Romans

LES CHEMINS DE KERGRIST,
prix de l'Académie de Bretagne
LE DIEU DES CHEVAUX
LA MAISON DU MOUSTOIR
LE MUR D'EN FACE
LE CHEMIN NOIR
LA VILLE EN LOQUES, prix des Volcans
LE CHÂTEAU D'AMOUR
LE CHRIST AUX ORTIES
CHANTICOQ
LES NUITS DU PARC-LANN
LA QUERELLE DE DIEU
LA TRAVERSÉE DU LAC
L'EMPIRE DES FOUGÈRES

Poésie

LA LAMPE DU CORPS
STANCES DU VERBE AMOUR
LA MARCHE DES ARBRES, grand prix international de poésie
JEUNESSE DE DIEU, prix Apollinaire
LE SONGE ET LE SANG, grand prix de poésie de l'Académie française

Poésie complète

LA LUMIÈRE ET L'ARGILE (1945-1970)
LE RÈGNE ET LE ROYAUME (1970-1982)
LA SOURCE ET LE SECRET (1982-1990), bourse Goncourt de la poésie
DANSES ET CHANTS POUR ELISANE (1990-1995)

Récits

PAIN PERDU

DES MATINS DANS LES RONCES, prix Saint-Simon

Journal

LES OMBRES DU JOUR (1970-1980)

LES LUMIÈRES DU SOIR (1980-1985)

L'ESPÉRANCE DE LA NUIT (1985-1993)

Chez d'autres éditeurs

LES NOCES DE LA TERRE (poèmes), Grasset, prix Max-Jacob

ALAIN BOSQUET (essai), Seghers

CHOIX DE POÈMES, avec une étude de Robert Lorho, Seghers

LES TEMPS OBSCURS (poèmes), René Debresse, prix Gérard-de-Nerval

CARNAC, Ouest-France

LES GRANDES HEURES LITTÉRAIRES DE BRETAGNE, Ouest-France, prix des Ecrivains bretons

CHATEAUBRIAND ET LE PAYS DE COMBOURG, Ouest-France

BRETAGNE EST UNIVERS, Ouest-France

LITTÉRATURES DE BRETAGNE, Ouest-France

LA FÊTE BRETONNE, Ouest-France

LOURDES, Champ Vallon

DES ENFANTS DE LUMIÈRE (nouvelles), Liv' Editions

VENT D'ÉTOILES (nouvelles), Liv' Editions

SAINTE ANNE D'ARVOR OU LA GRÂCE DE BRETAGNE, Editions S.O.S.

Charles Le Quintrec s'est vu décerner le Grand Prix de la Société des Gens de lettres pour l'ensemble de son œuvre.

Composition réalisée par JOUVE

IMPRIMÉ EN ALLEMAGNE PAR ELSNERDRUCK
Dépôt légal Editeur : 22683-10/2002
LIBRAIRIE GÉNÉRALE FRANÇAISE - 43, quai de Grenelle - 75015 Paris.

ISBN : 2 - 253 - 15362 - 1 31/5362/4